KB172214

최명익 소설 연구

현대문학
연구총서

32

최명익 소설 연구

김효주

푸른사상
PRUNSASANG

The Study of Choi Myungik's Novel

나는 최명익 소설의 주인공들에게 깊이 매료되었다. 그들은 '어떻게 살 것인가'를 치열하게 고민하였고 사회 구성원 대부분이 희망하는 물질적 행복을 진정한 행복이라 믿지 않았다. 그런 그들의 삶의 방식과 나의 삶의 태도는 일정 부분 맞닿아 있었기에 나는 최명익 소설에 빠져들 수밖에 없었다. 세상살이에 대해 고민하며 살아가야 했던 내 인생의 가장 중요한 시기에 나는 최명익과 그 소설의 주인공들을 만나 마음의 위안을 얻었다.

최명익은 1930년대 모더니즘 소설의 한 정점을 보여준 작가로 알려져 왔다. 최명익에 대한 연구는 주로 해방 이전의 작품들을 중심으로 이루어져 왔으며 그의 모더니즘적 경향을 고찰하는 것이 중심이 되었다. 선행 연구는 지식인의 자의식 탐구에 초점을 맞추었으며 그 결과 최명익 소설의 주인공이 보이는 우유부단한 태도를 심각한 한계로 지적하거나 심지어는 그들을 신경병적인 요소를 지닌 인물로 간주하기도 했다. 이 점에 대해 나는 의아함을 가졌고, 그 의문을 풀기 위해 최명익 소설 연구에 골

몰했다. 그 결과 나는 최명익이 소설 창작을 통해서 떳떳하고 정당한 삶의 방식을 간절히 모색하였다는 것을 알게 되었다. 그리고 이분법적 사유와 선택을 강요하는 근대 자본주의 세상에서 그에 완강히 저항한 특별한 작가가 최명익임을 알게 되었다.

최명익에 대한 연구는 1990년대부터 비교적 활발하게 이루어졌지만 그의 소설에 대한 지속적 관심을 바탕으로 한 소설 작품 전반에 대한 연구서는 드물다. 이 사실을 알게 되었을 때 부족한 글이지만 그동안의 연구를 정리하여 책으로 출간하겠다고 마음먹었다. 그렇게 하는 것만이 힘들 때마다 내게 큰 힘을 주고 내 삶의 지표가 되어 주었던 작가에 대한 마음의 빚을 갚는 일이라 여겼다.

처음엔 그가 사진 이미지에 왜 그리 집착을 했는가에 대해 생각했다. 그리고 그러한 사진 이미지에 대한 고수가 실은 시간 정지에 대한 작가의 갈망에서 비롯했으며, 미래지향적인 근대적 시간관을 대체할 새로운 시간관을 모색하기 위한 것임을 알게 되었다. 이후에는 그의 소설에서 주로 다루고 있는 제3의 공간인 문지방 공간에 주목하였다. 최명익은 이분법적 구획을 강요하는 근대적 시공간에 대해 집요하게 문제를 제기하였다. 그는 이쪽과 저쪽 사이에 있으면서 훼손되어가는 세상 속에서 자신을 묵묵히 지켜나갔다. 그것을 우유부단함이나 기회주의로 보아서는 안 될 것이다. 그는 철저하게 자신의 가치관과 신념에 따라 행동하고 글을 썼으며 살아 있는 생생한 순간을 발견하기 위해 언제나 자신을 경계 영역에 놓아두는 불편함을 감수하였다. 그로 인해 많은 방황이 있었지만 경계에 서 있음으로써 언제나 자신다움을 지킬 수 있었다.

최명익은 해방 이전에도 전복적이고 성찰적인 단편소설을 썼지만, 해방 이후에도 그에 못지않게 문제적이면서도 완성도 높은 작품을 썼다. 앞으로 해방 이후 그의 작품까지 꾸준히 연구하여 그의 작품 세계를 온전하게 해명함으로써 최명익 소설의 진면목을 되찾아주고 치열했던 그의 삶을 복원해주고 싶다.

이 자리에 오기까지 많은 분들의 도움이 있었다. 그분들을 생각하면 언제나 죄송한 마음뿐이다. 언젠가 그분들의 은혜에 보답할 날이 오기를 바란다.

한 시대를 치열하게 살아갔던 작가 최명익 선생에게 깊은 존경과 감사의 인사를 올린다.

2014년 여름
저자 씀

■ 책머리에 • 5

제1장 최명익 소설에 나타난 사진의 상징성과 시간관

1. 머리말 •13
2. 그림 시대의 쇠퇴와 사진 시대의 성행 •16
3. 「비오는 길」에 나타난 사진의 속성 •22
4. 최명익 소설에서의 사진의 상징성과 시간관 •30
5. 마무리 •37

제2장 「비오는 길」에 나타난 욕망의 간접화와 소설적 진실성의 추구

1. 머리말 •41
2. 근대 자본주의 욕망과 「비오는 길」의 욕망 •46
3. 욕망의 세계로부터의 이탈과 열정적 독서의 추구 •58
4. 마무리 •63

제3장 「무성격자」에 나타나는 푼크툼의 실현과 서사적 장치

1. 머리말 •69
2. 푼크툼의 특성과 그 효과 •73

3. 「무성격자」에서의 푼크툼 발견과 실현 •78

4. 푼크툼 실현을 위한 서사적 장치 •91

5. 마무리 •95

제4장   1930년대 후반의 세대논쟁과 「역설」·「폐어인」

1. 머리말 •99

2. 세대논쟁과 신세대 작가 최명익 •104

3. 신념으로 혼란기 극복 •109

4. 세대논쟁의 종식과 전형기(轉形期) 극복 •116

5. 최명익에게서의 세대논쟁과 소설 창작 •126

6. 마무리 •130

제5장   여행소설 「심문」에 나타난 풍경과 타자인식

1. 머리말 •135

2. 여행소설 「심문」에 나타난 풍경 •136

3. 타자와의 만남과 주체의 재정립 •154

4. 마무리 •160

제6장 「심문」에 나타난 변증법적 정지와 깨달음

1. 머리말 •163
2. 변증법적 정지의 기반 •168
3. 「심문」에 나타난 변증법적 정지 •174
4. 마무리 •185

제7장 최명익 소설의 문지방 공간

1. 머리말 •191
2. 주체의 결단과 문지방 공간의 형성 및 지속 •194
3. 근대성의 침투와 문지방 공간의 위축 •203
4. 근대의 경험과 문지방 공간의 상실 •209
5. 최명익 소설에서 문지방 공간의 기능과 의의 •214
6. 마무리 •218

━ **참고문헌** • 221
━ **찾아보기** • 227

제1장

최명익 소설에 나타난 사진의 상징성과 시간관

최명익 소설에 나타난 사진의 상징성과 시간관

1. 머리말

이 장에서는 「비오는 길」을 중심으로 하여 최명익 소설에 나타난 사진의 상징성에 대해 살펴보고, 그것을 통해 최명익이 사진 이미지를 통해 전달하고자 했던 바가 무엇인지에 대해 고찰하고자 한다. 사진 이미지를 분석하는 데는, 사진 미학의 선구자라 할 수 있는 발터 벤야민(Walter Benjamin)의 이론을 적절히 활용할 것이다.

「비오는 길」에 대한 선행 연구는 크게 '길'에 대한 연구[1], 시간과 공간에 대한 연구[2], 근대성에 관한 연구[3], 초점화 양상에 관한 연구[4], 양식적

---

1 성지연, 「30년대 소설과 도시의 거리」, 『현대문학의 연구』 20, 한국문학연구학회, 2003;
   엄혜란, 「최명익 소설 연구」, 『도솔어문』 11, 단국대학교 국어국문학과, 1995.

2 김성진, 「최명익 소설에 나타난 근대적 시·공간 체험」, 『현대소설연구』 9, 한국현대소
   설학회, 1998.

3 진정석, 「최명익 소설에 나타난 근대성의 경험 양상」, 『민족문학사연구』 8, 민족문학사
   연구소, 1995.

4 박종홍, 「최명익 창작집 『장삼이사』의 초점화 양상 고찰」, 『국어교육연구』 46, 국어교육

특성에 관한 연구[5] 등으로 구분된다. 이들 선행 연구는 물질과 정신의 세계 사이에서 고민하는 주인공의 내적 방황을 독서의 문제와 직·간접적으로 결부시켰다. 선행 연구들은 독서 문제에 대하여 큰 의미를 부여한 반면, 독서 세계와 함께 등장한 사진 이미지는 중요하게 다루지 않았다.

「비오는 길」에서는 사진과 사진관 관련 묘사가 빈번하게 나타난다. 최명익은 왜 사진관을 소설의 배경으로 삼고 이칠성의 직업을 사진사로 설정해놓은 것일까. 이 점에 대해 선행 연구에서는 주로 사진관 주인의 생활력에 초점을 맞추고 있다.[6] 그러나 작가가 만약 물질의 문제나 속물성에 대해 언급하고자 했더라면 굳이 사진사라는 직업을 선택했을 것 같지는 않다. 작가가 사진관을 배경으로 설정하고 이칠성의 직업을 사진사로 선택한 것은, 이 소설에서 사진의 이미지를 좀 더 상징적으로 사용했음을 의미한다. 「비오는 길」에서 사진은 꼭 필요한 자리에서 의미있는 상징을 만들어내고 있다.

특히 「비오는 길」에서 사진과 사진관을 바라보는 병일의 태도 부분은 아주 중요한 대목이다. 선행 연구는 사진사와 사진관, 사진에 대한 병일의 부정적인 태도를, 주로 물질에 대한 병일의 부정적 입장과 관련시켜

학회, 2010.

5 윤애경, 「최명익 심리소설의 서술 방식과 현실 연식 양상」, 『현대문학이론연구』 24, 현대문학이론학회, 2005; 차혜영, 「최명익 소설의 양식적 특성과 그 의미」, 『한국학논집』 25, 한국학연구소, 1995.

6 이 소설에서 작가는 사진사 이칠성을 큰 돈을 번 인물로 설정하지 않고, 고작 밥을 먹고 사는 정도로 그려내고 있다. 만약 작가가 물질에 대한 관점을 부각하고 싶었다면 이칠성을 사진관 운영으로 많은 돈을 번 인물로 설정하였을 것이다.

해석하였다. 가령 물질을 추구하는 사진사 이칠성에게 병일이 불쾌감을 갖는 이유는, 이칠성이 「무성격자」의 용팔이와 같은 속물주의자이거나[7], 병일이 "외부 세계로부터의 고립감에서 생겨나는 소외의식"을 지녔기 때문[8]인 것으로 설명된다. 그러나 사진에 대한 병일의 부정적 태도는 이런 관점만으로는 충분히 해명되기 어렵다고 판단한다.

필자는 그 대목에서 문제 삼아야 할 또 다른 중요한 국면이 있다고 판단한다. 그것은 병일의 시간관이다. 시간관에 유념하면서 논의를 전개할 때 비로소 사진에 대한 최명익의 인식과 근대화의 문제가 담론의 중심으로 들어올 수 있다. 이와 관련하여 '아우라(Aura)'[9]의 문제를 고려할 것이다. 최명익은 '어떤 예술작품이 머금고 있는 그 자체의 고유한 분위기'를 의미하는 아우라의 문제에 대해 고민을 한 것으로 보인다. 최명익은 이 연장선에서 주인공 병일의 세계관과 사진의 운명을 바라본다. 주인공 병일이 사진과 사진사를 어떤 관점에서 묘사하고 있는지를 밝히면 주인공이 현실과 조화를 이루지 못하는 이유와 그 가치 체계가 좀 더 자세히 해

---

7 이강언, 「성찰의 미학」, 『한국문학연구』, 최정석 박사 회갑기념 논총 간행위원회, 1984, 466쪽.

8 김민정, 『한국 근대문학의 유인(誘因)과 미적 주체의 좌표』, 소명출판, 2004, 231쪽.

9 아우라(Aura)는 그리스 신화에 등장하는 오로라에서 파생된 개념이다. 아우라는 '부드러운 바람 혹은 메아리', '공기', '숨결 내지는 호흡', '흔적으로서의 상', '죽지 않은 영혼' 내지는 '영적인 기운' 등을 뜻한다. 박설호, 「발터 벤야민의 "아우라" 개념에 대하여」, 『브레히트와 현대연극』 9, 한국브레히트학회, 2001, 133쪽. 아우라라는 말을 정립했던 벤야민은 아우라를 '아무리 가까이 있더라도, 어떤 먼 곳의 일회적 현상'으로 본다. 결국 아우라는 어떤 예술 작품이 머금고 있는 '그 자체의 고유한 분위기'를 의미하는 것으로 볼 수 있다.

명될 수 있을 것이다.

벤야민은 아우라의 문제를 이야기하면서 그림의 쇠퇴와 사진의 발달에 주목하여, 그 특성을 민감하게 포착하여 이론화하고자 하였다. 특히 벤야민의 아우라 개념과 근대 산업사회에서의 예술에 대한 관점, 벤야민의 시간관과 사진이 지닌 시간의 상징성, 변증법적 시간의 포착 등과 같은 부분은 최명익 소설을 이해하는 아주 중요한 실마리를 제공한다고 본다.

이 장에서는 이러한 문제의식 아래 최명익 소설에 나타난 사진의 상징성과 시간관에 대해 구체적으로 밝히고자 한다.

2. 그림 시대의 쇠퇴와 사진 시대의 성행

최명익 소설에는 그림에 대한 언급이 잦다. 그의 소설에는 풍경에 대한 묘사가 빈번하게 사용되며, 주인공의 직업은 미술교사이거나 화가인 경우가 빈번하다. 「심문」의 주인공 명일은 '미술학교를 졸업하고 중학교 도화 선생으로 근무했으며, 교사직을 그만둔 후에는 팔리지 않는 그림을 몇 폭 그리는 화가'이다. 「폐어인」에서 주인공 현일의 동료교사인 P도 한때는 미술교사였으나 직업을 그만두고는 젊은 화가가 되어 팔리지 않는 비누에 그림을 새겨넣는 일을 하고 있다. 이렇게 반복적으로 그림에 대해 언급하고 그림과 관련된 직업을 가진 인물을 등장시킨다는 것은 작가가 그림에 대해 상당히 큰 의미를 부여하고 있다는 것을 암시한다. 아울러 최명익의 사진에 대한 관점을 이해하기 위해서도 근대적 사진 이전에 풍미했던 그림에 대해 최명익이 어떤 시각과 견해를 가지고 있는지를 살펴

보는 것은 중요할 것이다.[10]

　　나는 늘 소설과 그림을 연결해 생각하는 습관이 있다. 일본에 가 있
을 때부터 미술전람회라면 부지런히 다녔고 또 될수록 화가들과 이야
기할 기회를 얻으려고 했다. (중략) 화가들의 말을 들으면 데생은 대
상을 정확히 볼 줄 아는 관찰력과 동시에 정확히 본 대로 그 대상을
사생할 수 있는 필력을 기르기 위한 것이라고 한다. (중략) 여기서 그
림이야기를 또 좀 하자. 우리 옛말에 흔히 나오는 정경으로, 심심산골
에 날은 저물었는데 저편 골짜기 수림 속에서 불이 반짝반짝하는 한
채의 집을 그린 풍경화를 보기로 하자. (중략) 그것은 사라지지 않는
광명의 인상으로 우리에게 남는다. 무엇이길래 그렇게 빛나는가? 제
자리에 들어맞는 채색이기 때문이다. 화가들의 요술이 여기 있다. 황
색 물감으로 불빛을 만들기 위해서 화가는 그 등잔불을 켜 놓은 주의
의 원경 근경을 대조적으로 다른 채색들로써 원근을 설정해가며 그릴
것은 다 그려 놓은 다음에 그 초점에다가 한붓 찍어 놓듯이 그리는 것
이 아닐까? (중략) 풍경화에서 화가가 불빛을 낼 황색 안료를 배경을
그리는 데는 되도록 덜 쓰듯이 (이하 하략)[11]

　인용문에 따르면 최명익은 소설을 구상할 때 늘 그림과 연결시키는 습
관이 있었다. 그는 미술에 대해 관심을 가지고, 미술전람회를 열심히 다

10　이 장에서는 1930년대를 '그림 시대의 쇠퇴와 사진 시대의 성행'으로 보고 있다. 이는
　　그림이 몰락하고 사진이 성행하기 시작한다는 것을 의미하는 것은 아니다. 1930년대는
　　서양화가 대두된 시기이기도 하기 때문이다. 이 장에서 '그림 시대'와 '사진 시대'라는 명
　　칭을 사용한 것은 그림의 쇠퇴와 사진의 성행이 가지고 온 아우라의 문제를 이야기하기
　　위해서이다. 결국 '그림 시대의 쇠퇴와 사진 시대의 성행'은 아우라 소실의 문제를 의미
　　하고자 함이다.

11　최명익 외, 「소설 창작에서의 나의 고심」, 『나의 인간 수업, 文學 수업』, 인동, 1989,
　　256~258쪽.

니고, 거기서 만난 화가들과의 대화에서 미술에 대한 조예를 넓혀갔다. 최명익은 한 편의 그림을 그리는 과정과 한 편의 소설을 쓰는 과정이 다르지 않다고 판단한다.

최명익은 제대로 된 그림이 탄생하기 위해서는 몇 가지 조건이 갖춰져야 한다고 본다. 첫째는 대상을 정확히 볼 줄 아는 '관찰력'이다. 둘째는 정확히 본 대로 그 대상을 사생할 수 있는 '필력'이다. 셋째는 "풍경화에서 화가가 불빛을 낼 황색 안료를 배경을 그리는 데는 되도록 덜 쓰듯" 특정한 부분을 강조하기 위해 나머지 것들은 남겨두는 '절제력'이다. "클라이막스에 가서 우리 심장에 확 불을 지르"기 위해서는 쓰고 싶은 말을, 보여주고 싶은 색을 모조리 다 써서는 안 된다. 결국 최명익이 소중하게 생각하는 가치는, 대상에 대한 세심한 '관찰력', 본 것을 정확하게 그릴 수 있는 '필력', 그리고 더 큰 감동을 위해 아껴두는 '절제력' 등이다.

그러나 세상은 이미 속도의 시대가 되었다. 속도의 시대가 도래했다는 것은 단순히 차창 밖 사물의 모습을 정확히 포착할 수 없다는 것만을 의미하는 것이 아니다. 그것은 '관찰력'도 '필력'도 '절제력'도 무모해진 세상이 도래했다는 것을 의미한다.

> 이 급행 차가 머무르지 않는 차창 밖으로 지나갈 뿐인 작은 역들은 (중략) 메마르게 보인다. 늦은 봄빛을 함빡 쓰고 있는 붉은 정거장 지붕의 진한 그림자가 예각으로 비껴있는 처마 아래는 연으로 만든 인형 같은 역부들이 보이고 천장없는 빈 플랫폼 저편에 빛나는 궤도가 **몇 번인가 흘러 갔다.**[12] (강조:필자)

---

12 최명익 외, 「무성격자」, 『제삼한국문학』 13, 수문서관, 1988, 248쪽.

18   최명익 소설 연구

시속 50몇 키로라는 특급 차창 밖에는 다리 쉼을 할만한 정거장도 역시 **흘러갈 뿐**이었다. (중략) 그렇게 빨리 흘러가는 푼수로는 우리가 지나친 공간과 시간 저편 뒤에 가로막힌 어떤 장벽이 있다면, 그것들은 칸바스 위의 한 텃취, 또한 텃취의 '오일'같이 거기 부디쳐서 농후한 한폭 그림이 될 것이 아닌가? (중략) 그 역시 내가 지나친 공간시간 저편 뒤에 가로막힌 칸바스 위에 한 텃취로 붙어 버릴 것같이 생각되었다.[13] (강조:필자)

인용문은 「무성격자」와 「심문」의 주인공들이 열차 안에서 본 차창 밖 풍경이다. 차창 밖으로는 수많은 사물들이 스쳐 지나가지만 그 어느 것도 마음 놓고 찬찬히 바라볼 수 없다. 기차의 속도가 어떤 풍경도 마음 놓고 온전히 자신의 것으로 포착할 수 없게 만들기 때문이다.[14] 자신의 눈으로 사물을 정확하게 포착할 수 없기 때문에 풍경은 그저 '흘러갈 뿐이다.' 기차의 빠른 속도는 대상과 배경의 구분을 불가능하게 한다. 또한 배경을 그릴 때 색을 절제할 수도 없게 한다. 기차가 근대를 상징하는 상징물이라면 기차가 지닌 속도는 근대의 속도를 의미하는 것이라 볼 수 있다. 근대의 빠른 속도는 그림이 성립되기 어렵게 만든다. 따라서 화가는 실직자가 되고, 그림은 '시대의 퇴물'이 된다. 이제는 "세상의 분위기가, 그리고 절박한 현실이 인텔렉트를 버리고 직업을 바꾸라고 강요하"[15]는 시대가 도래하게 된 것이다.

이러한 시대에 그림의 자리를 꿰차고 등장한 것이 사진이며 몰락한 화

---

13 최명익 외, 앞의 책, 1988, 317쪽.
14 김효주, 『한국 근대 여행소설 연구』, 역락, 2013, 168쪽.
15 최명익, 「폐어인」, 『비오는 길』, 문학과 지성사, 2004, 30쪽.

가의 자리를 대체한 것은 사진사이다. 그림이 사라지고 사진이 등장했다는 것은 그림에 의해 형성된 아우라의 소멸을 뜻하기도 한다.

이에 대해 벤야민은 다음과 같이 설명한다.

> 예술작품의 기술적 복제가능성의 시대에서 위축되고 있는 것은 예술작품의 Aura이다. (중략) 복제기술은 수용자로 하여금 그때그때의 개별적 상황 속에서 복제품과 대면하게 함으로써 그 복제품을 현재화한다. 이 두 과정, 즉 복제품의 대량생산과 복제품의 현재화는 결과적으로 전통적인 것을 마구 흔들어 놓았다. (중략) 현대의 대중은 복제를 통하여 모든 사물의 一回的성격을 극복하려는 욕망을 가지고 있는 것이다. 그리고 이러한 욕망은 날로 커져가고 있다. 화보가 들어 있는 신문이나 주간뉴스 영화가 제공해주고 있는 복제 사진들은 그림과는 분명히 구분된다. 그림에서는 一回性과 持續性이 밀접하게 서로 엉켜 있는데 반하여 복제사진에서는 一時性과 反復性이 긴밀하게 서로 연결되어 있다.[16]

벤야민에 따르자면 그림이 쇠퇴하면서 등장한 사진은 전통의 동요와 분리를 가지고 왔다. 한 편의 그림을 위해 존재해야 했던 지평선의 산맥이나 바람, 나뭇가지와 같은, 아우라를 가능하게 하였던 일회성과 지속성과 같은 요소는 사진의 등장으로 인해 불필요한 것이 되었다. 사진과 영화의 시대로 대표되는 근대를 사는 대중들은 사물의 진정한 아우라를 느

---

16 발터 벤야민, 반성완 편역, 「기술복제시대의 예술작품」, 『발터 벤야민의 문예이론』, 1983, 202~204쪽.

최명익 소설 연구

낄 수 없게 되었다.[17] 기술의 발달로 인해 복제술이 늘어나면서 사진은 일시성과 반복성을 지니게 된다. 따라서 대중들은 큰 어려움 없이 그것들을 복제하고 소유할 수 있게 되었다.

사진으로 대표되는 '복제'와 '반복'의 시대는 대상을 정확히 볼 줄 아는 관찰력, 동시에 그것을 정확히 사생하는 필력도 중요하지 않다.[18] 그리고 사진에는, "복제에서는 빠져 있는 예술 작품의 유일무이한 현존성"[19]이 부재되어 있다. 작품의 복제만 남고 숨결이 빠진 시대, 자신이 애착을 가지던 그림을 몰락시키고 나타난 사진에 대해 최명익은 철저하게 부정적으로 인식한다. 그의 이러한 내면과 사고 체계는 그의 작품 속에 나타난 그림과 사진에 대한 묘사 부분을 통해 살펴볼 수 있다.[20]

---

17 벤야민에게 있어 아우라는 존재해야 하는 것이면서도, 타파해야 할 이율배반적인 것이다. 왜냐하면 벤야민이 살던 시대는 파시즘으로 인해 전쟁이 빈번하게 일어나던 시기였다. 이 시기 예술은 전쟁에 의해 빈번하게 수단화되고 있었다. 그는 이 문제에 대해 '파시즘이 새로이 생겨난 프롤레타리아화한 대중을 조작하고 대중이 폐지하고자 하는 소유 관계는 조금도 건드리지 않고 있다'고 비판하며 특히나 "지배자의 숭배라는 명목으로" 이루어지는 아우라 예술이 정치에 이용되고 타락하는 것에 대해 강한 거부감을 피력하고 있다. 발터 벤야민, 앞의 책, 229쪽.

18 병일이 본 사진은 암정으로 눌러놓아 얼굴이 일그러져 대상을 정확히 볼 수도 없거니와, 작가 스스로 사진술(?)이라는 단어 옆에 물음표를 쳐놓았듯이 작가는 사진에 대해 별다른 기술이라고는 필요 없는 것으로 인식하고 있다.

19 발터 벤야민, 위의 책, 202쪽.

20 최명익은 사진에 대해 부정으로 인식한다. 그러나 한편으로 사진은 시간 정지의 가능성을 가장 상징적으로 보여주는 상징물이기도 하다.

3. 「비오는 길」에 나타난 사진의 속성

3.1. 예술성의 상실과 생활의 중요성

벤야민은 사진을 주축으로 하는 기술복제시대의 특징을 논하면서, 기술복제시대는 그가 꿈꾸던 혁명적 힘이 지배하는 세상과는 거리가 먼 새로운 시대라고 인식했다.

그림의 자리를 대체해서 등장한 초기 사진은 어느 정도의 새로운 힘을 지니고 있었다. 기술력이 그다지 발달하지 않았던 시대였기 때문에 초기 사진에는 그 특유의 아우라가 있었다. 하지만 후기 사진의 성향을 대표하는 아우구스트 잔더(August Sander)의 사진은 그 이전의 사진과는 큰 차이를 보인다. 아우구스트 잔더는 일련의 얼굴 사진만을 모아 사진집을 발간했는데 그의 사진 속에는 '농부', '군인', '수리공' 등 다양한 계층과 직종이 등장한다. 이들 사진의 제목 또한 별도의 수식 없이 단순히 그들의 직업만을 명시하고 있다. 아우구스트 잔더의 사진이 보여주는 이와 같은 특징들은 사진이 더 이상 예술적 아우라를 담는 것이 아니라 직업이나 계급과 같은 사회적 기능을 담는 것으로 변하였다는 사실을 증언한다. 달리 말하면 "사진이 미적 특성의 영역으로부터 사회적 기능의 영역"으로 옮겨오게 된 것이다. 이러한 변화는 근대인들이 예술을 추구하던 자리에서 벗어나 생활의 문제에 봉착하도록 만들었다.

「폐어인」에서 그림 선생이던 P씨는 학교 교사라는 "봉급생활을 내던지고 혹은 다시 운동을 한댔자 가망이 없다고 단념하고 새 직업으로 나선"

최명익 소설 연구

사람이다. 혁명적 에너지가 상실된 시대에 "다시 운동을 한댔자 가망이 없"다. 이제 혁명보다는 생활이 중시되는 시대가 도래했기 때문이다. 따라서 이런 사회에서는 그의 재능인 그림 그리기는 아무런 힘을 발휘하지 못한다. 그런 그가 선택한 일은 빨랫비누가 잘 팔리도록 비누에 그림을 새겨넣는 일이다.

> P씨는 한 손으로 이마의 땀을 씻어가며 빨랫비누 견본을 현일에게 내보이며
> "빨랫비누니까 품질이야 별다를 것이 없지만서두 모양이라도 좀 다르게 하노라고 이렇게 고안해봤죠" 하는 P씨의 말에
> "거 참 미술적인데요."
> 이렇게 대답하는 자기 말이 혹 시니컬하게 들릴 것 같아서 그 타원형 비누를 쓸어보면서
> "참 아담하게 된걸요" 하였다.
> "그런데 같은 중량인데두 상점에서들은 네모난 것보다 적어 보인다고 '가다'를 고치라는구려. 모양이 보기 좋은 거야 알아줍니까! 그래 다시 녹여서 모나게 할밖에 없죠."
> (중략)
> "김선생 이것 가져다 써보세요" 하고 P씨는 견본 비누를 현일에게 밀어 맡기듯이 주며 "바빠서 실례합니다" 하고 총총히 가버리는 것이다.
> 현일은 손에 놓인 비누 잔등에 조각된 밀레의 「만종」을 단순하게 그려놓은 그림과 행복이라는 글자를 보고 또 총총히 걸어가는, 젊은 화가 P씨의 뒷모양을 바라보았다.
> **그의 미술이 거품이 되고 말 이 비누 잔등의 의장으로 남기고 행복을 따라 총총걸음을 하는 것인가?** (강조:필자)[21]

---

21 최명익, 앞의 책, 2004, 29~30쪽.

젊은 화가는 더 이상 넓은 캔버스 위에 그림을 펼쳐 그리지 못한다. 그가 그림을 그릴 수 있는 공간은 고작 빨랫비누 위이다. 빨랫비누 위에서조차도 자신의 뜻대로 그림을 펼쳐놓을 수 없다. 왜냐하면 사람들은 빨랫비누 위에 그려진 그림을 예술 작품으로 보아주기보다는 비누의 중량 조절이라는 실용적인 문제에만 집착하기 때문이다. 실속이 중요한 시대에 네모난 비누에 비해 중량이 적어보이는 타원형 비누는 인기가 없다. 현일은 실용성이라는 이름 아래 "그의 미술이 거품이 되고 말" 것이라는 사실에 개의치 않고 행복을 따라가는 P[22]를 안타까운 시선으로 바라본다. 주인공 현일의 시선은 화가를 그런 눈으로 바라보는 작가의 입장을 대변한다.

「비오는 길」에서도 마찬가지이다. 소설에서 묘사된 근대인들은 눈앞에 있는 현실만 보며 살아가기 때문에 그들은 "매일같이 길을 엇갈려 지나치는 사람이 있어도 언제나 노방의 타인"으로 인식하며 각자 "자기네 일에 분망"[23]한 소시민적 삶을 살아간다.

> "하아 여기 사진관이 있었던가!"
> 하고, 병일이는 아직껏 몰라보았던 것이 우스웠다. 그 작은 '쇼오윈드' 안에는 값없는 십육촉 전구가 켜 있었다. 그리고 퍼란 판에 금박으로 무늬를 놓은 반자지를 발른 그 안에는 중판쯤 되는 **결혼 사진을 중심으로 명함판의 작은 사진들이 가득히 붙어 있었다. 대개가 고무 공장이나 정미소의 여공인 듯한 소녀들의 사진이었다.**
> **사진의 인물들은 모두 먹칠이나 한 듯이 시꺼멓고 구멍이 들여다 보였다.**

---

22 최명익의 '행복'에 대한 인식은 이 장의 4절을 참조할 것.

23 최명익, 「비오는 길」, 『비오는 길』, 문학과지성사, 2004, 49쪽.

"암정으로 사진의 우머리만을 눌러놓아서 얼굴들이 반쯤 재쳐진 탓이겠지 –" 하고, 병일이는 웃고 있는 자기에게 농담을 건네어보았다. 그들의 후죽은 이마 아래 눌리어 있는 정기없는 눈과 두드러진 관골 틈에서 기를 펴지 못하고 있는 나지막한 코를 바라보면서 병일이는 그들의 무릎 위에 얹혀있을 거츨은 손을 상상하였다. (강조:필자)[24]

「비오는 길」에서 병일은 갑자기 쏟아지는 비를 피하기 위해 어느 집 처마 아래로 들어선다. 그곳에서 병일은 우연히 사진관을 발견한다. 그곳에는 '명함판의 사진들이 가득히 붙어 있'다.

사진이 대중화되기 시작한 것은 명함판 사진이 등장하기 시작하면서부터이다.[25] 명함판 사진이 등장하면서 그림을 그리던 화가들은 화판을 버리고 사진사로 직업을 옮긴다. 따라서 명함판 사진을 찍는 사진사는 그야말로 많은 부를 축적할 수 있었다. 그런데 초기에 발 빠르게 명함판 사진 사업으로 전직을 했던 사람들은 모두 부자가 되었지만, 이제는 너무 많은 사람들이 그 일을 하고 있다. 따라서 사진사라는 직업은 큰 부를 획득하는 특별한 직업이 아니라, "혹시 일이 없어서 돈벌이를 못한 날"[26]도 간간히 있는 평범한 직업이 된다. 그러나 사진사라는 직업이 쉬운 것은 "사진 영업이라는 기술이니만치 뼈가 쏘게 힘드는 일"[27]이 아니거니와, 작가 스스로 사진술이라는 단어 옆에 물음표[28]를 쳐놓았듯이 별다른 기술이라고

---

24 최명익, 앞의 책, 51쪽.

25 발터 벤야민, 반성완 편역, 「사진의 작은 역사」, 『발터 벤야민의 문예이론』, 1983, 241쪽.

26 최명익, 위의 책, 56쪽.

27 위의 쪽.

28 이에 대한 구절은 다음과 같다. "그가 3년 전에 비로소 이 사진관을 시작하기까지 열세

는 필요 없는 직업이기 때문이다.

사진관의 중심에는 '결혼 사진'이 놓여 있고, 그 옆에는 '고무공장이나 정미소의 여공인 듯한 소녀'의 사진이 걸려 있다. 이런 사진들은 당시 분위기를 상징하는 장치로 사용될 수 있다. 결혼 사진이 중심에 놓인다는 것은 대부분의 사람들이 가족제도의 틀에 따라 제도화되고 규격화된 소시민의 평범한 삶을 살고 있다는 것을 의미한다. 사진관에 걸려 있는 '결혼 사진'은 대다수의 군중들이 결혼이라는 제도를 중심으로 가정을 꾸리고 자신의 '생활을 중심에 둔' 소시민적 삶을 살아간다는 메시지를 던지는 장치라고 할 수 있다.

3.2. 규격화 및 사물화

사진에 대해 부정적인 관점을 가지고 있었던 최명익의 생각은 작품 속에도 고스란히 녹아난다. 그에 따르면 사진은 대상을 규격화하고 사물화시킨다. 사진은 인위적으로 조작된 것이기 때문이다.

> 베갯머리에 놓인 신문은 역시 **사람의 시력을 의심하는 듯한 큰 활자와 사변 화보로 찬 지면이다.** 뉴스 영화 필름의 중도막 한 장인 듯이 그 사진은 필요에 적응하는 사람들의 본능적 동작의 한 순간들이다. 기관총의 너털웃음 외에는 **숨소리도 상상할 수 없이 긴장한 사람들의 포즈였다.** 카무플라주된 쇠투구와 불을 뿜는 강철 기계에는 강한 일광조차 숨을 죽였고 내빼는 만화같이 큰 발의 구두등알이 오히

─────

살부터 10여 년 동안 그의 적공은 그의 사진술(?)과 지금 병일의 눈앞에 보이는 이 독립적 사업으로 나타났다는 것이었다." 위의 책, 57쪽.

려 인화(燐火)같이 반사하였다. **정확한 렌즈와 결사적 카메라맨의 합작으로 그려진 희화(戱畵)였다.**[29] (강조:필자)

최명익의 소설 「역설」에서 속도의 시대에 독서의 자리를 대체하여 등장한 것은 신문이다. 사람들의 눈길을 끌어야 그 상품적 가치를 인정받을 수 있고, 하루하루 새로운 소식이 등장하는 시대이므로 신문 글자의 크기는 "사람의 시력을 의심하는 듯"이 과장되게 크고, 그 내용은 "사변 화보로" 가득 차 있다.

「역설」에서 주인공의 눈길을 끄는 것은 신문 속에 실린 사진이다. 기술의 시대를 대표하는 듯 강철 기계 앞에 서 있는 사진 속 인물들은 "숨소리도 상상할 수 없이 긴장"해서 경직된 포즈를 취하고 있다. 그것을 보고 주인공은 "정확한 렌즈와 결사적 카메라맨의 합작으로 그려진 희화(戱畵)"로 인식한다.

사진의 인위성을 비판하고 사진을 희화로 인식하는 것은 「비오는 길」에서도 나타난다. 병일이 사진관 앞에서 보게 된 사진 속에 인물들은 모두 "정기 없는 눈"을 가지고 있다. 그들의 사진을 보면서 병일은 "그들의 무릎 위에 얹혀 있을 거칠은 손을 상상"한다. 사진관의 명함판 사진 속에 담겨 있는 그들에게는 새로운 에너지가 느껴지지 않는다. 그것은 사진사의 무릎 위에 손을 얹으라는 요구대로 규격화된 포즈를 취한 것에 불과하다.[30]

---

29 최명익, 「역설」, 『비오는 길』, 문학과지성사, 2004, 118~119쪽.

30 병일이 사진관 앞에서 본 사진 속 인물들은 암정으로 얼굴을 눌러놓아 찌그러진 얼굴을 하고 있다. 그들은 모두 먹칠이나 한 듯이 구멍이 나 있다. 그리고 그 속에서 그들은

비를 놓고 부채로 쇼윈도 안의 하루살이와 파리를 쫓아내는 그의 혈색 좋은 커다란 얼굴은 직사되는 광선에 번질번질 빛나 보였다. 그리고 그의 미간에 칼자국같이 깊이 잡힌 한 줄기의 주름살과 구둣솔을 잘라 붙인 듯한 거친 눈썹과 인중에 먹물같이 흐른 커다란 코 그림자는 산 사람의 얼굴이라기보다 얼굴의 윤곽을 도려낸 백지판에 모필로 한 획씩 먹물을 칠한 것같이 보였다. **병일은 지금 보고 있는 이 얼굴이나 아까 보던 사진의 그것은 모두 조화되지 않는 광선의 장난이라고 생각하였다.** (중략) 이렇게 서서 의식의 문밖에 쏟아지는 낙숫물 소리에 귀를 기울이며 있는 병일이는 **광선이 희화화(戲畫化)한 쇼윈도 안의 초상**이 한 겹 유리창을 격하여 흘금흘금 자기를 바라보고 있는 충혈된 눈을 마주 보았다.³¹ (강조:필자)

인용문에서 병일은 사진을 '조화되지 않는 광선의 장난'이라고 생각한다. 뿐만 아니라 사진관 안에 있는 사진사의 모습까지도 '광선이 희화화'된 것으로 인식한다. 이렇듯 최명익에게 사진은 조작되어진 희화에 불과한 것이다.

최명익은 사진뿐만 아니라 사진관 안의 배경 또한 인위적인 것으로 인식한다.

정기 없는 눈빛을 한 채 두드러진 관골 틈에서 기를 펴지 못하고 있다. 그 속에는 어떠한 의미 깊은 순간도 담겨있지 못하다. 그들은 모두 사진사가 지시한대로 무릎 위에 손을 얹혀놓았을 뿐이다. 따라서 병일은 그들의 손이 거칠 것이라 생각한다. 그들의 손이 거친 것은 그 속에는 '부드러운 바람, 숨결 죽지 않은 영혼'을 의미하는 아우라가 상실되었기 때문이다. 병일은 사진관 주인인 이칠성을 보면서도 그를 영혼이 있는 "산 사람의 얼굴이 아니라 얼굴의 윤곽을 도려낸 백지판에 모필로 한 획씩 먹물을 칠한 것"(52쪽)으로 인식할 뿐이다.

31 최명익, 앞의 책, 52~53쪽.

맞은벽에는 배경이 걸려 있었다. 이편 방 전등빛에 배경 앞에 놓인 소파의 진한 그림자가 회색으로 그리운 배경 속 나무 위에 기대어졌다. 그리고 그 소파 앞에 작은 탁자가 서 있고, 그 위에는 커다란 양서 한 권과 수선화 한 분이 정물화(靜物畵)같이 놓여 있었다. (중략) "배경이라고는 저것밖에 없는데 여기 손님들은 저 산수 배경 앞에 걸터앉아서 수선화를 앞에 놓고 넌지시 책을 펴들고 백이거든요." 하고 큰소리로 웃었다. 자리에 돌아온 그가, **"차차 배경도 마련해야겠습니다."[32]** (강조:필자)

인용문에서 언급한 배경은, 한 편의 그림을 그리기 위해 자연으로 향하고, 그 속에서 영감을 얻던 회화의 시대에서 추구하던 배경과는 전혀 다르다. 이들에게 있어 배경은 '차차 마련할 수 있는 것이 되며' 생명력을 지니고 있지 않기 때문에 죽은 것으로 인식된다. 자신의 기호에 따라 사물을 언제든 여기저기로 옮겨놓을 수 있고, 생명력도 지니고 있지 않기 때문에 이것은 정물화로 인식된다. 따라서 조작되거나 인위적인 것을 거부하는 병일은 사진을 심하게 경멸하고 그에 대해 불쾌감을 느끼게 된다.

이렇게 최명익은 초지일관 사진에 대해 부정적인 시선을 견지하고 있다. 그는 이를 통하여 하루바삐 변해가는 속도의 시대를 빈정대고 비판한다. 모두들 빠르게 변해가는 속도의 시대에 '언젠가 올(혹은 오지 않을) 행복할 날'을 기약하며 정신없이 살아가고 있는 것이다. 이제 남은 것은 예술이 아니라 생활이며, 대상이 지녀야 하는 것은 아우라가 아니라 복제가능성이다. 이 시대 최고의 가치는 인간이 아니라 물질이 되는 것이다. 결

---

32 최명익, 앞의 책, 58쪽.

국 최명익은 근대 문명의 예술 생산양식인 사진을 통해 근대적 규범화와 사물화를 문제 삼고자 하였다.

4. 최명익 소설에서의 사진의 상징성과 시간관

「비오는 길」에서는 사진과 사진관에 대한 묘사, 사진사인 이칠성과 병일 사이의 대화가 빈번하게 나타난다. 거기에는 시간관의 차이라는 근본적인 요인이 작동되고 있다. 작가는 시간관을 설명하기 위해 사진이라는 소재에 주목하고 있다. 따라서 여기에서는 최명익의 시간관에 대해 살펴보고 이것이 사진 이미지를 통해 어떻게 드러나는지에 대해 살펴보고자 한다.

최명익은 독특한 시간관을 가지고 있다. 「심문」과 「무성격자」, 「역설」 등의 일련의 작품들에서 알 수 있듯이 그의 작품에는 과거의 문제에 대한 잔영이 강해 시간 반추가 빈번하게 이루어진다. 결국 최명익 소설 속의 등장하는 주인공들은 자연적이고 객관적인 시간보다는 주관적 시간을 더 중요시하는 것이라 볼 수 있다.[33] 「비오는 길」도 이러한 시간관과 관련이 있다. 이 작품에서는 일상성에서 반복되는 동일한 시간이 되풀이되면서 전개되고 있다.[34]

뿐만 아니라 그의 소설에서는 행복에 대한 질문이 거듭되고 이를 부정적으로 인식하는데, 이 역시 시간관의 문제와 결부된다. 「폐어인」에 주인

---

33 김효주, 앞의 책, 237쪽.

34 이강언, 앞의 논문, 462~463쪽.

공 현일은 과거 예술의 세계를 포기하고 이제는 물질을 추구하며 사는 젊은 화가 P를 보며 '그의 미술은 거품이 되고 마는 데도 미래에 올 행복을 따라 총총걸음 하는 것'에 대해 씁쓸해한다. 「비오는 길」에서도 행복은 물질을 추구하는 생활이라는 말과 밀접하게 결부되어 부정적인 의미로 사용된다. 사진사 이칠성의 속물적인 삶을 이야기하면서 행복을 언급하는데 그런 점에서 행복에 대해 부정적인 태도가 엿보인다. 병일은 "사회층의 일평생의 노력은 이러한 행복을 잡기 위한 것임을 어느 때 어느 곳에서나 늘 보고 듣"지만, 병일이는 그것을 진정한 행복이라고 믿지는 못한다. 여기서 사회를 구성하며 사는 대다수의 사람들은 '지금·현재'를 경험하지 못한다. 그들에게 있어 현재는 언젠가 다가올 행복한 미래를 위한 준비 과정일 뿐이다. 그들은 진정한 행복은 미래에 있다 믿으며, 미래지향적 시간관을 살아간다. 그러나 주인공 병일은 미래지향적 시간관을 지니고 있지 않다.

이렇듯 주인공이 사진과 행복에 대해 가지는 부정적인 관점은 그가 가진 시간관[35]에서 연유한다. 최명익 소설 속에서 주인공과 대립각을 이루는 인물들이 대체로 미래를 지향하며 살아간다면, 주인공(혹은 주인공에

---

35 「비오는 길」의 시간관에 대해 김성진은 "공적 시간과 고립된 사적 시간을 설정하는 행위는 이미 그 자체로 이분법적인 시간 체험의 양상에 빠져 있는 것"(218쪽)임을 지적하며 주인공 병일이 '독서'의 시간에 대한 몰두하는 것은 근대의 일상에 내재한 기계적 시간에 맞서 사적인 시간을 확보하고자 하는 것으로 보고 있다. 한편 차혜영은 「비오는 길」이 지닌 시간 인식에 대해 "반복의 시간구조에 의해 시간이 공간화되고 이것이 선조적인 시간인식을 대체하고 있다"(232쪽)고 보았다. 기존 연구는 최명익 소설에 나타난 모더니즘적 성향을 해명해주는 장점을 지니고 있기는 하지만 최명익 소설 속 주인공들이 지닌 독특한 시간관은 충분히 밝히지 않았다고 본다.

준하는 인물들)³⁶은 주로 과거에 취해 살아간다. 주인공들에게 행복은 미래에 있는 것이 아니라 과거에 있다. 따라서 주인공들이 '행복'에 대해 부정적인 경향을 보이며 스스로에게도 자꾸만 반복적으로 되묻던 "사회층의 누구나 희망하는 행복을 행복이라고 믿지 못하는 이유"³⁷에 대한 해답은 바로 여기에 있다. 그것은 최명익 소설 속 주인공들에게 있어 행복이 존재하고 있다고 믿는 그 시점이 그 시대를 살고 있는 군중들과 다르기 때문이다. 대다수의 군중들이 가진 행복은 미래에 놓여 있는 것이지만, 주인공에게 있어 행복은 오히려 과거에 놓인 것이다.

때문에 최명익 소설 속 주인공은 시간의 흐름을 거부하고 시간 정지의 가능성을 꿈꾼다. 그리고 이를 사진의 속성과 결부시키고자 하였다. 벤야민은 우리에게 있어 진정한 행복은 과거 속에서 존재할 수 있으며, 과거라는 것은 흘러간 시간이 아니라 구원을 기다리고 있는, 아직 구원받지 못한 채 판단 보류 상태로 놓인 것으로 보았다. 중요한 것은 언젠가 도래할 그날을 위해서 "어떤 위험의 순간에 섬광처럼 스쳐 지나가는 것과 같은 어떤 기억을 붙잡아 자기 것으로" 만들어 과거의 이미지를 꼭 붙잡는 것이다. 벤야민은 과거를 과거로 간주하지 않고, 그것을 꼭 잡고 재현재화하는 것의 중요성을 인식했다. 따라서 과거·현재·미래로 분절된 시간이 아니

---

36 가령 「심문」의 현혁과 여옥의 경우를 들 수 있다. 현혁은 과거에 사회주의 이론의 헤게모니를 잡았던 인물로 현재는 자포자기자로 살아간다. 현혁은 오직 과거에 취해 산다. 여옥 역시 시간에 대해 부정적이다. 여옥이 시계를 관찰하며 하루 한나절을 보냈다거나 시계소리와 심장 고동 소리를 동일한 것으로 간주하는 시선 속에는 근대화의 속도에 따라 심장소리를 맞추고 사는 현대인에 대한 부정적인 시선이 내포되어 있다. 김효주, 앞의 책, 102~114쪽.

37 최명익, 앞의 책, 71쪽.

라 '과거에 의해 재구성된 현재', '현재에 의해 재구성된 과거'가 중시된다.

「비오는 길」 역시 이러한 고민을 시간 정지의 가능성과 연결시켜 구체화하고 있다. 그리고 이를 사진 이미지와 결부시키고 있다. 「비오는 길」에 나타난 시간 정지의 가능성은 대한 크게 두 가지로 구분해서 살펴볼 수 있다. 주인공 병일이 가진 시간관의 측면과 병일의 의미 있는 타자인 사진사 이칠성의 '사진'의 측면이다.

먼저, 병일은 근대적 시간 체계에 대해 거부감을 표현하기 위해 작가가 내세운 인물이라 할 수 있다. 이칠성은 철저하게 삼분된 시간 체계를 믿고 살아가는 근대인이기 때문에[38] 이에 대해 병일이 이칠성과 그 사진에 대해 부정적인 시선을 견지하는 것은 당연한 일이다. 병일이 진정으로 경험하고 싶어하는 것은 사진사와 사진으로 대표되는 흘러가버리면 그뿐인 "조화되지 않는 광선(시간)의 장난"이 아니라 '(과거·현재·미래)가 조화된 시간의 진지함'이다. 이 점을 강조하려는 듯, 작가는 병일의 시간관에 대해 반복적으로 언급하고 있다.[39]

다음으로 작가는 사진과 사진사라는 직업 설정을 통해 시간 정지의 가능성을 엿보고자 하였다. 사진은 근대적인 것을 대표하는 표상이기는 하지만, 사진에 의해 구현되는 시간은 오히려 반근대적인 속성을 보인다. 최명익은 바로 사진의 그런 반근대적인 시간성을 아주 예민하게 포착하였다고 할 수 있다.

---

38 「비오는 길」에서 병일은 사진사의 얼굴이 "직사되는 광성에 번질번질 빛나"고 있는 것을 보았다. 병일에 따르면 사진은 조화되지 않는 광선이 난무하는 공간이다. 이때 광선은 결국 '시간'을 의미한다고 볼 수 있다.

39 과거를 현재화한 '조화된 시간의 가능성'에 대해 작가는, "내 마음대로 할 수 있는 시간"(67쪽)인 독서의 시간과 연관시키며 반복적으로 언급하고 있다.

사진사 이칠성은 "매일 암실에서 눈과 뇌를"[40] 쓴다. 암실이라는 공간은 빛과 광선(시간)으로부터 차단된 공간이다. 결국 사진을 찍는 순간도, 암실에서 작업하는 것도 시간을 정지시키려 하는 것이다. 작가는 끊임없이 시간의 정지를 생각한다. 그리고 시간 정지의 가능성을 사진 이미지를 통해 발견하고자 했다고도 할 수 있다. 왜냐하면 사진은 과거, 현재, 미래로 분절되는 근대적인 시간 체계를 거부하는 독특한 시간 지향성을 갖고 있기 때문이다. 사진 찍는 순간은 현재이다. 사진 찍는 그 순간은 현재이지만, 사진으로 남겨지는 순간 사진 속 사건은 과거가 된다. 그런데 우리는 그 과거의 기록이 담긴 사진을 찍으면서 동시에 그 기억이 현재화됨을 느낀다. 덧붙여 그것을 통해 대상을 끌어내어 미래를 예측한다. 따라서 사진을 보고 있는 현재란 과거의 시간과 미래의 시간이 모두 응축된 순간이다. 그 속에서 과거, 현재, 미래를 구분하는 것은 불가능하고 또 의미도 없다. 과거, 현재, 미래라는 것이 응축되어 있다는 것은 사진 속에는 시간이라는 것이 적절하게 조화를 이루며 새로운 의미를 생성해낸다는 것을 의미한다.

그런데 사진을 바라보는 자가 그 독특한 시간 지향성을 찾아내지 못한다면 사진은 그저 죽은 것에 불과하다. 그저 흘러가는 시간에 몸을 맡긴 채 현재가 아닌 미래적 시간을 보며 살아가는 근대인 이칠성도 사진 찍는 순간의 그 독특한 시간 지향성을 포착할 안목을 갖지 못한다.

작가는 주인공을 통해 근대적 시간에 대한 거부감을 표현하였고, 사진사를 통해 시간 정지의 가능성을 엿보고자 하였다. 그러나 그들은 시

---

40 최명익, 앞의 책, 56쪽.

간 주위를 맴돌고만 있었지 그것을 포착해내는 안목을 지니지는 못했다. 주인공 병일에게는 근대적 시간관에 대한 일방적인 거부와 과거에 대한 향수만 있었을 뿐, 그것을 생성적인 시간으로 전환하는 데까지 이르지는 못했다. 사진사 이칠성은 시간을 정지시키는 직업을 가지고 있었지만 미래지향적이고 분절적인 근대적 시간 체계에 순응하고 있었기에 사진 찍는 순간의 의미 있는 시간을 포착하여 현재화하는 능력이 부족했다.[41]

아울러 병일의 시간관은 현재 생활에 대해서 부정적인 시선을 견지할 수밖에 없게 만든다. 그에게 중요한 것은 미래에 놓여 있는 것이 아니라, 언제나 지나가버린 과거에 있다. 미래 사회가 나날이 새로운 것을 요구하는 물질과 기술의 시대라면, 과거는 이와는 상반되는 것으로 형상화된다. 병일에게 현재의 생활 세계란 예술의 세계와 대비되는 아우라가 상실된 공간이다. 반면 과거는 사물마다 고유한 아우라를 간직하고 있는 세계이며 실용성보다는 예술성이 중시된다. 생활인이 되는 것은 물질을 추구하는 것이며, 예술을 거부하는 것이다. 예술이 지닌 아우라를 중요하게 여기는 그이기에, 미래지향적 시간 체계에 순응하는 생활을 거부하는 것은 당연한 귀결이라 하겠다. 병일이 자꾸만 독서의 세계를 고집하고자 한 것은 이런 맥락에서 다시 해석되어야 하는 것이다.

병일은 개인적으로는 사진에서는 아우라를 찾을 수 없었기 때문에 독

---

41 이는 독서의 문제에 있어서도 마찬가지이다. 주인공은 독서 행위를 통해 끊임없이 살아 있는 시간을 확인하고자 한다. 그러나 자신이 추구하는 시간과 근대적 시간의 간극으로 인해 주인공은 독서 행위에 대해 확신을 가지지 못하고 자꾸만 방황하게 된다.

서를 통해서 아우라를 재구성하고자 하였다. 그러나 근대적 세계는 아우라 추구를 힘들게 만든다. 그런 점에서 「비오는 길」은 사진 세계와 독서 세계의 대립 축에서 사진 세계를 거부하고 독서 세계를 추구했지만, 독서를 통하여 아우라를 재구성할 수 있다는 확신을 보여주지는 못하였다. 그것은 병일이 개인의 문제에서만 비롯되는 것이 아니라 당대 사회의 특징과도 관련이 있다. 근대인들은 모두 삼분화된 시간 체계 속에서 살기 때문이다. 그의 현재화 실패는 삼분화된 근대적 시간 체계 속에서 미래를 지향하며 살아가야 하는 근대인이, 근대적 시간에 대해 반감을 가지고 과거를 희구하는 과거 회귀적인 새로운 시간관을 꿈꾸는 것은 불가능하다는 것을 보여주는 것이라 하겠다.

중요한 것은 진보하여 살아 꿈틀거리는 시간이며, 그것을 발견하는 시선이다.[42] 중요한 순간을 포착하는 것은 사진사의 역할일 수도 있고, 후에 그 사진을 보게 되는 사진 감상자의 역할일 수도 있다. 따라서 아무런 통제 없이 이미지 그 자체를 위해 이미지를 불러오는 수집가의 태도가 아니라 일상성과 비일상성, 꿈과 현실, 과거와 현재의 변증법적 교차를 파악함으로써 이미지를 '읽을 줄 아는' 태도가 요구된다.[43]

최명익 소설 「비오는 길」에서는 사진이라는 소재를 사용하여 시간 정지의 가능성에 대해서는 포착하고 있으나 그것을 읽을 줄 아는 태도가 부재되어 있다. 병일이 보인 태도는 근대적 시간 체계에 대한 일방적인 거부

---

42 벤야민은 시간을 두 가지로 구분한다. 첫째는 동질적이고 공허한 시간이고, 둘째는 현재 시간으로 살아 있는 시간이다. 동질적이고 공허한 시간이 그저 흘려보내는 시간이라면, 현재 시간은 과거와 결부하여 다시 태어나는 지금 현재 되살아나는 시간이다.

43 윤미애, 「매체와 읽기」, 『독일언어문학』 37, 한국독일언어문학회, 2007, 204쪽.

일 따름이다. 생성적 시간을 형성할 수도 없고, 그렇다고 해서 자신이 지닌 시간관을 포기할 수도 없는 작가는 딜레마를 경험한다. 때문에 작가는 사진사를 갑작스럽게 죽게 하는 사보타주 형식을 취하여 소설을 급하게 마무리 지을 수밖에 없게 되었다. 결국 「비오는 길」에서는 사진이라는 소재를 사용하여 시간에 대한 진지한 탐색은 있었지만 이를 재현재화하는 방법에 대해서는 미흡했다 하겠다.[44]

5. 마무리

최명익이 소설을 창작하던 1930년대 후반이라는 시기는 일제 식민지 수탈이 강조되고, 이전에 지녔던 사상성이 약화되면서 여러 가지 사회적 모순이 발견되던 시기였다. 혁명성을 상실한 시대에 혁명의 자리를 대체하고 나온 것은 생활의 문제였다. 자본주의 사회에서 최고의 가치를 차지하는 것은 물질이었고, 근대인들은 이 물질 생산을 가장 극대화할 수 있게 고안된 근대적 시간 체계 속에서 살아가게 되었다. 근대적 시간 체계는 과거, 현재, 미래를 정확하게 구분하였으며, 그 시간관에 따르면 과거는 흘러간 것이며, 현재는 언제라도 흘러갈 수 있는 것이 된다. 그들이 현재를 열심히 살아가는 것은 현재를 중요하게 생각하기 때문이 아니라 현재를 미래를 위한 준비의 과정이라 보기 때문이다. 미래가 행복을 가져다

---

[44] 이후 1939년에 창작된 작품 「심문」을 보면 최명익은 시간 정지의 문제에 대해 더욱 진지하게 해결점을 모색하고자 했음을 알 수 있다. 이에 대해서는 이 책 6장을 참조할 것.

준다고 믿으며 모두들 언제가 다가올 행복한(?) 미래를 위해 현재를 소모하듯이 살아간다.

이러한 시대에 이에 대해 심각하게 문제를 제기한 작가가 최명익이다. 최명익은 「비오는 길」의 사진 이미지를 통해 이 문제에 대해 진지하게 고찰해보고자 하였다. 그는 근대적 시간을 거부하고자 하였다. 따라서 과거를 향수하고 추억했다. 하지만 그것을 현재화하는 문제에 대해서는 고민하지 못했다. 이에 비해 벤야민은 사진을 통해 하나의 가능성을 발견한다. 그것은 과거를 재현재화하는 방법이다.

벤야민은 끊임없이 예술의 아우라와 혁명적 에너지의 관계에 대해 고민했다. 예술의 아우라는 정치적 반동에 의해 악용되어서는 안 되었고, 혁명적 에너지는 더 강화되어 사회의 변화를 가져와야 했다. 반면 최명익은 정치나 역사의 혁명적 전환에 대해서는 관심이 없었다. 그 결과 예술의 아우라와 혁명적 에너지 중 예술의 아우라에 대해서만 관심을 가졌다. 그러나 근대의 속도는 예술의 아우라를 불가능하게 했다. 따라서 살아 있는 새로운 시간으로서의 가능성은 배제된다. 사진과 사진관을 바라보는 병일을 묘사하는 대목은 이러한 작가의 성향을 압축하여 보여준 것이라 하겠다.

제2장

「비오는 길」에 나타난 욕망의 간접화와 소설적 진실성의 추구

「비오는 길」에 나타난 욕망의 간접화와
소설적 진실성의 추구

1. 머리말

「비오는 길」은 1936년 『조광』에 발표한 최명익의 대표작 중 하나이다. 「비오는 길」은 「심문」으로 귀결되는 최명익 소설 세계의 전개 과정에 있어 의미 있는 출발점이면서 바탕이 되는 작품이라 할 수 있다. 「비오는 길」이 '어떻게 살아야 후회 없는 인생을 살 것인가'에 대해 기본적인 질문을 던진다면, 「무성격자」에서는 애정의 문제와 삶의 열정에 대한 물음을 통해 삶의 길을 모색한다. 「역설」에서는 신·구 세대가 교체되는 상황에서 새로운 시대를 이끌어 갈 인물은 어떠해야 하는가에 대한 문제를 던진다면, 「폐어인」은 세대와 이념의 문제에 대한 좀 더 깊은 고민을 다룬다. 그리고 이러한 일련의 소설적 모색이 「심문」에서 종합된다. 「심문」은 삶의 자세의 문제, 애정의 문제, 이념의 문제 등을 망라한 작품이다. 「심문」의 종합은 인물의 삼각구도를 정립하였기에 가능한 것이라 할 수 있다.

「비오는 길」은 최명익 소설이 이런 삼각구도를 정립하게 되는 출발점이 자 그 바탕을 마련한 작품이라 할 수 있다. 이 작품은 최명익 작품 중에서 는 유일하게 두 인물의 독특한 양립구도를 취하고 있다. 이 장에서는 「비 오는 길」의 독특한 양립구도가 뒤 작품들의 삼각구도를 낳았다고 보고, 「비오는 길」의 등장인물들의 관계와 그 욕망의 특징을 해명하고자 한다.

「비오는 길」에 대한 연구는 '근대성 경험'과 관련시킨 연구[1], 병일을 신 경증 환자로 간주하고 이를 통해 미적 모더니티를 발견하는 '신경증적 관 점'에 관한 연구[2], 시간관을 고찰한 연구[3], 계몽구조의 관점으로 본 연구 [4] 등으로 나눌 수 있다. 그중 계몽주의의 관점을 취한 채호석의 연구를 주 목할 필요가 있다. 채호석은, "각성된 인물인 매개적 인물은 미각성된 다 중(多衆)을 각성"하는데, 최명익 소설에서는 매개적 인물이 사라지고 없어 져, "소설 속에서 남을 수 있는 것은 매개되지 않은 두 집단이 아무런 연 관이 없이 각기 다른 방식으로 소설 속에 등장"하고 있다고 보았다.[5] 그

---

1 김성진, 「최명익 소설에 나타난 근대적 시·공간 체험」, 『현대소설연구』 9, 한국현대소 설학회, 1998; 진정석, 「최명익 소설에 나타난 근대성의 경험 양상」, 『민족문학사연구』 8, 민족문학사연구소, 1995.

2 한만수, 「최명익 소설의 미적 모더니티 연구-「비 오는 길」에 나타난 '신경증'의 구조분 석을 중심으로」, 『반교어문연구』 32, 반교어문학회, 2012; 이행선, 「책을 '학살'하는 사 회」-최명익의 「비 오는 길」」, 『한국문학연구』 41, 동국대학교 한국문학연구소, 2011.

3 김효주, 「최명익 소설에 나타난 사진의 상징성과 시간관 고찰-「비오는 길」을 중심으 로」, 『한민족어문학』 61, 한민족어문학회, 2012.

4 채호석, 「1930년대 후반 소설에 나타난 새로운 문제틀과 두 개의 계몽의 구조-허준과 최명익을 중심으로」, 『기전어문학』 10-11, 수원대학교 국어국문학회, 1996.

5 위의 논문, 351~352쪽.

는 최명익 소설에 매개인물이 없다고 간주하는데, 최명익 소설이 "자기계발로서의 계몽"이기 때문에 "이전 시기에 절대적인 필요성으로 등장하였던 매개적 인물의 존재가 이제는 불필요"해진 것을 그 이유로 분석하였다. 그런데 식민지 근대 자본주의 상황이 확대되는 것에 대응하여 최명익 소설은 주인공의 욕망이 간접화되어가는 양상을 제시하기 위해 더욱 더 빈번하게 중개자를 등장시키는 것을 알 수 있다. 중개자는 사라진 것이 아니라 그 역할을 달리한 것이다. 즉, 계몽을 전파하던 것에서 욕망을 중개하는 것으로 나아간 것이다. 또 최명익 소설에서 등장인물들은 제각기 고립되어 있는 것이 아니라 단단하게 연결되어 있으며, 주인공들은 중개자의 욕망을 공유하고 있다. 따라서 중개자는 주인공과 가까운 위치에 있으면서 주인공의 행동과 가치관 형성에 영향을 주는 좀 더 복잡한 존재로 거듭났다고 볼 수 있다.

한편, 기존 연구에서는 주인공 병일과 이칠성을 주체와 타자와의 만남으로 설정하고 이를 인물 대립의 구조로 보고 있다.[6] 이칠성을 병일의 상대인물로 보아 이칠성은 생활력을 지닌 삶에 열정을 가진 자이고 이와 대비되는 병일은 생활력을 지니지 못하는 자라고 보는 관점이다. 이런 관점에서 보면 병일은 세상과 소통하지 못하는 병자이거나 정신적 문제를 지닌 신경증을 가진 인물이 된다.[7] 하지만 필자는 병일이 근대에 의해 파멸

---

6 한만수, 앞의 논문.

7 그러나 탄탄한 생활력을 지니지 못했다고 해서, 속물들과는 다른 방식으로 자신의 세계를 굳건하게 지키고자 애쓴다고 해서 그를 부정적으로만 보아서는 안 될 것이다. 그는 단지 '사회가 관념화한 행복의 목표'를 따르지 않고 자신의 방식대로 삶의 목표를 설계하고자 애쓰는 인물일 뿐이다. 따라서 필자는 병일이야말로 근대 자본주의에 대해 저항

한 병자가 아니라 근대에 저항한 지식인으로 본다. 또, 이칠성은 단순히 주인공의 상대인물이 아니라 욕망의 간접화를 야기하는 중개자로 본다. 그런 점에서 「비오는 길」은 주동인물과 상대인물이 대립하는 구도가 아니라, 주인공이 중개자에게, 그리고 중개자가 주인공에게 다가가는 구도로 파악할 수 있다.

이처럼 「비오는 길」은 단편인데도 불구하고 지금까지 여러 각도에서 다양한 연구가 이루어졌다. 그만큼 이 작품이 최명익 소설에서 차지하는 위치가 중요하다는 증거일 것이다. 그렇지만 이 작품의 핵심 요소인 욕망의 속성과 그 구도가 정확하게 해명되지는 않았다. 그것은 등장인물의 기능에 대한 분석이 충분하지 않은 데 기인했다고 본다. 특히 중개자의 존재를 인정하지 않아 심도 있는 논의로 나아가기 어려웠다고 판단한다.[8]

그러다보니 소설 본문 중 상당수의 난해 구절들이 해명되지 못하고 남겨져 있다. 가령 "소설 중의 주인공이 아닌 자기로서 그 역시 소설 중의 인물이 아닌 사진사에게 어떻다고 말할 수도 없는 것이었다."[9]라거나 "노

하는 깨어 있는 건강한 인물일 수 있다고 본다. 「비오는 길」에 병일이 만난 사람들은 하나같이 스놉(snob)으로서 인간의 인격이나 그 존엄성을 보지는 못하고 타자의 직업이나 재산과 같은 물질적 자본의 관점에서 상대를 파악한다. 그들은 삶의 진정성에 대해서는 자각하지 못한다. 따라서 병일이 병자로 보이는 것은 병일이 병들었기 때문이 아니라 스놉이 가득한 세상에서 병일만이 그들이 지닌 가치와 다른 삶의 진정한 가치를 추구하며 살고자 애쓰기 때문이라고 볼 수 있을 것이다.

8 한편, 기존 연구에서 최명익 소설 속 주인공이 지닌 욕망은 주인공의 내부에 있는 감정의 일부이며 이를 양가성의 관점으로 이해되었다. 그것은 어느 정도 설득력을 얻는다고 본다. 그러나 욕망의 관점에서 읽는다면 주인공의 갈등은 내면적 간접화가 극대화되어서 나타나는 양상이라 볼 수도 있을 것이다.

9 최명익, 『비오는 길』, 문학과지성사, 2010, 77쪽. 다음 인용부터는 쪽수만 표기.

방의 타인은 언제까지나 노방의 타인이기를 바"(79쪽)란다는 등은 작품 해석의 관건이 되는 중요한 부분임에도 불구하고 그 의미가 완전하게 해명되지 못하고 있다. 또 소설 결말 부분의 이칠성의 갑작스런 죽음이 상징하는 바와 그 서사적 역할에 대해서도 설득력 있는 설명을 하지 못하고 있다.

「비오는 길」에 대한 온전한 해석을 위해서는 주인공 병일이 지닌 욕망이 병일의 내부에서 생긴 자발적인 욕망이 아니라 중개자에 의해 부추겨진 욕망이라고 보는 관점이 필요하다. 그렇게 하면 「비오는 길」은 근대 자본주의 사회를 살아가는 현대인들의 욕망의 간접화 현상에 대한 자각과 문제제기를 선명하게 보여주는 작품으로 일관되게 해석해갈 수 있다고 판단한다.

르네 지라르(René Girard)에 따르면 근대적 욕망은 주체의 내부로부터 생겨나는 자발적인 감정이 아니라 타인으로부터 빌려오는 감정이다. 따라서 누군가 욕망을 지닐 때 그 욕망은 주체의 욕망이 아니라 제3자를 통해 매개된 감정이 된다. 최명익 소설에는 이러한 욕망의 구도가 선명하게 드러난다. 최명익은 욕망의 구도를 이렇게 설정함으로써 자본주의적 욕망에서 벗어날 수 있는 방법을 모색하고자 하였다고 볼 수 있다.[10]

---

10 최명익 소설 「비오는 길」은 1936년에 『조광』에 발표한 작품이다. 한편 르네 지라르는 1923년 프랑스 아비뇽에서 출생하였으며 1961년 *Deceit, Desire, and the Novel – Self and Other in Literary Structure*라는 첫 저서를 통해 욕망의 간접화 양상과 그 구조에 대해 설명한 바 있다. 경이로운 사실은 르네 지라르가 욕망의 간접화 양상을 이론적으로 체계화하기 전에, 최명익이 소설 창작을 통해 그 구조를 구체적으로 보여주었다는 점이다. 물론 르네 지라르가 분석 대상으로 삼은 세르반테스(1547~1616), 발자크 (1799~1850), 스탕

이 장에서는 최명익 소설 「비오는 길」을 근대 자본주의 사회를 살아가는 근대인의 욕망의 관점에서 재해석하고자 한다.[11] 이를 기반으로 「비오는 길」에서 주인공 병일이 품게 되는 욕망이 스스로 기획한 것이 아니라 타인에 의해 부추겨진 욕망이란 관점에서 논지를 전개함으로써 「비오는 길」을 새롭게 해석해보고자 한다.

2. 근대 자본주의 욕망과 「비오는 길」의 욕망

2.1. 모방된 욕망

최명익이 「비오는 길」을 발표한 1930년대는 개항 이후부터 시작된 조선의 근대 자본주의가 본격적으로 성행하기 시작한 시기라 할 수 있다. 영화가 유행하며, 수많은 신문과 잡지가 간행되어 물질적이고 외현적인 것에 대한 관심이 고조되었다. 그 결과 내면보다는 물질을 중시하고 타인의

달(1783~1842), 마르셀 프루스트(1871~1922)의 소설 작품들은 훨씬 그 전에 나온 것이지만, 르네 지라르가 그 양상을 지적해내기 전까지는 아무도 욕망의 간접화 현상이 이들 작가의 작품에 관철되고 있다는 사실을 자각하지 못했다. 최명익은 적어도 인물의 욕망에 대한 성찰과 구도 설정에서는 이 작가들과 감각을 공유하고 있다고 볼 수 있다.

11 이를 위해서 르네 지라르(René Girard)의 욕망의 삼각구조(désir tringulaire)와 '중개자'(médiateur)의 역할에 주목한다. 중개자란 매개(mediation)를 맡아 하는 행위자(actor) 혹은 등장인물(charactor)을 의미한다. 처음에는 경쟁자에 대립적인 행동에 관여하지만, 마침내는 경쟁자가 꾀하고 있는 행동과 동일 종류의 행동에 관계하게 된다. 제럴드 프린스, 이기우·김용재 옮김, 『서사론 사전』, 민지사, 1992, 141쪽.

삶의 패턴을 모방하는 대중들이 늘어났다. 이제 물질이나 현실의 본질보다는 '표면'이 주도권을 갖게 되는 시대가 되었다.[12]

「비오는 길」에는 이런 자본주의 시대에 사진관을 경영하는 '이칠성'과 책을 통해 삶의 진실성을 추구하고자 하는 '병일'이 등장한다. 이들의 관계를 통하여 근대적 욕망의 문제와 삶의 방식을 다룬다. 주지하듯이 르네 지라르(René Girard)는 '인간의 욕망이 자발적이다'라는 생각은 낭만적 거짓이라 주장한다. 그는 『낭만적 거짓과 소설적 진실』[13]에서 자본주의 시장 경제 체제에서 나타난 개인의 욕망과 소설과의 상관관계를 설명한다. 시장 경제 체제에서는 대부분의 사람들이 진정한 가치인 사용가치를 추구하는 것이 아니라 비(非)진정한 가치인 교환가치를 추구함으로써 가짜 가치의 지배를 받는다. 그것은 소설의 주인공이 자연발생적인 욕망의 지배를 받는 것이 아니라 중개자에 의해 암시된 욕망을 품는 것과 동일한 구조를 갖고 있다.[14] 따라서 우리가 어떤 대상에 대해 욕망을 품는다고 할 때 그것은 나의 내부에 있는 자발적인 감정의 발로가 아니라 타인에 의해 매개된 감정일 뿐이다. 지라르는 인간이 지닌 욕망은 '중개자'에 의해 조장된 간접화된 욕망임을 지적한다.[15] 그리고 이 욕망은 삼각형의 구도를 이루고 있다.

---

12 강심호, 『대중적 감수성의 탄생』, 살림, 2005, 36~40쪽.

13 René Girard, Yvonne Freccero trans., Deceit, Desire, and the Novel — Self and Other in Literary Structure, The Johns Hopkins University Press: Baltimore and London, 1961; 르네 지라르, 김치수·송의경 옮김, 『낭만적 거짓과 소설적 진실』, 한길사, 2011.

14 위의 책, 22쪽.

15 지라르는 시장 경제 체제 사회 속에서 개인은 그 욕망마저도 자연발생적인 것이 아니라 중개자에 의해 암시된 욕망을 가지게 된다고 보았다. 또, 주인공의 욕망의 구조와 주인공을 태어나게 한 근대 사회의 경제구조 사이에 구조적인 동질성을 발견하고자 하였

욕망은 언제나 자연발생적이다. 즉 그 욕망을 묘사하기 위해서는 주체와 대상을 이어주는 간단한 직선을 하나 그리기만 하면 된다. (중략) 그러나 이 직선은 본질적인 것이 아니다. 이 직선 위에는 주체와 대상 쪽으로 동시에 선을 긋고 있는 중개자가 있다. 이 삼각관계를 표현하고 있는 공간적 비유는 분명히 삼각형이다. 이 경우 대상은 사건에 따라 매번 바뀌지만 삼각형은 그대로 남아 있다.[16]

우리가 어떤 대상을 욕망한다고 할 때, 주체와 대상, 중개자는 삼각형의 구조를 이룬다. 이때 삼각형의 구조에서 주체와 중개자 사이의 거리는 고정된 것이 아니라 경우에 따라 달라진다. 그리하여 주체와 중개자 사이의 거리는 가장 세밀하게 고려해야 할 사안이 된다. 욕망하는 주체와 중개자 사이의 거리가 먼 경우를 '외면적 간접화'라고 하는데, 이때 주체와 중개자 사이는 갈등관계가 아닌 동경의 대상이 된다. 하지만 현대소설에 이를수록 주체와 중개자 사이의 거리는 점점 가까워지며 그 둘은 동경이 아닌 경쟁관계를 갖게 되는 경우가 많은데, 이를 '내면적 간접화'라고 한다.[17]

「비오는 길」은 욕망의 삼각구조를 바탕으로 외면적 간접화에서 내면적 간접화로 향하는 주인공의 심리를 밀착해서 고찰한다. 그리고 사진관에서 일어나는 일들을 중심으로 하여 근대적 욕망의 허구성을 보여주고 있다.

작품의 전반부에서는 근대 자본주의적 환경에서 책을 통해 배운 외면

다. 위의 책, 24쪽.

16 르네 지라르, 앞의 책, 41쪽.

17 위의 책, 25쪽.

적 간접화를 경험한 병일이, 자본주의적 가치에 물들지 않고 정신적 가치를 지키며 살아가고자 한다. 병일은 매일같이 자신이 일하는 공장으로 가기 위해 길을 걷는다. "아침에는 집에서 공장으로, 저녁에는 공장에서 집으로" 한결같이 같은 길을 걷는다. 병일은 하루하루 변해가는 근대 자본주의 도시를 경험하는 것이다.

공장에서의 병일은 '취직한 첫날부터 지금까지 하루도 변함없이 자기를 감시하는 주인의 태도와 자신에 대한 불신'을 보면서 불쾌감과 원망과 반감을 가진다. "자기에게서 떠나지 않는 주인의 이 경멸할 감시적 태도를 병일이는 할 수 있는 대로 묵살하고 관심치 않으려 하"지만, '주인의 그런 꾸준한 감시적 태도에 대하여 참을 수 없이 떠오르는 자기의 불쾌감까지는 묵살할 수 없다'고 생각한다. 그래서 가끔 병일은 자신의 신경에 헛구역의 충동을 일으키기도 한다.

그러나 그때마다 병일을 지켜주는 것이 있다. 그것은 옛 성문이다.

> 그러다가 눈앞에 커다란 그림자같이 솟아 있는 옛 성문을 쳐다보았다. (중략) 다시 허공을 향하는 병일의 눈에는 어두움 속을 날아 헤매는 박쥐들이 보였다. 박쥐들은 캄캄한 누각 속에서 나타났다가 다시 누각 속으로 사라지는 것이었다. 그것은 마치 옛 성문 누각이 지니고 있는 오랜 역사의 혼이 아직 살아서 밤을 타서 떠도는 듯이 생각되는 것이었다.(49~50쪽)

병일은 어둠 속을 나는 박쥐들을 본다. 그리고 그들의 모습을 통해 "오랜 역사의 혼이 아직 살아서 밤을 타서 떠"돈다는 생각을 한다. 성문은 '역사의 혼'이며 그것은 지금 현재도 병일의 주변을 맴돌고 있다. 성문은 과거의 역사를 지닌 채, 그 자리에 고스란히 남겨져 있다. 결국 성문의 존재는 자본주의 이전의 시점에서 오늘날 자본주의 욕망의 형상을 바라볼 수 있는 과거의 어떤 자리를 상징한다고 볼 수 있다. 병일은 근대적 공장을 향해 나아가면서 늘 그 성문을 바라본다. 성문을 가까이에 두고 있기 때문에 병일은 비록 자본주의 사회 속에 살고 있기는 하지만 자본주의적 유혹에 쉽사리 빠져들지 않는다. 오히려 그것과 거리를 둔다. 병일이 아침저녁으로 걷는 그 길은 근대 자본주의를 목도하는 길이면서도 다른 한편으로는 그로부터 일정한 거리를 두면서 지금을 성찰할 수 있는 길이기도 하다.

한편, 그가 근대 자본주의 욕망에 물들지 않은 것은 그들과 관계가 성립되지 않았기 때문이기도 하다. 그들은 그저 스치는 '노방의 타인'일 뿐이다.[18]

> 대개가 어두운 때였으므로 신작로에도 사람의 내왕이 드물었다. 설혹 매일같이 길을 엇갈려 지나치는 사람이 있어도 언제나 그들은 노방의 타인이었다.
> 외짝 거리 점포의 유리창 안에 앉아 있는 노인의 얼굴이나 그 곁에 쌓여 있는 능금알이나 병일에게는 다를 것이 없었다.(50쪽)

---

18 기존 연구에서는 '노방의 타인'을 근대 자본주의 사회의 인간 소외 문제를 다루고 있는 것으로 해석하거나 병일이 타자와의 만남을 거부하는 병적 증상이라고 보았다. 이 장에서는 '노방의 타인'이 주체와 중개자와의 거리가 먼 상태임을 나타내는 상징으로 해석될 수 있다고 본다. 이는 소설의 마지막 부분에서 병일이 중개자의 욕망에 휘둘리지 않겠다는 다짐의 일환으로 자기 스스로 '노방의 타인'이 되겠다고 밝히는 부분에서 더 분명히 드러난다.

병일은 일을 마치고 집으로 향한다. 아침에 일어나 출근하고 저녁이 되면 퇴근하는 그런 평범한 소시민들의 생활과 별반 다를 바 없다. 그런 의미에서 병일은 근대적 환경에 끊임없이 노출되어 있고 그러한 생활을 하는 근대인이다. 그러나 그의 정신만큼은 이를 거부한다. 이 무렵 병일은 책의 주인공이나 도스토예프스키 등 책의 작자를 자기 인생의 중개자로 설정하고 있기 때문에 거리를 지나가는 사람들이나 사물에는 별 관심이 없다. 병일은 독서에 몰두하고 독서의 세계 속에서 만난 인물들을 모방하며 살고 있다. 그러한 독서 세계의 가치를 지향했기 때문에 그가 거리에서 만난 근대인들은 모두 '노방의 타인'일 뿐이다. 하지만 이러한 병일의 삶에 이칠성이 들어오면서 그리고 그와의 직접적인 관계가 형성되면서 이칠성의 욕망을 간접화하기 시작한다.

2.2. 욕망의 간접화와 소설적 진실성 추구

주인공 병일은 갑자기 쏟아진 비를 피하기 위해 어느 집 처마 아래로 들어갔다가 우연히 현관 옆에 있는 사진관을 발견하게 된다. 그리고 그곳에서 사진관 주인인 이칠성을 만나게 된다.

사진사 이칠성과 병일은 서로 다른 가치관을 지니고 있다. 이칠성은 물질적 가치를 최우선으로 삼고, 남들이 '행복'이라고 믿는 가치를 쫓는 생활 중심형 인물이다. 이칠성은 사진관 앞을 지나치는 사람들과 사진관 안으로 들어와서 사진을 찍는 사람들에 의해 부추겨진 '근대 자본주의적 가치'를 추구한다. 이칠성은 매일 사진이라는 근대적 이미지를 접하면서 자본주의적 물질가치를 최고로 숭배하며 살아간다. 이에 반해 주인공 병일은 정신적 세계를 지향하며 대다수의 사람들이 추구하는 물질적 행복을 진정한 행복이라고 여기지 않고 책을 통해 얻을 수 있는 고매한 정신적 가치를 지향한다.

병일이 모방하고 싶은 대상은 위대한 작가들의 고매한 정신이다. 하지만 병일은 죽은 그 작가들(혹은 그들의 작품 속 주인공들)을 현실에서 만날 수 없다. 중개자와 욕망하는 주체 사이의 간격은 물리적인 공간으로 측정되는 것이 아닌 정신적인 것인 경우가 많다.[19] 욕망하는 주체와 중개자 사이의 거리가 먼 '외면적 간접화'의 경우 주체는 중개자와 갈등하기보다는 중개자를 동경하게 된다.[20] 병일은 한때 도스토예프스키와 니체를 읽으며 그들을 욕망의 중개자로 삼아서 고매한 정신적 가치를 지닌 그들을 모방하고자 하였다. 이는 도스토예프스키와 니체라는 작가(혹은 그들이 쓴 책)를 중개자로 삼아 자신의 욕망을 간접화한 것이다.

그러나 그러던 병일이 사진사 이칠성을 만나면서 새로운 욕망을 경험하게 된다. 잦은 만남으로 인해 주체와 중개자 사이 거리가 점점 가까워지면 그 둘은 동경이 아닌 경쟁관계를 갖게 되고, 그 결과 '내면적 간접화'가 이루어지게 된다.[21]

특히 속물성을 지닌 스놉(snob)이 중개자가 되는 경우 중개자는 자신의 욕망을 숨기지 않고 표출하게 된다. 이칠성은 돈을 모으는 것을 인생의 가장 큰 목표로 삼는다는 점에서 전형적인 스놉에 해당된다. 이칠성은

---

19   르네 지라르, 앞의 책, 50쪽.

20   René Girard, *op. cit.*, pp.9~10.

21   *ibid.*, pp.10-16.

물질에 대한 자신의 가치관을 숨김없이 표출한다.[22] 그들이 단순히 비를 피하는 행인과 가게 주인의 관계에서 그쳤다면 그들은 서로의 삶에 아무런 영향을 끼치지 않았을 것이다. 그러나 그들의 만남이 거듭되고 대화가 길어지면서 둘 사이의 거리는 가까워진다. 그리고 사진사 이칠성이 병일이 지닌 가치관에 대해 간섭하는 횟수가 늘어나고 그 강도도 강해지면서 욕망의 주체인 병일은 물질 세계의 욕망을 지닌 이칠성에게 은근한 질투심과 불쾌감을 느끼게 된다. 이것이 병일이 이칠성에게 보인 일차적 반응이다.

> 병일이는 방금 말한 자기의 직업적 지위와 대조하여 사진사가 이같이 갑자기 선배연하는 태도로 말하는 것이 역하였다. 그래서 그의 내력담에 경의를 가지기보다도 그와 이렇게 마주앉게 된 것을 후회하면서 일종의 경멸과 불쾌감으로 들었다. 몇 걸음 안 가서 돌아볼 때에는 쇼윈도 안의 불은 이미 꺼졌다. (중략) 얼굴을 스치는 밤기운과 손등을 때리는 물방울에 지금까지 흐려졌던 모든 감각이 일시에 정신을 차리는 것 같았다. (중략) 때리는 빗방울에 눈을 껌뻑이면서 맹꽁맹꽁 울 적마다 물에 잠긴 흰 뱃가죽이 흐물거리는 청개구리를 눈앞에 그려보았다. 청개구리 뱃가죽 같은 놈! 문득 이런 말이 나오며 병일이는 자기도 모를 사진사에 대한 경멸감이 떠올랐다. 선득선득하고 번질번질한 청개구리의 흰 뱃가죽을 핥은 듯이 입안에 께끔한 침이 돌아서 발걸음마다 침을 뱉었다.(57~60쪽)

---

22 "자기가 소사로부터 조수가 되기까지 10여 년간이나 섬긴 주인이 고맙게도 보증을 해 주어서 그 사진기를 월부로 살 수가 있었다는 것과 지난봄까지 대금을 다 치렀으므로 이제는 완전히 자기 것이 되었다는 것을 가장 만족한 듯이 설명하였다."(58쪽)

병일은 사진관을 나와 "얼굴을 스치는 밤기운과 손등을 때리는 물방울에 지금까지 흐려졌던 모든 감각이 일시에 정신을 차리"게 된다. 쇼윈도 안의 불이 꺼지고 욕망의 중개자가 사라지자 본래의 자신으로 돌아오게 된 것이다. 따라서 이칠성을 '청개구리 뱃가죽 같은 놈'이라고 욕을 하고는 침을 뱉는다.

그러나 문제적인 것은 병일이 중개자 이칠성과 가까워지면서 이칠성이 지닌 자본주의 물질적 욕망을 간접적으로 욕망하게 된다는 점이다. 이칠성을 만나고 돌아온 어느 날 병일은 '희망과 목표를 향하여 분투하고 노력하는 사람의 물결 가운데 오직 자신만이 지향 없이 주저하는'(72쪽) 것에 대해 걱정을 하기 시작하며, 좁은 골목에서 기생 난홍이를 만나자 "웬 까닭인지 마음이 두근거"(76쪽)리기도 한다. 그렇게 하숙방에 돌아온 날 밤 병일은 '책을 펴서 읽지는 않고 책을 모아 쌓아서 베고 눕는다.'(63쪽) 이는 독서의 세계로 대표되는 정신적 가치의 세계가 물질의 세계를 중개하는 중개자 이칠성에 의해 흔들리고 있다는 증거들이다. 그리고 "그는 천장을 쳐다보며 2년래로 매일 걸어 다니는 자기의 변화 없는 생활의 코스인 길에서 보고 들은 생활면을 다시 한 번"(63쪽) 떠올린다.

어느 날 밤엔가 늦도록 백치를 읽다가 잠이 들었을 때에 도스토예프스키가 속 궁근 기침을 하던 끝에 혈담을 뱉는 꿈을 꾸었다. 침과 혈담의 비말을 수염 끝에 묻힌 채 그는 혼몽해져서 의자에 기대고 눈을 감았다. (중략) 도스토예프스키의 동양인 같은 수염에 맺혔던 혈담은 어릴 적 기억에 남아 있는 자기 아버지의 주검의 연상으로 생기는 환상이라고 생각하였다. 근자에 병일이는 사무실에서 장부 정리를 할 대에도 혹시 후원에서 성낸 소와 같이 거닐고 있던 니체가 푸른 이끼 돋친 바위를 붙안고 이마를 부딪치는 것을 상상하고 작은 신음 소리가 나오려는 것을 깨닫고는 몸서리를 치기도 하였다.(64~65쪽)

도스토예프스키와 니체의 책을 통해 욕망의 외면적 간접화를 경험하던 병일은 현실에서 이칠성을 만난 뒤부터는 내면적 간접화를 경험한다. 그리고 그 후로 독서력을 온전히 잃는다. 정신의 세계를 지향하고 어떻게 살아야 할 것인가에 대해 언제나 고심하던 병일이 사진사인 이칠성을 만나게 되면서 물질지향적 삶을 욕망하게 된 것이다.[23] 그래서 정신지향과 물질지향 사이에서 가치관적 혼란을 경험한다.

병일은 이러한 물질적 욕망에 의해 정신적 가치를 추구해 오던 자신이 휘둘리지 않기를 바란다. 하지만 그것은 분명한 자기 확신이나 자신감에서 나온 선택은 아니었다.

> 이같이 사진사를 찾지 않으려고 생각한 병일이는 매일 오고 가는 길에 사진관 앞을 지날 때마다 마음이 불안하였다.
> 그렇다고 자기가 사진사를 피하는 진정한 심정을 **소설 중의 주인공이 아닌 자기로서 그 역시 소설 중의 인물이 아닌 사진사에게 어떻다고 말할 수도 없는 것이었다.**(76~77쪽) (강조:필자)

---

23 "돌아가는 길에 언제나 발을 멈추고 바라보는 성문을 요즈음에는 우산 속에 숨어서 그저 지나치는 때가 많았다. (중략) 하숙방에서 활자로 시커멓게 메워진 책과 마주 앉을 용기가 없어진 병일이는 어떤 유혹에 끌리듯이 사진관으로 찾아가게 되었다. 사진사도 병일이를 환영하였다. 그리고 거기는 술과 한담(閑談)이 있었다. 아직껏 취흥을 향락해본 경험이 없던 병일이는 자기도 적지 않게 마시고 제법 사진사와 같이 한담을 주고받을 수 있다는 것이 만족하게 생각되기도 하였다."(66쪽)

병일이 사진관 출입을 끊은 것은 자신이 그동안 추구해오던 정신적 가치에 대한 확고한 믿음 덕은 아니었다. 그저 "그곳도 마음 놓고 뒹굴 수도 있는 곳은 아니었"음을 깨닫게 되면서 마음이 불편해졌기 때문이다. 이런 맥락에서 "자기가 사진사를 피하는 진정한 심정을 소설 중의 주인공이 아닌 자기로서 그 역시 소설 중의 인물이 아닌 사진사에게 어떻다고 말할 수도 없는 것이었다"라는 문장을 다시 해독할 수 있다.

자본주의 사회구조에서 욕망의 모방은 불가피함에도 불구하고, 구성원들은 겉으로는 모방 자체를 터부시하면서 자신을 자기의 주인이고 자율적인 존재라 믿는 자기기만에 빠지는 특색을 지닌다.[24] 이들은 욕망의 진실을 보지 못한 채 살아간다. 그런데 위대한 작가들은 그런 태도의 허구성을 폭로하고, 소설 속 주인공을 통하여 '소설적 진실'(verite romanesque)을 드러내고자 한다. 즉 소설은 자본주의적 인간이 자기 혼자서 무엇인가를 욕망할 수 없으며, 항상 타인에게서 욕망을 빌려온다는 사실을 보여주며 작가는 그것을 문제 삼는 것이다.[25] 최명익은 『적과 흑』이나 『잃어버린 시간을 찾아서』에서 스탕달이나 프루스트가 보여준 '욕망의 허구성'[26]을 병일과 이칠성을 통하여 어느 정도 보여주었다고 할 수 있다.

병일은 물질에 대한 욕망이 자기 속에서 미세하게 일어나는 것을 자각

---

24 If this seems surprising it is not only because the imitation refers to a model who is "close", but also because the hero of internal mediation, far from boasting of his efforts to imitate, carefully hides them.(René Girard, *op. cit.*, p.10); 문흥술, 「소설과 자본주의, 그리고 욕망의 삼각형」, 『인문논총』 21, 서울여자대학교 인문과학연구소, 2011, 98쪽.

25 김모세, 『르네 지라르』, 살림, 2008, 40쪽.

26 *ibid.*, "V. The Red and the Black" 및 "IX. The World of Proust"

하면서 애써 무시하고 싶었지만 여의치는 않았다. 그러다가 그런 물질적 욕망이 자기의 주체적 변화라고도 변명하고 싶었다. 그러나 그것도 진실은 아니었다. 그는 누군가에 의해 은밀하게 부추겨진 욕망을 자신의 욕망이라 믿고 싶었을 뿐이었다. 병일의 욕망은, 근대 자본주의 사회에서 타인의 욕망을 욕망하는 것이었다. 그것은 병일의 욕망이 아니라 중개자인 이칠성의 욕망이 간접화된 것이다. 따라서 병일은 자신의 욕망의 주인공이 되지 못한다.

지라르가 말하듯 '소설의 주인공이라는 칭호는 비극적인 결말에서 형이상학적 욕망을 이겨내고, 그리하여 소설을 쓸 수 있게 된 인물에게 부여'될 수 있는 것이다.[27] 병일이 자신을 "소설 중의 주인공이 아닌 자기"라고 지칭한 것은 자기의 욕망이 자신의 자발적 의지에서 나온 것이 아니라 타인의 욕망을 모방한 것임을 고백한 부분이며, 그 결과 자기는 형이상학적 욕망을 이겨내지 못하고 진실도 깨닫지 못한 어리석은 존재라는 것을 고백한 부분이기도 하다. 달리 말하면 병일이 아직은 소설적 진실성을 추구하는 단계에 이르지는 못했다는 자기 한계를 고백한 부분이라 할 수 있다. 그리고 이칠성도 "소설 중의 인물이 아"니라고 지칭한 것은 이칠성 역시 타인의 욕망을 모방한 존재이며, 그가 주인공으로 하여금 소설적 진실을 추구할 수 있게 하는 결정적 계기로서의 상대인물 역할을 하지 못한다는 사실을 지적한 부분이다.

---

27 The title of hero of a novel must be reserved for the character who triumphs over metaphysical desire in a tragic conclusion and thus becomes capable of writing the novel.(René Girard, *op. cit.*, pp.296~297)

병일의 이와 같은 고백 부분은 타인의 욕망에 흔들리는 자신을 인식하고 자각할 무렵에 이뤄진 것이라 할 수 있다. 그런 점에서 병일이 자기를 "소설 중의 주인공이 아닌 자기"라 지칭한 것은, 더 이상 자본주의적 욕망에 휘둘리지 않으리라고 자신을 반성하는 단계에서 이루어진 병일의 솔직하고도 냉철한 자기 폭로이며, 작가도 그 점에 대해 공감하고 있음을 밝힌 것이다.[28]

3. 욕망의 세계로부터의 이탈과 열정적 독서의 추구

「비오는 길」은 이칠성의 갑작스런 죽음으로 끝이 난다.[29] 필자는 이런

---

28 위에서 르네 지라르가 소설의 주인공을 설명하되, '소설의 주인공이라는 칭호는 소설을 쓸 수 있게 된 인물에게 부여'된다고 말한 부분을 주목할 필요가 있다. 소설의 주인공과 작가는 처음에는 분리되어 있지만 점차 근접해져서 결말에 이르러 같아진다는 것이다. 작가의 미적 승리는 욕망을 극복한 주인공의 기쁨과 같은 것이 된다고 하였다.(The hero and his creator are separated throughout the novel but come together in the conclusion. Approaching death, the hero looks back on his lost existence...The aesthetic triumph of the author is one with the joy of the hero who has renounced desire; (René Girard, *op. cit.*, pp.296~297)

29 이런 「비오는 길」의 결말을 두고서 다양한 해석들이 시도되었다. "이칠성이 장질부사로 죽었다는 신문기사를 접하게 되자 병일은 삶의 부조리함과 의식의 혼란을 동시에 느"끼며, "그들의 생활력에 대한 동경이 누추한 환멸로 변해버린 것"이라는 견해가 있었고(구수경, 『1930년대 소설의 서사기법과 근대성』, 국학자료원, 2003, 45쪽), "이칠성이 소박하지만 힘찬 꿈을 가졌음에도 불구하고 장질부사로 너무나도 덧없이 죽"은 것으로 간주하고 "병일이 결국 산책의 상태를 떠나 무위도식자로서의 삶에 더욱 의미를 두겠다

결말 처리에도 주인공의 욕망 문제에 대한 작가의 고심이 깃들어 있다고 본다.

> 병일이는 지금껏 자기 앞에서 이야기를 들려주던 사람이 하던 이야기를 마치지 않고 슬쩍 나가버린 듯이 허전함을 느꼈다. 그 이야기는 **영원히 중단된 이야기**로 자기의 기억에 남을 것이라고 생각되었다. (중략) 어느덧 장질부사의 흉스럽던 소식도 가라앉고 말았다. 홍수도 나지 않고 지루하던 장마도 이럭저럭 끝날 모양이었다. **병일이는 혹시 늦은 장맛비를 맞게 되는 때가 있어도 어느 집 처마로 들어가서 비를 그으려고 하지 않았다. 노방의 타인은 언제까지나 노방의 타인이기를 바랐다. 그리고 지금부터는 더욱 독서에 강행군을 하리라고 계획하며 그 길을 걸었다.**(78~79쪽) (강조:필자)

이 부분에는 작가가 소설적 진실을 밝히고자 애쓴 흔적이 역력하다. 이칠성이 죽자 병일은 '이야기를 들려주던 사람이 하던 이야기를 마치지 않고 나가버렸다'는 감정을 느끼게 된다. 그 이야기는 병일 자신이 스스로 끝맺을 수 없기 때문에 "영원히 중단된 이야기"로 남을 수밖에 없게 된다. 중개자인 이칠성에 의해 부추겨지던 병일의 간접화된 욕망은 중개자 이칠성이 사라지자 그에 대한 기억만 남을 뿐 그 욕망의 깊이는 더해질 수 없게 되었다.

이런 점에서 이칠성의 역할은 이중적이다. 첫째로 이칠성은 병일에게 간접화된 욕망을 추구하게 만드는 중개자 노릇을 하였다. 둘째로, 병일이 그런 욕망을 추구하면 할수록 병일 스스로가 자신의 삶을 성찰하는 기회

는 것을 의미"하는 것으로 보기도 했다.(장수익, 『최명익』, 한길사, 2008, 46쪽)

를 마련해주기도 하였다. 작가는 이칠성을 갑자기 죽게 하여 병일의 속에 있던 간접화된 욕망도 사라지게 하였다. 욕망의 간접화의 길이 차단되자 그때서야 병일은 자기 고유의 삶을 다시 치열하게 성찰하며 살아갈 수 있게 된 것이다. 낭만적 거짓 사회를 살아가면서도 소설적 진실을 당당하게 추구하지 못하고 스스로를 소설의 주인공으로도 인정해줄 수 없었던 병일은 다소 작위적이기는 하지만 이칠성의 갑작스런 죽음으로 인해 소설적 진실을 추구하기 위해 애쓸 수 있게 되었다.

이후 병일은 "혹시 늦은 장맛비를 맞게 되는 때가 있어도 어느 집 처마로 들어가서 비를 그으려고 하지 않"는다. 그리고 "노방의 타인은 언제까지나 노방의 타인이기를 바란다."[30] 여기서 '노방의 타인'은 타인 그 자체를 가리킨다기보다는 타인이 지닌 욕망을 가리키는 것이다. 타인의 욕망은 타인의 것에 그치기를 바라며, 그들의 욕망에 의해 자신이 부추겨지거나 영향 받지 않겠다는 다짐을 하는 것이다. 결국 "노방의 타인은 언제까지나 노방의 타인이기를 바란다"는 것은 주인공 병일이 자본주의 체제가 불러일으킨 타인의 욕망에 물들거나 휘둘리지 않고 자신의 가치를 굳건하게 지켜가겠다는 일종의 자기 다짐이다.[31] 그리고 그 대항의 방식으

---

30 이에 대해 이행선은 "1930년대 중반 몰락해가는 지식인의 위상을 여전히 붙들고 민중과 거리를 유지하고 있는 최명익의 자의식이 드러나는 것"으로 보았다. 이행선, 앞의 논문, 242쪽. 그러나 필자는 이 문제를 작가가 근대 자본주의 속에서 욕망의 본질을 직시하고 타인의 욕망에 물들지 않기 위해 분투하는, 근대 자본주의에 대한 거부와 저항의 과정으로 본다.

31 지라르는 소설의 결말은 기본적으로 두 범주로 구분될 수 있다고 보았다. 첫째는 다른 사람들과 합류하는 고독한 주인공을 보여주는 결말이며, 다른 하나는 고독을 쟁취하는 군집성 주인공을 보여주는 경우이다. 르네 지라르, 앞의 책, 382쪽. 타인과 합류하지 않

로 "더욱 독서에 강행군을 하리라 계획하며" 길을 걸어가려고 한다. 물론 병일이 이렇게 다짐한 '독서'는 이칠성을 만나기 전 도스토예프스키와 니체를 읽으며 그들을 욕망의 중개자로 삼던 때의 독서와는 다르다. 이제는 어떤 간접화도 넘어선 '열정(passion)[32]적 독서를 시작하겠다고 다짐하는 것이다. 병일의 열정적 독서는 철저히 자기 속에서 이루어지고 자기 속에 축적되는 가치이다. 이것은 세상으로부터 도피가 아니라 자본주의적 욕망에 물들지 않으려는, 스스로에 대한 치열한 저항이다.

지라르는 "대상과 중개자를 구분할 수 없을 만큼 욕망이 강해지면 주체가 엄청난 고통 속에 빠지지만, 고행의 과정을 거쳐 그 형이상학적 욕망의 정체를 알게 되는 마지막 순간에는 '전향(conversion)'이라는 종교적 개심에 도달하게 된다."고 보았다. 그러나 지라르와는 달리 「비오는 길」에서는 죽음을 맞이하는 인물은 주인공 병일이 아니고 욕망의 중개자인 이칠성이다.

작가는 왜 주인공 병일을 죽게 하지 않고, 욕망의 중개자인 이칠성을 죽게 한 것일까. 작가는 사진사 이칠성을 죽게 만듦으로써 더 큰 문제를 제기하려 했다고 보인다. 사진관이 "마음 놓고 뒹굴 수 있는 곳"이 아니라

고, 독서에 더욱 매진하겠다는 병일의 다짐은 타인들을 거부하고 고독을 선택한 경우라 볼 수 있다.

32 '열정적 인간'은 르네 지라르의 개념으로, 감정과 욕망에서 자족적인 사람을 말한다. 어떤 욕망도 자기 속에서부터 일으키지 남으로부터 이끌어오지는 않는다.; Passion in Stendhal, is the opposite of vanity. Fabrice del Dongo is the perfect example of the passionate person; he is distinguished by his emotional autonomy, by the spontaneity of his desires, by his absolute indifference to the opinion of Others. The passionate person draws the strength of his desire from within himself and not from others.(René Girard, *op. cit.*, p.19)

는 사실을 깨닫게 된 날 이후부터 병일은 사진관으로 향하는 발길을 멈춘다. 이칠성과의 만남을 거부할수록 병일은 서서히 물질적 삶에 대한 욕망이 사라져간다. 그러다 마침 "자기 생활 중에서 얻기 힘든 사색의 기회를 주는 이 길 중도에 무신경하게 앉아 있는 사진사의 존재를 귀찮게 생각하"는 단계에까지 이르게 된다. 그러던 중 신문을 통해 이칠성이 장질부사로 죽었다는 사실을 알게 된 것이다.

이칠성의 존재는 시간이 흐를수록 병일로 하여금 타자의 욕망을 욕망하면서 그것이 자신의 욕망이라고 믿게 할 것이다. 병일이 자신을 둘러싸고 있는 욕망의 삼각형 밖으로 나갈 수 있게 하는 소설적 장치는 결국 이칠성의 죽음밖에 없다. 죽음은 '자신의 욕망이 결국 타인의 욕망(혹은 악마들림)이라는 사실을 알게 되고, 그로부터 해방되어 예전의 삶을 회복할 수 있게' 하는 장치인 것이다.

「비오는 길」에서 병일은 이칠성과 만나지 않게 되면서 더 이상 물질적 욕망을 떠올리지 않게 된다. 이는 그것이 자신의 내부에서 일어난 자신의 욕망이 아니기 때문이다. 이칠성의 죽음을 통해 병일은, 자신이 잠시 지녀보았던 욕망이 실은 자신의 내부에서 생겨난 자발적 욕망이 아니고 중개자인 이칠성의 욕망이었다는 사실을 확실히 깨닫는다.

이렇듯 작가는 자본주의 욕망의 타락상을 그저 좌시하지 않고 그것의 본질을 직시할 수 있도록 함으로써 그 문제점을 고발하고자 하였다. 작가는 욕망의 삼각구조에서 주인공을 패배하게 하지 않고, 욕망의 타락을 조장하던 이칠성을 죽게 함으로써 근대 자본주의 사회에서의 욕망에 대한 진지한 질문을 던졌던 것이다.

결국 이렇게 타락한 욕망의 시대를 탈출할 수 있는 해법은 끊임없이

"독서에 강행군을 하리라고 계획하며 그 길을" 열정적으로 나아가는 것이다. 작가는 이칠성을 죽게 하고 병일의 편에 서서 근대 자본주의 사회 속에서 진실 되게 살아가는 길을 암시한 것이다.

그러나 지라르가 경고하듯 "고독과 인간교류는 상호 관련해서만 존재한다. 그 둘을 분리하면 낭만적 추상화에 빠질 위험이 있"[33]다. 타자와의 관계를 거부한 채 독서에 세계에 몰두하며 고독을 추구하고자 하는 주인공의 고뇌는 지속될 수밖에 없다. 때문에 작가는 이 작품이 창작된 이후에도 이 문제에 대한 고민을 계속할 수밖에 없다. 「비오는 길」 이후에 창작된 「무성격자」, 「역설」, 「폐어인」, 「심문」 등에서 작가의 그런 고민을 찾을 수 있는데, 이 점에 대해서는 뒷장에서 구체적으로 살펴보고자 한다.

4. 마무리

지금까지 최명익 소설 「비오는 길」에 나타난 욕망의 간접화 현상에 대해 살펴보았다. 「비오는 길」은 근대 자본주의 사회를 살아가는 근대인들의 욕망의 간접화 현상에 대한 고발과 그 자각을 가장 선명하게 보여주는 작품이다. 이 장에서는 먼저 지라르의 욕망 이론을 기반으로 하여, 근대 자본주의 사회를 살아가는 근대인이 지닌 욕망의 성격에 대해 고찰하였다. 나아가 중개자의 욕망이 주인공에게 간접화되고 마침내 그 관계가 극

---

33 르네 지라르, 앞의 책, 383쪽.

복되는 양상을 해명하였다.

주인공 병일은 사진관 주인인 욕망의 중개자 이칠성을 만나면서 욕망의 간접화를 경험하게 된다. 속물성을 지닌 스놉이 중개자가 되는 경우 중개자는 자신의 욕망을 숨기지 않고 표출하게 되는데, 물질만능주의에 빠져 있는 이칠성은 전형적인 스놉에 해당한다. 병일은 이칠성의 삶에 대한 태도와 훈계하는 듯한 태도에 강한 불쾌감을 느끼지만 그와의 만남이 거듭될수록 자신도 모르게 이칠성의 욕망을 욕망하고 있다. 그래서 정신지향과 물질지향 사이에서 가치관에 혼란을 경험한다. 하지만 병일에게는 자신의 가치에 대한 믿음이 남아 있다. 따라서 이칠성과의 만남을 멈춘다.

이 작품에서 이칠성의 역할은 이중적이다. 첫째로는 병일에게 간접화된 욕망을 추구하게 만드는 중개자 역할을 하고, 둘째로는 병일이 그런 욕망을 추구하면 할수록 병일 스스로가 자신의 삶을 성찰하는 기회를 마련해 주기도 하는 것이다.

이 무렵 작가는 이칠성을 갑작스럽게 죽게 만듦으로써 더 큰 문제를 제기한다. 작가는 욕망의 삼각구조에서 병일이 패배하게 두지 않고, 오히려 타락한 욕망을 지닌 이칠성을 죽이는 쪽으로 귀결시켰다. 그렇게 함으로써 근대 자본주의 사회에서의 욕망에 대한 근본적인 물음을 제기한 것이다. 그리고 이를 통해 근대인이 지닌 욕망의 허구성을 고발하고 소설적 진실을 추구하고자 하였다.

「비오는 길」에서는 욕망의 간접화 과정을 단계적으로 세세하게 다루어 내지는 못하고 있다. 이는 단편소설이라는 한계에서 기인한다. 분량의 문제를 고려해야 했기에 장편소설처럼 욕망의 간접화 과정을 구체적으로 포착하지 못하고, 압축적이고 암시적으로 제시하였던 것이다. 최명익은 이 욕망의 문제를 한 편의 단편으로서는 온전하게 다루지 못한다는 판단에서 「비오는 길」 이후에도 「무성격자」, 「역설」, 「폐어인」, 「심문」 등에서 이 문제에 대해 지속적으로 고민하였다고 본다.

제3장

「무성격자」에 나타나는
푼크툼의 실현과 서사적 장치

「무성격자」에 나타나는 푼크툼의 실현과
서사적 장치

1. 머리말

이 장에서는 1937년 『조광』에 발표된 최명익 소설 「무성격자」를 롤랑 바르트(Roland Barthes)의 푼크툼 이론을 바탕으로 새롭게 읽고자 한다. 최명익 소설은 주로 1930년대 모더니즘 근대성과 관련하여 주인공들의 심리양상에 초점이 맞춰져 비교적 활발하게 연구되어 왔다. 물론 그와 관련된 서사기법이 중요하게 다루어졌다.[1]

---

[1] 최명익에 대한 연구는 최혜실, 「1930년대 한국 심리소설 연구―최명익을 중심으로」, 서울대학교 석사학위논문, 1986; 이강언, 「1930년대 모더니즘소설 연구」, 영남대학교 박사학위논문, 1987; 김윤식·정호웅 엮음, 『한국문학의 리얼리즘과 모더니즘』, 민음사, 1989; 진정석, 「최명익 소설에 나타난 근대성의 경험양상」, 『민족문학사연구』 8, 민족문학사연구소, 1995; 차혜영, 「최명익 소설의 양식적 특성과 그 의미」, 『한국문학논집』 25, 한국학연구소, 1994; 윤애경, 「최명익 심리소설의 서술 방식과 현실 인식 양상」, 『현대문학이론연구』 24, 현대문학이론학회, 2005 등을 참조할 것.

「무성격자」에 관한 선행 연구로는 기술로서의 심리묘사에 관한 연구[2], 개인의 의식 및 심리표출에 관한 연구[3], 내적 분열양상에 관한 연구[4] 등이 있다. 선행 연구에서는 「무성격자」에 나타난 주인공의 심리와 그 변화에 초점을 맞추었다. 이 장에서는 최명익이 주인공의 심리묘사에 큰 공력을 기울였다는 선행 연구의 취지를 수용하면서, 그런 심리의 근저에 존재하는 욕망의 본질을 밝혀내고자 한다. 그리고 그런 욕망을 드러내는 작가의 기법을 적출할 것이다.

필자는 롤랑 바르트의 푼크툼 개념과 이론이 「무성격자」 인물들의 욕망의 특질을 발견하고 그것을 서술하는 작가의 기법을 해명하는 데 큰 의미가 있다고 판단한다. 무엇보다 푼크툼의 특징을 설명해가는 롤랑 바르트의 서술 방식과 그 과정은 최명익 소설 「무성격자」에 등장하는 인물들이 생의 결정적 정점을 발견하는 양상과 매우 유사하다. 먼저 최명익 소설에서 사진의 문제는 아주 중요한 위치를 점하고 있다. 그것은 「비오는 길」과 같이 사진을 중요한 작품의 제재로 삼기도 하고, 「역설」에서와 같이 소재면에서 사진 관련 사항들을 차용하는 방식으로 나타나기도 한다. 뿐만 아니라, 최명익은 대상을 포착하여 변화를 차단하는 시간 정지의 방식을 빈번하게 사용한다. 또 그는 소설 창작에 있어 각각의 장면을 분절하면서도

---

2   유철상, 「최명익의 「무성격자」에 나타난 기술로서의 심리묘사」, 『한국현대문학연구』 10, 한국현대문학회, 2001.

3   강현구, 「확인과 탐색의 거리 ― 「지주회시(蜘蛛會豕)」와 「무성격자(無性格者)」의 비교연구」, 『한국어문교육』 1, 고려대학교 한국어문교육연구소, 1986.

4   박수현, 「에로스/타나토스 간(間) "내적 분열" 양상과 의미 ― 최명익의 소설 「무성격자」와 「비 오는 길」을 중심으로」, 『현대문학의 연구』 37, 한국문학연구학회, 2009.

총체적으로 작품의 전체적인 주제와 결부시키는 몽타주 기법을 빈번하게 사용한다. 특히 「심문」이나 「무성격자」에서 차창 밖의 풍경을 묘사하거나 작품 결말 부분의 상황을 묘사하는 부분에서 그런 점이 두드러진다. 이는 사진이 가진 속성과 매우 유사하다고 할 수 있다. 그런 점에서 최명익 소설 자체의 해독은 물론 최명익의 의식지향을 해명하는 데도 사진의 속성과 본질에 대한 이해가 필요하다고 본다.

롤랑 바르트는 푼크툼(punctum)을 스투디움(studium)과 대립되는 개념으로 설정함으로써 사진을 읽는 새로운 독법을 제시한 바 있다.[5] 롤랑 바르트는 『밝은 방』에서 돌아가신 어머니의 사진을 정리하면서 사진의 본질과 그 의미에 대해 깊이 있는 성찰을 한 바 있다. 롤랑 바르트의 사진론을 분석틀로 삼아 최명익 소설을 분석할 경우 다음과 같은 이점이 있으리라 판단한다.

우선, 그동안 해명되지 못했던 소설의 결말 부분의 의미와 효과를 적절하게 해명할 수 있을 것이다. 그리고 그런 해명을 근간으로 하여 소설의 전반적인 문제의식까지 명쾌하게 설명할 수 있을 것이다. 결국 푼크툼의 특성과 사진을 주관적이고도 정서적으로 접근한 롤랑 바르트의 방법론을 적극 활용한다면 최명익 소설 속 주인공의 인식과 사유 체계까지 해명할 가능성이 커진다.

롤랑 바르트가 '사진'에서 푼크툼을 발견하고, 그것에 대해 깨달음을 얻어가는 과정을 걸어갔다면, 「무성격자」의 인물들은 '삶'에서 푼크툼을 찾

---

5 푼크툼(punctum)은 롤랑 바르트의 사진론에서 유래된 것이다. 푼크툼은 '찔린 자국', '작게 베인 상처'를 뜻하며 자신을 불편하게 만드는 충격을 동반한다. (롤랑 바르트, 김웅권 옮김, 『밝은 방-사진에 관한 노트』, 동문선, 2006, 42쪽)

아내고 경험하고 있는 것이 된다. 롤랑 바르트의 사진론에서 푼크툼을 발견하는 것이 롤랑 바르트 자신이라면, 최명익 소설에서 푼크툼을 발견하는 존재는 소설 속 인물들이 된다. 따라서 '사진에서 푼크툼을 찾으려 하는 롤랑 바르트'는 '삶의 풍경에서 푼크툼을 찾아내려 하는 최명익 소설 속 인물'과 동궤에 놓인다. 그 주된 근거는 첫째로 최고의 순간을 찾고자 하는 갈망이다. 사진은 무미건조한 일상 속에서 가장 의미 있는 순간을 포착하여 현상하는 것이다. 최명익 소설의 주인공들 역시 마찬가지이다. 그들은 끊임없이 무료한 일상 속에서 의미 있는 순간을 포착하고자 하는 욕망을 가지고 있다. 둘째는 시간 정지의 가능성이다. 사진의 속성은 시간을 정지시키는 것인데, 최명익 소설의 주인공 역시 속도로 대표되는 근대화 시대에서 끊임없이 시간의 정지를 꿈꾸기 때문이다.

본격적인 논의에 앞서 이 장에서는 두 가지 점을 전제하고자 한다. 먼저, 「무성격자」에서 푼크툼을 발견하고자 하는 과정이 당대 시대 현실과 무관한 것은 아니라는 점이다. 구조주의자인 롤랑 바르트는 코드화된 구조를 수용하면서 그 속에서 끊임없이 탈코드적인 것을 추구하고자 하였다. 최명익 소설 역시 그렇다. 최명익이 소설을 통해서 푼크툼을 발견하고자 하는 것은 당대 식민지 현실이라는 구조를 수용하되, 그 속에서 자신만의 방식으로 탈코드적인 것을 발견하고자 한 것으로 설명할 수 있다. 따라서 최명익의 「무성격자」에서 푼크툼을 찾고자 하는 이 장의 논의는 당대 시대를 도외시하는 것이 아니다.

둘째는 상호 관련성 측면이다. 롤랑 바르트는 여러 편의 저서를 통해 끊임없이 '쓰기로서의 읽기'라는 독특한 글쓰기를 지향하였다. 이는 글을 읽는 것에 그치는 것이 아니라 쓰는 단계가 수반되어야 하는 것을 의미한다.

최명익 소설 연구

따라서 최명익의 「무성격자」를 푼크툼 발견 과정을 밝히는 본 논의는 단순히 최명익과 롤랑 바르트의 푼크툼 이론이 일치한다는 것을 설명하고자 하는 것이 아니다. 오히려 본 푼크툼 발견을 위한 최명익의 고심, 그리고 그것의 개성과 창조적 행위의 가치를 부각시키고자 한 것이라 할 수 있다.

이러한 문제의식에 따라 이 글에서는 푼크툼의 개념과 특성 및 효과에 대해 살펴본 뒤, 「무성격자」에 나타난 푼크툼의 실현과 서사적 장치에 대해 구체적으로 살펴봄으로써 작품 결말의 의미와 주제를 고찰해보고자 한다.

2. 푼크툼의 특성과 그 효과

롤랑 바르트는 자신의 저서인 『사진론』[6]과 『밝은 방』[7]에서 두 가지 관점으로 사진에 대해 설명한다. 첫째는 객관적인 의미에서 접근한 것으로, '사진은 무엇인가'에 대한 서술이다. 이는 주로 사진의 기술적인 측면에 초점을 맞춘 것이다. 둘째는 사진에 대한 존재론적 질문과 성찰적 태도를 드러내는 것으로 본 장의 논의와 그 맥을 같이한다. 사진에 대해 존재론적으로 질문할 때 중요한 것은 사진을 보는 주체의 인식이다. 그리고 그것은 성찰적 행위를 요구한다.

롤랑 바르트는 사진이 구성되기 위해서는 전문 사진작가라고 할 수 있는 촬영자, 그것을 열람하는 구경꾼, 사진의 대상 혹은 대상이 발산하는

---

6 롤랑 바르트 · 수잔손탁, 송숙자 역, 『사진론』, 현대미학사, 1994.
7 롤랑 바르트, 김웅권 옮김, 『밝은 방−사진에 관한 노트』, 동문선, 2006.

환영적 이미지가 필요하다고 본다. 또, 사진을 현상학적으로 분석하기 위해 '스투디움(studium)'과 '푼크툼(punctum)'이라는 두 가지 개념을 만들어 사용하고 있다. 스투디움(studium)은 계약, 혹은 일종의 교육(지식과 예절)이다. 그것은 정보를 주고, 재현하며, 포착하고, 의미를 띠게 하고, 욕망을 불러일으킨다. 이것은 사회의 법칙에 의해 코드화되고 양식화되어 있다.[8] 반면에 푼크툼(punctum)은 이러한 스투디움을 방해하는 것이다. 푼크툼은 찔린 자국이고, 작은 구멍이며, 조그만 얼룩이고, 작게 베인 상처이다. 이것은 자신을 불편하게 만드는 충격을 동반하는 것이며 주관적이다. 따라서 코드화되지 못한다.

롤랑 바르트가 보기에 사진에서 결코 부정할 수 없는 점은 사물이 거기 있었다는 사실이다. 그것은 현실과 과거라는 이중적 위치가 결합되어 있는 '노에마'[9]이다. 따라서 진정한 사진이 만들어지기 위해서는 기본적으로 사물이 "거기에 있었다"라는 노에마의 현실이 필요하다. 이와 더불어 진정한 사진이 탄생하기 위해서는, 그 사진이 전복되는 것, 즉 "바로 이것이다"와 같은 깨달음의 과정이 필요하다.

"바로 이것이다"라는 깨달음의 과정을 중시하는 롤랑 바르트는 사진을 분석하는 데에 있어 푼크툼의 발견에 주목한다. 그는 푼크툼의 특징에 대해 다음과 같이 설명한다.

첫째, 푼크툼은 "하나의 세부 요소, 다시 말해 부분적인 대상이다." 가

---

8 롤랑 바르트, 앞의 책, 43~44쪽.

9 노에마는 현상학에서 의식이 지향하는 대상적 측면을 말한다. 롤랑 바르트에 따르면 노에마란 '그것은-존재-했음,' 혹은 '완고한 것'을 의미한다. 이것은 예술도 소통도 아니고, 사진의 토대를 확립하는 질서인 지시 대상이다. 위의 책, 98~99쪽.

최명익 소설 연구

령, 한 장의 사진을 본다고 할 때, 우리를 '찌르는 것'은 그 사진이 전달해 주는 전체적인, 혹은 코드화되고 사회화된 전체적인 메시지가 아니다. 전체적인 메시지는 '우리의 흥미를 끌지만, 우리를 찌르지는 못한다.' 그것은 다만 스투디움을 발견하게 해줄 뿐이다. 한 장의 사진 속에서 푼크툼을 느끼게 하는 것은 여인의 구두나 어린 소년의 썩은 치아와 같이 아주 작은 세부 요소이다.[10] 이 속에서 우리는 푼크툼을 경험할 수 있다.

둘째, 푼크툼은 비의도적이어야 한다. 그것은 "필경 의도적이 아니거나 최소한 완전히 의도적인 것은 아니며, 필경 의도적이 되어서는 안 될 것"[11]이다. "사진작가의 투시력은 보는 데 있는 것이 아니라 그곳에 존재하는 데 있다."[12] 푼크툼은 의도치 않은 순간 우연히 맞이하게 되는 것이다.

셋째, 푼크툼은 영감을 불러일으키고, 자신의 안에서 작은 전복, 사토리[13]를 야기해야 한다. 그것은 "생생한 부동성을 야기하는 것으로 하나의 세부 요소(뇌관)에 연결된 폭발로 인해"[14] 깨달음에 이르게 한다.

넷째, 잠재 상태를 수용할 수 있게 하기 위해 사후(事後)에(사진이 내 눈앞에서 멀어져 있는 상황에서) 침묵한다. 스투디움은 언제나 코드화되어

---

10 롤랑 바르트, 앞의 책, 61쪽.

11 위의 책, 66쪽.

12 위의 책, 66쪽.

13 사토리는 일본 젠(禪)의 용어로 직관적인 홀연한 깨침을 의미한다. 롤랑 바르트는 『중립』(김웅권 역, 동문선, 2004)에서 사토리를 "적절한 순간이 순수한 예외적 형태로, 변화의 절대적인 힘을 드러내면서 번쩍이며 떠오르는 상태"(335쪽)이자, "단번에 일어나는 일종의 정신적 재앙"(336쪽)으로 규정하면서 젠에서 "바로 그것이다"라는 외침으로 표현되고 있음을 상기한다. 위의 책, 역주 13번에서 인용.

14 위의 책, 67~68쪽.

있지만, 푼크툼은 그렇지 않다. 코드화될 수 없기 때문에 명명할 수 있는 것은 푼크툼이 될 수 없다. 푼크툼이 되기 위해서는 명명할 수 없는 무력감이 요구된다. 그렇기 때문에 사후에 침묵해야 한다. 때로는 '지금 현재 자신이 바라보는 사진'보다 '머릿속에 기억하는 사진'을 더 잘 알 수 있는 경우가 있다. 그러므로 하나의 사진을 잘 보기 위해서는 눈을 감는 것이 더 현명한 방법이기도 한 것이다.[15]

다섯째, 푼크툼은 시야 밖의 미묘한 영역이 존재한다. 그것은 눈에 보이는 것에 그치는 것이 아니라, 보는 사람을 그것의 틀 밖으로 끌고 간다. 가령 성기를 직접 노출시킨 포르노의 경우는 푼크툼이 존재하지 않지만, 에로틱한 사진의 경우는 이미지가 보여주는 것 너머의 욕망을 담고 있다.[16] 이렇듯 푼크툼은 보는 사람을 눈에 보여지는 것 이상의 세계로 끌고 가는 것이다.

이와 같은 롤랑 바르트의 사진에 대한 분석은 사진뿐만 아니라 근대적 문화 생산물 전반에 대한 매우 철학적 통찰을 가능하게 한다. 물론 소설에 대한 통찰을 새로운 단계로 나아가게도 한다. 그러나 다른 한편으로는 바르트의 사진론은 일정한 한계를 보이기도 한다. 사진가를 도구적 역할을 하는 존재로 축소시키고 있다는 점, 사진의 본질을 공적인 사진들보다는 사적인 사진들에서 찾고 있다는 점, 사진이 "그것은 존재했다"라는 과거의 시간관계에 초점을 맞추고 사진가의 창조적인 측면은 도외시했다는 점[17]

---

15 롤랑 바르트, 앞의 책, 72쪽.

16 위의 책, 75~77쪽.

17 위의 책, 155쪽.

최명익 소설 연구

등이 그것이다.

그러나 이러한 한계는 소설을 읽는 데는 오히려 장점으로 작용할 수 있다. 가령 「심문」의 사례를 살펴보자. 사진가를 도구적 역할로 축소시킨 롤랑 바르트의 전략은 「심문」에서 주인공 명일이 푼크툼을 발견하는 과정을 선명하게 보여줄 수 있는 이점으로 작용할 수 있다. 명일은 자신의 감각과 경험을 통해 푼크툼을 발견하는 것이 아니고, 자기가 관찰하는 여옥을 통하여 깨달음의 상태를 가장 선명하게 보게 된다. 명일을 사진가로 보면, 사진가 명일이 도구적 역할만 하게 되면서 독자들에게 푼크툼의 발견 과정을 더 생생하게 보여줄 수 있는 것이다.

이 장에서 다루고자 하는 「무성격자」 역시 그러하다. 주인공 정일은 소설 속에 주인공의 위치에 있으면서도 자신의 연인인 문주와 아버지인 만수 노인을 관찰하는 입장에 놓인다. 정일은 주인공임에 분명하지만, 실제로 서사의 사건은 문주와 만수 노인에 의해 주도된다. 정일은 그들의 모습을 관찰하면서 자신의 감정을 정리하고, 고민한다. 정일을 사진사로 간주할 때, 카메라 렌즈에 대응되는 정일의 눈은 문주와 만수 노인에게 맞추어져 있다. 정일은 이들의 시선과 거리를 둘 수 있었기 때문에 푼크툼을 발견한 일은 더 큰 충격으로 다가오는 것이다.

롤랑 바르트가 과거의 시간관계에 초점을 맞추고 창조적인 측면은 도외시했다는 문제점은 모더니즘 소설의 시간관과 그 특수성을 인정할 때 오히려 장점으로 수용될 수 있다. 따라서 롤랑 바르트가 사진을 분석하면서 보여준 개념틀과 그 결과는 최명익 소설을 분석하는 매우 의미 있는 틀로 활용될 수 있다고 본다.

이상과 같은 롤랑 바르트의 푼크툼에 대한 인식을 바탕으로 하여 「무

성격자」에 나타난 푼크툼의 발견과 실현양상에 대해 자세히 살펴보고자
한다.

3. 「무성격자」에서의 푼크툼 발견과 실현

3.1. 독서의 세계 몰락과 스투디움적 욕망

「비오는 길」은 「무성격자」보다 1년 반 남짓 이전에 발표되었다.[18] 두 작
품은 인물 설정에서 긴밀하게 이어져 있다고 할 수 있다. 「비오는 길」에서
주인공 병일의 문제의식과 「무성격자」의 정일의 문제의식은 연장선상에
놓인다고도 할 수 있다.[19]

「비오는 길」에서 병일은 사진사인 이칠성과의 만남을 통해 물질 세계에
대해 강하게 이끌리는 경험을 한다. 병일은 물질 세계에 대해 매료되면
서도 끊임없이 그것들과 거리를 두기도 한다. 그 이유는 병일에게는 아직
독서의 세계에 대한 믿음이 확고하게 존재하기 때문이다. 병일의 머릿속
에는 "어떻게 살아야 후회 없는 인생을 살 수 있을까"[20]에 대한 물음이 강
하게 자리 잡고 있으며, 후회 없는 인생을 살기 위한 방법으로 독서의 세

---

18 최명익은 1936년 4월~5월 동안 『조광』에 「비오는 길」을 발표하였고, 다음 해인 1937년
    9월 『조광』에 「무성격자」를 발표한다.
19 뿐만 아니라 「심문」의 명일, 「역설」의 문일 역시 그 문제의식을 같이한다. 이 장에서는
    이들의 문제의식과 그 극복 방식의 과정이 푼크툼의 발견에 있다고 보았다.
20 최명익, 「비오는 길」, 『비오는 길』, 문학과지성사, 2010, 69쪽.

계에 젖어들고자 한다. '돈을 아껴서 책까지 안 산다면 자신의 생활은 의미가 없다'고 믿는 병일은 물질적 세계에 매료되면서도 독서로 대표되는 정신적 세계가 옳다는 것에 대한 확고한 믿음을 가지고 있다. 그런 믿음이 있는 병일에게는 "문어의 흡반같이 억센 생활의 기능으로서의 신경을 가진 사진사의 생활면은 도리어 아픈 곳"이 되고, 사진사의 지속적인 관심은 짐스러운 것이 된다.

병일은 그런 연후로 사진관 출입을 끊는다. 어느 날 우연히 신문에서 사진사인 이칠성이 장질부사로 죽었다는 기사를 발견한다. 이칠성의 죽음은 병일에게 물질 세계의 죽음을 의미한다. 따라서 이칠성의 죽음을 확인하게 된 병일은 '이제부터는 더욱 독서에 강행군을 하리라' 다짐한다.[21]

「무성격자」는 독서의 세계로의 회귀를 다짐한 「비오는 길」의 주인공 병일의 그 이후 이야기로 봐도 무방하다. 「비오는 길」에서의 병일과 마찬가지로 「무성격자」의 정일은 자의식 강한 지식인이다. 두 작품에 차이점이

---

21 최명익 소설에 나타난 독서의 의미에 대해서는 그동안 많은 연구자들에 의해 연구되었다. 그중 「비오는 길」의 결말에 나타난 병일의 독서 행위에 대한 다짐의 한계에 대해서 김성진(1998)과 박종홍(2010)의 연구를 주목하고자 한다. 김성진은 "병일의 독서가 자기만의 폐쇄적 세계에 갇혀 있는 한, 그것은 일상에 대한 저항의 의미를 가질 수 없음"을 지적하며, 그의 독서 행위에 대한 한계를 지적한 바 있다. 김성진, 「최명익 소설에 나타난 근대적 시·공간 체험」, 『현대소설연구』 9, 한국현대소설학회, 1998, 213쪽 참조.

뿐만 아니라 박종홍 역시 뒷 시기에 발표되는 "내적 초점화의 다른 작품들에서 초점자의 독서 행위에 대한 관심이 약화되거나 제거되고 있음"을 들어 "「비오는 길」의 병일의 독서 계획이 일상적 속물성에 저항하면서 지식인의 불안과 소외를 해결할 방책으로 제시한 것으로 보기는 어렵다"고 지적한 바 있다. 이에 대한 자세한 내용은 박종홍, 「최명익 창작집 『장삼이사』의 초점화 양상 고찰」, 『국어교육연구』 46, 국어교육학회, 2010, 341~343쪽을 참조할 것.

있다면 「비오는 길」에서 병일은 독서의 세계에 대한 어느 정도의 강한 믿음을 가진 데 반해, 「무성격자」의 정일은 그 믿음이 근본에서부터 흔들린다는 것이다.

> 취하였던 이튿날 겨우 일과를 치르고 나서는 혼탁한 머리와 떨리는 다리로 번잡한 거리를 망령과 같이 방황하는 것이었다. 방황하던 길에 혹시 서점으로 들어가기도 한다. 그것은 학생 생활의 습관 중에 오직 남은 한 가지일 것이다. 그러나 지금의 그 습관은 회구적 감상으로 물들여진 것이다. 연구의 체계와 독서의 플랜을 흩트려버린 지 오랜 지금은 전과 같이 어떤 필요한 책을 찾으러 가는 것이 아니었다. (중략) 혹시 전에 본 문헌에서 저자의 이름만을 기억하던 신간을 뽑아들고 목차를 내려보기도 하였으나 자기와 그 책 사이를 이어가기에는 너무나 큰 미싱 링크가 있음을 발견할 뿐이었다. 그 책을 다시 제자리에 채우고 서가를 쳐다볼 때에는 술에 붙은 지방 덩어리인 몸으로는 아무리 부딪쳐도 도저히 무너트릴 수 없는 장벽을 대한 듯이 답답함을 느꼈다. (중략) 그리고 자기도 이 문화탑에 한 돌을 쌓아보겠다는 야심을 가졌던 것이 먼 옛날 일같이 회상되었다.[22]

정일에게 있어 서점은 이제 술에 취한 날 방황하던 길에 들리는 곳이 된다. 서점에 들렀다고 해서, 정일에게 독서에 대한 열의가 남아 있는 것이 아니다. 그가 서점을 찾는 이유는 "학생 생활의 습관 중에 오직 남은 한 가지"이기 때문이다. 그는 "연구의 체계와 독서의 플랜"은 흩트려져 버렸고, 오직 옛 기억에 대한 미련으로 책을 본다. 지금은 과거에 가졌던 "이 문화탑에 한 돌을 쌓아보겠다는 야심"은 "한순간 찬란한 빛으로 밤하

---

22 최명익, 앞의 책, 89~90쪽.

늘에 금 그었던 별불같이 사라지고" 말았다. 그가 할 수 있는 일이라고는 이젠 한숨을 짓는 일뿐이다.

그런 점에서 정일에게 있어 독서의 세계는 더 이상 푼크툼이 될 수 없다. 책은 정일에게 하나의 고상한 위엄을 뽐낼 뿐, 더 이상 그를 자극하지 못한다. 정일에게 독서의 세계는 코드화된 욕망을 불러일으키는 스투디움에 불과하다.[23] 스투디움적 욕망은 '방문할 수 있게 해줄 뿐 사람이 살 수 있도록 해주는 것'[24]이 아니다. "그것은 환상적이고 일종의 투시력, 다시 말해 나를 미래의 유토피아적 시간으로 인도하거나, 아니면 내 자신의 과거 어딘지 알 수 없는 곳으로 나를 다시 데려가는 것 같은 그런 투시력"[25]을 지닌 것은 분명하지만 "나에게 상처를 주는 어떤 세부 요소(푼크툼)가 관통하지 않고, 그것에 의해 자극받고 얼룩지지 않는 한"[26] 그것은 내게 울림을 주는 감동이 될 수 없는 무의미한 것일 뿐이다.

이처럼 정일에게 있어 서점 방문으로 상징되는 독서의 세계는 "충격은 있지만, 동요는 없"는 것이다. 그것은 정일에게 "외칠 수는 있지만 상처를

---

23 롤랑 바르트, 앞의 책, 44쪽.

24 낡은 집, 그늘진 현관, 기와 지붕 (중략) 이 옛날 사진은 나에게 감동을 준다. 그 이유는 단순히 그곳에서 내가 살고 싶기 때문이다. 이런 욕망은 무언지 알 수 없는 어떤 뿌리를 따라 깊이 있게 내 안으로 잠겨든다. 기후의 열기 때문인가? 지중해의 신화, 아폴로적 취향으로 인해서? (중략) 어쨌든 나는 그곳에서 섬세하게―그런데 관광사진은 이 섬세함을 결코 만족시키지 못한다. 나에게 (도시든 시골이든) 풍경사진은 방문할 수 있도록 해주는 게 아니라 사람이 살 수 있도록 해주어야 한다. 위의 책, 56~57쪽.

25 위의 책, 57쪽.

26 위의 책, 57~58쪽.

줄 수는 없"[27]는 것이 된다. 정일에게는 근본에서 울림을 주는 무엇이 필요하다. 「무성격자」의 후반부는 그 근본적 울림의 여지를 찾아가는 여정이기도 하다.

3.2. 사랑에서 암시된 푼크툼의 뇌관

독서의 세계에 대한 열의를 잃어버린 정일의 '생활면에 문주'가 나타난다.[28] 문주를 처음 보았을 때 정일은 앙드레 지드가 『좁은 문』에서 보여준 "제롬의 이름을 부르며 황혼이 짙은 옛날의 정원을 배회하던 알리사"의 이미지를 떠올린다. 그리고 그것을 "이 세상 사람이라기보다는 천사의 아름다움"이라고 여긴다.[29]

그러나 문주는 정일에게 천사의 아름다움으로 존재하지 못한다. 문주에게는 히스테리가 있다.

27　롤랑 바르트, 앞의 책, 58쪽.

28　최명익, 앞의 책, 90쪽.

29　"지난 가을에 티룸 아리사의 마담으로 나타난 문주를 다시 보게 될 때 문주의 창백한 얼굴과 투명할 듯이 희고 가느다란 손가락과 연지도 안 바른 조개인 입술과 언제나 피곤해 보이는 초점이 없이 빛나는 그 눈은 잊지 못하는 제롬의 이름을 부르며 황혼이 짙은 옛날의 정원을 배회하던 알리사가 저러지 않았을까고 상상하였던 것이다. 그러나 검은 상복과 베일에 싸인 알리사의 빛나는 눈은 이 세상 사람이라기보다 천사의 아름다움이라고 하였지만 (중략) 문주의 눈은 달 아래 빛나는 독한 버섯같이 요기로웠다." 위의 책, 90~91쪽.

문주는 자기가 조르기만 하면 같이 죽어줄 사람이라고 하면서 어떤
때는 그것이 좋다고 기뻐하고 어떤 때는 그것이 싫다고 하며 그때마
다 설혹 자기가 같이 죽자고 하더라도 왜 당신은 애써 살아보자고 나
를 힘 있게 붙들어줄 위인이 못 되느냐고 몸부림을 하며 우는 것이었
다. 그러한 울음 끝에는 반드시 심한 기침이 발작되고 그러한 기침 끝
에 각혈을 하는 것이다. (중략) 이러한 문주와 자기의 생활에 자연히
눈살을 찌푸리게 되면서도 퇴폐적 도취가 그리워 패잔한 자기의 영상
을 눈앞에 바라보며 아편굴로 찾아가는 중독자와 같이 교문을 나선
발걸음은 어느덧 문주의 처소로 찾아가는 것이다.[30]

　문주는 병들어 있다. 정신적으로는 히스테리 성향이 있었고, 육체적으
로는 각혈을 할 정도로 병이 들어 있었다. 병든 문주는 정일에게, 어떤 때
는 자신과 같이 죽자고 말을 하고 또 어떤 때는 자신을 힘 있게 붙들어 달
라고 한다. 그러나 정일에게는 문주와 같이 죽을 힘도, 그리고 문주를 붙
들어줄 힘도 없다. 정일이가 그런 태도를 보이는 것은 정일이 '죽음의 공
포를 해탈한 무슨 수양이 있는 것도 아니고 단지 애써 살려는 의지력이
없'기 때문이다. 삶에 대해서도 죽음에 대해서도 아무런 의지가 없는 정
일에게 문주의 존재는 큰 의미를 가지지 못한다. 정일은 문주와 자기의
관계에 대해 짜증을 내면서도 그런 생활을 습관적으로 지속할 수밖에 없
다. 여기서 문주는 정일에게 과거의 존재를 확인하는 '노에마'[31]이다. 문주
는 정일에게 "거기에 있었다"라는 노에마의 현실을 자각하게 하지만, 노
에마의 현실을 발견하는 데에서 그칠 뿐 그것이 전복을 가져오지는 못한

30　최명익, 앞의 책, 93쪽.
31　노에마는 '그것은−존재−했음'을 의미한다.

다. 정일에게는 "바로 이것이다"와 같은 깨달음의 과정이 필요한데, 문주의 존재가 정일에게 그런 감각을 깨우쳐주지는 못한다.

그러던 중 정일은 아버지가 위독하다는 전보를 받는다. 정일은 죽음을 앞둔 문주를 혼자 내버려두고 아버지의 임종을 보기 위해 고향으로 향하는 기차를 탄다. 때문에 정일은 문주의 임종을 지켜볼 수 없다. 문주라는 존재는 정일에게 '내게도 애인이 있었다'라는 하나의 노에마적 현실만 제공할 뿐, 더 이상의 삶의 자극이 되지는 못하는 것이다. "나날이 쇠약하여 간다는 문주는 자기의 죽음이 정일이의 일생의 길을 틔워주는 보람이 되기를 바"[32]라지만 문주의 그런 꿈은 실현되지 못한다.

"자기의 죽음이 정일의 길을 틔우는 보람이 되기를 바라는 바에야 정일이가 오기 전에 죽기를 바라고, 그렇게 죽더라도 정일이가 자기의 시체를 찾아오지 않도록 부탁한다"[33]는 문주의 말은 이 소설의 복선으로 작용한다. 그러나 소설의 결말에 비추어볼 때, 정일에게 문주는 여전히 생의 의지를 지니지 않은 죽은 자에 불과하다. 문주의 죽음이 정일에게 하나의 깨달음으로 다가올 수도 있었지만, 어느새 정열적이고 열정적인 사랑은 사라지고 일상화된 사랑만 남은 문주에게서 정일은 그 어떤 깨달음도 발견하지 못한다.[34]

다만 문주는 독서의 세계에서 아버지의 세계로 이어지는 푼크툼의 발견 과정에서 가교의 역할을 한다고 볼 수 있다. 문주의 간절한 바람은 정

---

32 최명익, 앞의 책, 113쪽.

33 위의 책, 114쪽.

34 이 소설에서 문주와 아버지로 대표되는 죽음은, 정일의 삶에 큰 깨달음을 주지만 정일은 문주의 임종을 지켜보지는 못하고 아버지의 임종을 지켜보게 된다. 그리고 삶에 대한 의지를 지닌 아버지의 임종 과정을 목격함에 따라 푼크툼을 발견하게 된다.

일에게 직접적인 깨달음을 주는 것은 아니었지만, 결국 정일의 행동은 의도적이든 비의도적이든 간에 문주의 유언대로 이루어졌다. 문주는 '정일이가 오기 전에 죽었고, 죽었지만 정일이가 자신의 시체를 찾으러 오지 않기를 바랐고, 결국 그대로 실현되었다. 따라서 문주의 죽음은 정일에게 직접적인 푼크툼을 제공하는 계기가 되지는 못했으나, 정일의 푼크툼 발견에 간접적으로 기여하였고, 이후 정일이 살아갈 삶에 대해 간접적인 암시를 준다고 볼 수 있다.

3.3. 임종 장면에서의 푼크툼의 실현

정일은 문주의 임종을 지켜볼 수 없었다. 정일이 문주의 죽음을 목격한다고 하더라도 삶에 대한 의지를 회복할 가능성을 지니고 있지는 않았다. 문주가 그토록 지니기를 바랐던 생의 의지를 정일이 발견한 것은 뜻밖에도 자신이 그동안 그렇게도 경멸해온 아버지를 통해서이다. 이렇듯 「무성격자」의 후반부에서는 문주와 아버지의 죽음이 두 개의 서사 축을 형성한다. 작가는 문주와 아버지의 죽음을 통하여 정일의 현실적 삶의 의지와 지향에 대해 강렬하게 문제를 제기하고 충격을 주고자 한 것이다.[35]

---

35 그의 소설에 빈번하게 나타나는 죽음에 대해서 이재선은 "최명익 소설에서 죽음에 대한 관심이 현저한 것은 단순히 그가 죽음의 현상 자체에 대해서 특별한 통찰을 하고자 함에 있는 것이 아니라 죽음에 대한 인식을 통해서 시대적인 삶의 황폐한 의미를 반영한 것"으로 보는 시대반영적인 관점을 도입하여 접근하고 있다. 이재선, 「의식과잉자의 세계」, 『한국현대소설사』, 홍성사, 1980, 487쪽.

임종 장면은 뚜렷한 사건을 불러일으키지는 않지만 얼핏 느끼기에도 엄청나게 강렬한 인상을 만든다. 작가가 임종 장면을 클로즈업시킨 의도는 푼크툼을 발견하는 순간과 긴밀히 연관된다.

롤랑 바르트는 죽음과 사진의 관계에 대해 다음과 같이 밝힌 바 있다.

> **사람들이 찍은 내 사진에서 내가 노리는 것은 죽음이다. 왜냐하면 죽음은 이 사진의 에이도스(eidos:본질)이기 때문이다. 마찬가지로 이상한 일이지만 사람들이 나의 사진을 찍을 때, 내가 견뎌내고 좋아하며 나에게 친숙한 유일한 것은 사진기 소리이다.** 나에게 사진작가의 기관은 그의 눈이 아니라 손가락이다. 손가락은 카메라 렌즈의 셔터 소리에 연결되어 있고, 금속성을 내는 건판의 미끄러짐과 연결되어 있다. 나는 이런 금속성 소리를 거의 관능적으로 좋아한다. 마치 사진에서 이 소리가 내 욕망이 매달리는 바로 그것—유일한 그것—인 것처럼 말이다. **그 짧은 셔터 소리는 죽음의 노출 시간대를 깨버리는 것이다.**[36] (강조:필자)

인용문에서 롤랑 바르트는 사진에서 죽음의 이미지를 떠올린다. 사진이라는 이미지 그 자체보다는 사진 찍는 순간, 그것도 사진기의 소리를 좋아한다고 밝히고 있다. 이는 살아 움직이는 자아가 고정된 이미지로 넘어가는 경계시간에 대해 설명하고자 하는 것이다. 이것은 자아와 사진과

한편, 박수현은 그의 소설에 나타난 죽음을 프로이트의 논의에 기대어 '타나토스'라는 개념으로 설명하고 있다. 에로스는 생명본능이고, 타나토스는 죽음 본능이다. "에로스와 타나토스는 자웅동체적 성향을 지니는데, 작가는 애초에 에로스에 대한 강한 지향을 보유하였으나, 그것이 좌절되면 그 리비도를 타나토스로 집중한다"고 보고 있다. 박수현, 앞의 논문, 350쪽 참조.

[36] 롤랑 바르트, 앞의 책, 29쪽.

의 상관관계에 의해 자세히 설명된다.

롤랑 바르트에 따르면 사진은 두 가지 모순된 성격을 가지고 있다. 첫째는 내가 가진 "내 본성들의 특질들을 읽게 하고 싶"은 충동이며, 둘째는 그것의 실현 불가능성이다.

첫째, 만약 사진사가 나에게 카메라를 들이댄다면 그 순간 내 표정과 자세는 변한다. 그 앞에 서 있는 나는 나 자신을 이미지로 변신시키기 때문에 짧은 순간 다양한 포즈를 만들어낸다. 롤랑 바르트가 가장 간절히 바라는 것은, 사진 찍히는 사람 스스로도 자각하지 못하는 "불가해한 미소"가 사진에 포착되는 것이다. 스스로도 포착할 수 없었던 수많은 나의 모습 가운데 하나를 포착하는 과정을 통해 '스스로가 자신의 본성을 발견'하기를 고대한다. 그가 원하는 것은 고정되어 있지 않은, 유동적인 자아의 재현이다.

그러나 "상황과 나이에 따라 변하는 수많은 사진들 사이에서 유동적이고 흔들리는 내 이미지는 나의 자아와 항상 일치"하기를 원하지만, 사진은 그것을 담아낼 수 없다. 사진 속의 자아는 나의 이미지와 결코 일치하지 않는다. 사진이 되는 순간 나는 하나로 고정되고 코드화되어 규격화된다. 자아의 속성이 '가볍고 분열되고 분산'되며 생생하게 살아 움직이는 것이라면, 사진의 속성은 움직이지 않고 고정되며 무거운 죽음과 결부된다.

때문에 셔터 소리는 강한 상징성을 지닌다. 셔터 소리가 나는 순간은, 살아 움직이는 자아가 고정된 이미지로 넘어가는 경계시간이다. 역설적으로 셔터 소리가 나는 순간은 "죽음의 노출 시간대"를 깨는, 살아 있는 생생한 시간이다. "언제나 그것의 지시 대상을 함께 실어 나르는" 기표와 기의가 아주 끈끈하게 붙어 있을 수밖에 없는 특성을 지닌 사진이, 이때

만큼은 그 틀에서 자유로울 수 있는 순간인 것이다.[37]

정일은 셔터가 눌러지고 셔터 소리가 나는 순간, 즉 살아 있는 대상이 죽음의 순간으로 넘어가는 순간에 주목한다. 따라서 정일은 아버지의 임종 장면에 주목하게 되는 것이다.

> 그때—심한 구토를 한 후부터 한 방울 먹지 못하고 혓바닥을 축이는 것만으로도 심한 구역을 하게 된 만수 노인은 물을 보기라도 하겠다고 하였다. 정일이는 요를 둑여서 병상을 돋우고 아버지가 바라보기 편한 곳에 큰 물그릇을 놓아드렸다. 그러나 그 물그릇을 바라보기에 피곤한 병인은 어디에나 눈 가는 곳에는 물이 보이기를 원하였다. 그래서 큰 어항을 병실에 가득 늘어놓고 물을 채워놓았다. 병인은 이 어항에서 저 어항으로 서느러운 감각을 시선으로 핥듯이 둘러보다가 그도 만족지 못하여 시원히 흐르는 물이 보고 싶다고 하였다. 정일이는 아버지가 보기 편한 곳에 큰 물그릇을 놓고 대접으로 물을 떠서는 작은 폭포같이 드리워 쏟고 또 떠서는 드리워 쏟기를 계속하였다. 만수 노인은 꺼멓게 탄 혀를 벌린 입 밖에 내놓고 황홀한 눈으로 드리우는 물줄기를 바라보고 있었다. 그 눈을 볼 때 정일이는 걷잡을 사이도 없이 자기 눈에 눈물이 솟아오름을 참을 수가 없었다. 정일이는 일찍이 그러한 눈을 본 기억이 없다고 생각하였다. 더욱이 아버지의 얼굴에서![38]

만수 노인은 물을 먹지 못하자 물을 보기를 원한다. 그런데 그가 원하는 것은 어항에 담긴 갇힌 물이 아니라 시원히 흐르는 물이다. 이제 곧 죽음의 순간을 맞아야 하는 그는 살아 있는 생생한 것을 갈망한다. 이 순간은 삶에서 죽음의 순간으로 이행되는 과정, 즉 셔터에 손이 올려진 순간

---

37 롤랑 바르트, 앞의 책, 23~33쪽 참조.
38 최명익, 앞의 책, 114~115쪽.

이 된다. 정일은 아버지의 눈을 보는 순간 기표와 기의의 관계가 서로 밀접하게 연관되어 있지 않고, 기표 그 자체로 존재하는 삶의 순간을 자신이 목격했다는 것을 깨닫는다. 이 순간은 아버지 스스로가 자신의 본성이기를 바랐던 모습이며, 죽지 않고 살아 있는 생생한 시간이다. 그리고 이 순간은 그동안 아버지의 삶에서 가장 큰 가치라 여겼던 돈의 세계와도 멀어진 세계이다. 자신도 놓치고 살았던 자신의 본성을 발견한 것이면서 동시에 살아 있는 시간을 살게 된 것이다. 그리고 그것은 곧 푼크툼의 발견과도 그 맥을 같이한다.

정일에게 푼크툼이 된 것은 병상에 누워 있는 아버지의 모습 전체이거나 아버지의 삶 자체가 아니라 아버지의 '눈'이다.[39] 푼크툼은 대상의 전체에서가 아니라 부분적인 것에서 유발된다는 바르트의 분석이 적중된 것이다.[40]

---

39 정일은 소설 전반부에서 문주의 '눈'에 관심을 보이고 문주의 눈을 포착하기도 했다. "운학군이 사촌동생이라고 문주를 소개하며 의학에서 무용 예술로 일대 비약을 한 소녀라고 웃었을 때 저렇게 인상적으로 빛나는 눈은 역시 여의사의 눈이 아니었을 것이라고 생각하였다. (최명익, 앞의 책, 90~91쪽) 그러나 그로부터 3년 후에 다시 만난 문주의 눈은 언제나 피곤해 보이고 초점이 없었다. 삶에 대한 열정이 빠져 있는 문주의 눈은 푼크툼의 계기가 된 아버지의 눈과는 전혀 다른 것이었다.

40 「무성격자」에 나타난 푼크툼의 적용 방식을 도표화하면 다음과 같다.

	롤랑 바르트 푼크툼의 특징	「무성격자」에서 푼크툼 적용 방식
1	하나의 세부 요소/부분적인 대상	임종을 앞둔 아버지의 '눈'
2	비의도적	아버지의 눈을 우연히 발견하게 됨
3	사토리 경험	생(生)의 의지에 대한 깨달음
4	사후에 침묵	아버지와 더 이상의 대화가 없음, 모호한 결말처리
5	시야 밖의 세계로	자신의 삶 전반에 대한 반성과 앞으로의 삶에 대한 모색

아버지의 눈은 이전에 정일이 경험하지 못한 새로운 모습이다. 정일은 그런 아버지의 모습을 발견하고, 그 속에서 어떠한 경이로운 '찌름'을 경험한다. 그것은 이전에 아버지를 틀 지웠던 코드화되고 개념화된 수전노로서의 세계가 아니라 정일의 의식에 균열을 만드는 충격으로 다가온다. 아버지의 눈을 본 것은 정일이 의도한 것이 아니다. 정일은 아버지인 만수 노인이 '작은 폭포같이 물을 쏟아내는 모습'을 그토록 황홀한 눈으로 볼 줄 예상치 못했다. 그것은 예기치 않은 순간 우연히 포착하게 된 모습이다.

아버지 임종의 순간에서 푼크툼을 발견한 정일은 세 가지를 체험한다. 사토리의 경험, 사후의 침묵, 시야 밖의 세계로 접근이 그것이다.

정일은 한 순간 자기 존재를 잊어버리고 아버지의 눈에 온전히 사로잡혔다. 무언가에 사로잡힌다는 것은 내 속의 감정들을 빈틈없이 그 대상에게 바친다는 것을 의미한다. 푼크툼을 경험한 정일은 자신이 포착한 아버지의 눈 너머의 세계에까지 이해하고 접근하고자 한다. 이는 아버지의 삶 전반에 대한 이해와 자신의 삶에 대한 성찰로까지 이어진다. 그리고 이것을 통해 자신의 마음속에서 작은 전복(사토리)이 일어나고 있음을 깨닫는다.

이후 정일은 아버지의 병간호를 정성껏 한다. 그러나 "아버지의 입에서 어떤 애정의 말이 나올까봐"[41] 몸을 피한다. 아버지로부터 애정의 말을 듣는 순간, 그것은 정리되지 않은 어떤 것을 확인하는 계기가 된다. 잠재 상태를 수용하기 위해서는 사후에 침묵해야 한다. 아버지를 잘 이해하기 위

---

41 최명익, 앞의 책, 117쪽.

해서는 기표와 기의가 밀착하는 아버지의 언어를 듣는 것보다, 눈을 감는 것이 그것을 더 정확히 이해하는 것이기 때문이다.

> 문주가 죽었다는 운학의 전보를 받은 날 저녁에 만수 노인도 죽었다. 죽은 사람은 죽은 사람으로 하여금 장사케 하라는 말대로 하자면 자기는 문주를 장사하러 가는 것이 당연하리라고 생각하면서도 정일이는 아버지의 관을 맡았다.[42]

정일은 몸은 살아 있지만, 생에 대한 의지와 열정이 없기 때문에 정신이 죽은 존재였다. 문주는 몸도 죽고 정신도 죽은 존재다. 정일은 물론이고 문주 역시 살아 있을 때에 삶에 대한 열정이 존재하지 않기 때문에 산 송장과도 같은 존재였다. 따라서 이 둘은 의지와 열정이 없으므로 '죽은 자'라는 같은 범주에 묶인다. 이에 반해 아버지는 몸은 죽었지만 정신은 살아 있는 인물이었다. 따라서 정일은 아버지를 '산 자'로, 문주와 자신을 '죽은 자'로 인식한다. 작가는 이것에 대해 더 이상 언급하지 않는다. 작가는 주인공 정일이 푼크툼을 느낀 그 장면만을 부각시키고 싶었던 것이라 볼 수 있다.

4. 푼크툼 실현을 위한 서사적 장치

지금까지 「무성격자」에 나타난 푼크툼의 발견과 실현에 대해 살펴보았

---

42 최명익, 앞의 책, 117쪽.

다. 독서의 세계에서도 문주와의 관계에서도 푼크툼을 발견할 수 없었던 주인공 정일은 죽음을 앞둔 아버지의 임종 장면에서 푼크툼을 발견하게 되었다. 그런 점에서 「무성격자」의 서사적 여정은 푼크툼에의 도달 과정이라 할 수 있으며 서사는 결국 푼크툼의 발견과 깨달음으로 귀결된다고 본다.

최명익은 주인공이 푼크툼을 발견하기까지 몇 가지 서사 장치를 서로 긴밀하게 엮어서 활용했다. 이는 독자들로 하여금 주인공의 푼크툼 발견 과정을 더 명료하고도 인상적으로 포착하도록 하기 위한 배려이기도 하다.

먼저 사건 발생을 최소화하였다. 「무성격자」에서는 사건이 거의 활성화되지 않는다. 아버지의 임종이 독자의 눈을 끌 수 있는 거의 유일한 사건이다. 주인공 정일이, 심리적으로 아버지보다 더 가깝다고 인식하는 문주와의 관계에 있어서도 마찬가지이다. 문주에 대해서도 작가는 이렇다 할 사건을 만들지 않고 그저 지속되는 관계에 대하여 담담하게 기술할 뿐이다. 이처럼 최명익은 소설의 정점이자 결말이기도 한 지점에 이르기까지 무미건조한 묘사로 일관하였다. 이는 독자로 하여금 마지막 정점 부분을 읽는 순간 급격한 반전을 경험할 수 있도록 만들기 위한 장치이다. 급격한 반전은 푼크툼을 발견하는 데 필수 조건이기 때문이다.

사건의 최소화와 더불어 사용한 또 다른 서사적 장치는 인과적 플롯의 거부이다. 플롯은 원인과 결과의 긴밀한 연결고리들에 의해 구성된다는 점에서 논리적 인과율에 종속된다. 급격한 반전을 통한 푼크툼의 발견 과정이 이러한 인과적 플롯 속으로 들어가기는 어렵다. 푼크툼은 인과율적이라기보다 우연적인 것에 더 가깝기 때문이다. 정일이 아버지의 임종을 경험하기 직전까지 아버지에 대해 가졌던 생각들은 임종이 가져온 충격이나 사토리와는 아무런 관련이 없다. 그래서 독자들은 결말 부분 정일이 보이는 행동에서 정일 못지않은 충격을 경험할 수밖에 없게 되는 것이다.

메시지를 창출하기 위해 서사적 요소들의 단단한 결속을 거부한 작가는 그 서사적 결속 대신 서사의 소재에다 상징적 의미를 주입함으로써 주제를 확장시켰다. 특히 임종을 주된 소재로 삼았는데, 작가는 임종이야말로 푼크툼의 효과를 극대화할 수 있다고 판단한 것 같다. 작가는 살아 있는 시간과 죽은 시간을 양 극단으로 보고, 삶에서 죽음으로 넘어가는 임종의 시간대야말로 생생하게 깨어 있는 순간이라고 인식하였다. 살아 있는 대상이 죽어가는 순간은, 사진기의 셔터 소리에 대응하는 "죽음의 노출 시간대"를 깨는 생생한 시간이다. 임종의 상징적 의미는 '깨어 있음'과 '생생력'인 것이다. 작가는 이 순간 주인공이 푼크툼을 발견하게 함으로써 생생한 시간대를 살아가며 생의 의지를 회복한다는 주제를 창출하였다. 또한 작가는 카메라 렌즈에 해당하는 소재인 주인공의 눈(시선)에 상징적 의미를 부여하여 생명력을 강조하기도 하였다.[43]

---

43 그 대목은 다음과 같다. "''지금껏 내 얼굴에서 무얼 보았어?' 하며 손으로 문주의 눈을 가렸다. 문주는 가린 정일의 손을 피하려는 듯이 정일의 품에 얼굴을 비비며 "아까 차 안에서 본 당신의 눈은 참 좋아서" 이렇게 말하는 문주는 언제나 얼굴을 들 것 같지 않았다. 정일이는 이렇게 시작된 침묵이 더 무거울 것을 꺼리는 마음으로 문주의 어깨를 흔들며 "문주가 조르면 역시 같이 죽어줄 눈이었나?"' 최명익, 앞의 책, 98쪽.
　　"만수 노인은 꺼멓게 탄 혀를 벌린 입 밖에 내놓고 황홀한 눈으로 드리우는 물줄기를 바라보고 있었다. 그 눈을 볼 때 정일이는 걷잡을 사이도 없이 자기 눈에 눈물이 솟아오름을 참을 수가 없었다. 정일이는 일찍이 그러한 눈을 본 기억이 없다고 생각하였다." 위의 책, 115쪽.

궁극적으로 작가는 결말을 뚜렷하게 맺지 않는다. 결말을 유보하였다고 하겠는데[44] 그것은 지금까지 주인공의 현실적 의지 부족 혹은 작가의 작가의식 부족이란 점에서 한계점으로 지적되기도 하였다.[45] 그러나 결말의 유보는 실현된 푼크툼이 일으킨 충격과 감동을 고스란히 지속되게 만들려는 서사적 장치로 해석하는 게 바람직하다. 우선 주인공에게 주는 효과가 크다. 결말이 유보되면서 주인공은 푼크툼 상태를 지속할 수 있게 되었다. 그리고 푼크툼은 가능한 한 말을 아끼거나 침묵해야 그 충격과 문제의식을 배가할 수 있다. 작가는 이 점을 분명하게 자각하고서 결말 유보라는 서사적 장치를 활용한 것이다. 다음으로 수용론적 입장에서 고려해볼 수 있다. 결말 유보의 서사적 장치는 독자들로 하여금 푼크툼을 경험한 주인공의 그 이후 삶을 역동적으로 상상할 수 있게 한다. 이렇게 하여 「무성격자」에서 푼크툼의 발견은 일의 마무리 단계에서 떠오른 정점이면서 동시에 새로운 삶의 시작이 될 수 있다.

이상과 같은 분석에 의하자면, 「무성격자」의 서사적 장치는 푼크툼이 형성되고 실현되는 전제 및 과정과 대응된다고 볼 수 있다. 「무성격자」가 사건을 최소화하고 인과적 플롯을 거부하는 것은 푼크툼이 전체적 메시지를 지향하지 않고 부분적 대상이 우연하게 불러일으키는 것임을 강조하는 것과 대응된다. 결말의 유보는 사후(事後)에 침묵하며 시야 밖의 미묘한 영역을 환기하는 푼크툼의 생리에 대응된다고 볼 수 있겠다.

---

44 이에 대한 자세한 내용은 김효주, 『한국 근대 여행소설 연구』, 역락, 2013 참조.
45 이재선, 앞의 책, 482쪽.

5. 마무리

이상으로 「무성격자」에 나타난 푼크툼의 발견 과정과 그 실현에 대해 살펴보았다. 이 장에서는 롤랑 바르트의 푼크툼 이론을 근간으로 하여 최명익 소설 「무성격자」에 대해 살펴보았다.

먼저, 푼크툼의 개념과 그 특성에 대해 살펴보았다. 푼크툼(punctum)은 롤랑 바르트에 사진론에서 유래된 것으로 사회의 법칙에 의해 코드화 되고 양식화된 스투디움(studium)을 방해하러 오는 것이다. 푼크툼은 찔린 자국이고, 작게 베인 상처를 뜻하며 자신을 불편하게 만드는 충격을 동반하는 것이다. 그리고 푼크툼의 특징으로는 '전체가 아닌 하나의 세부 요소로 구성, 비의도적일 것, 사토리를 경험하게 할 것, 사후에 침묵, 시야 밖의 세계로 인식의 폭을 넓힐 것'을 들었다.

다음으로는 롤랑 바르트의 푼크툼의 특성을 통해 최명익 소설 「무성격자」에 나타난 푼크툼 양상에 대해 살펴보았다. 이 장에서는 「무성격자」에 나타난 정일의 행동을 푼크툼을 발견하기 위한 과정으로 보았다. 이에 대해 세 가지 관점에서 나누어 살펴보았다. 먼저 스투디움적 욕망을 발견하는 단계로서 독서의 세계에 대한 회의의식을 들었다. 다음으로 독서의 세계에 대한 매력을 잃은 정일 앞에 문주라는 여인이 나타난 것을 통해, 그녀와의 사랑이 푼크툼적 가능성을 보이는 '뇌관'으로 작용할 수 있음을 들었다. 그리고는 롤랑 바르트 사진론의 죽음인식을 참조하여 아버지의 임종 과정에서 발견한 푼크툼의 실현에 대해 살펴보았다. 정일은 임종을 앞 둔 아버지의 눈을 우연히 발견하게 되었고, 그것을 통해 생의 의지라는 새로운 사토리를 경험하게 된다. 그리고 아버지와 더 이상의 대화를 하지 않으며, 소설 결말도 모호하게 처리함으로써 사후에 침묵하고자 하였다. 그 후 자신의 삶 전반에 대한 반성과 앞으로의 삶에 대한 가능성을 미약하게나마 보인다. 다음 장에서는 푼크툼의 실현 과정과 서사적 장치에 대해 구체적으로 살펴보았다.

이 장에서는 롤랑 바르트가 사진에서 얻은 문제의식과 최명익 소설에서 주인공이 가진 문제의식을 동궤로 보았다. 롤랑 바르트의 사진 이론은 최명익을 비롯한 모더니즘 소설 작품의 난해처를 해독하는 데 매우 의미 있는 틀을 제공한다고 본다.

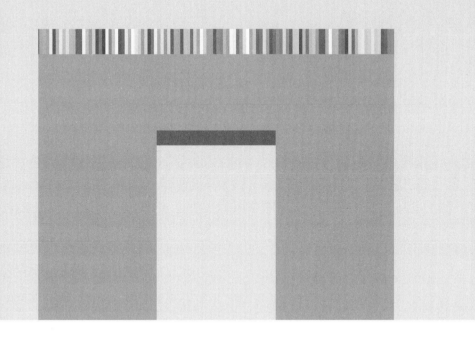

제4장

1930년대 후반의 세대논쟁과 「역설」·「폐어인」

1930년대 후반의 세대논쟁과
「역설」·「폐어인」

1. 머리말

이 장에서는 1930년대 후반의 세대논쟁과 관련하여 「역설」과 「폐어인」을 분석하고자 한다. 그러기 위해 먼저 당시 세대논쟁의 흐름을 살펴보고 그 논쟁 속에서 최명익은 어떤 위치에 있었는가를 살펴보겠다. 그 점을 고려하면서 「역설」과 「폐어인」을 세대론적 관점에서 읽을 것이다.

이 장에서 1930년대 세대논쟁과 「역설」 및 「폐어인」을 관련시켜 해석하는 근거는 다음과 같은 점들이다. 두 작품이 창작되었던 1938년 후반과 1939년 무렵은 세대논쟁이 문단에서 가장 주목받은 시기였으며,[1] 최명익은 「조망문단기」를 통하여 세대논쟁에 대한 자신의 생각을 분명하게 표

---

1 「역설」은 1938년 2~3월 『여성』에 발표되었고, 「폐어인」은 1939년 2월 5일~25일에 『조선일보』에 연재되었다.

현하였다. 또 두 작품은 세대 간의 차이나 갈등, 시대 변화에 따른 구세대와 신세대의 대응 방식과 관련된 장면과 주제들을 중심에 놓고 있다. 소설쓰기를 통해 '어떻게 살아갈 것인가'에 대해 집요하고도 진지하게 모색하던 최명익은 「역설」과 「폐어인」을 통하여 세대논쟁과 관련된 자신의 고민과 성찰의 결과를 담고 있는 것이다.

1930년대 후반을 대표하는 '신세대' 작가 최명익에 대한 당대의 평가는 다양하다. 엄흥섭은 '무력한 지식인의 자조와 무기력을 내용으로 삼아 예술적으로 형상화한 역량 있는 신인'이라고 평하였고,[2] 김동리는 '가장 믿을 수 있는 신세대 작가'라고 크게 칭찬하였다.[3] 하지만 임화와 이원조 등 '구세대'를 대표하는 작가들은 그의 작품에 대해, '어떠한 새로운 해석이 없다'거나,[4] '자의식의 과잉'[5]이라며 부정적으로 평가하였다. 이렇듯 작품을 평가하는 쪽이 신세대 작가인가 구세대 작가인가(주로 카프 계열)에 따라 최명익 작품에 대한 평이 달라졌다.

최명익에 대한 연구는 지금까지 적잖이 이루어졌다고 할 수 있다. 주로 '근대성'과 관련한 논의와 주인공의 '자의식 과잉'[6]을 전제한 논의가 대부분이다. 대상 작품도 그런 논의를 전개하는 데 유리한 「비오는 길」이나 「심문」, 「무성격자」에 집중되었다. 「역설」과 「폐어인」은 작품 자체로서도 탁월한 면을 갖추고 있고 최명익 작품 세계의 전개에서 매우 중요한 자리

2   엄흥섭, 「문예시평(7)」, 『조선일보』, 1936.5.10.
3   김동리, 「신세대의 정신」, 『문장』, 1940.5.
4   임화, 「창작계의 일년」, 『조광』, 1932.12.
5   이원조, 「9월 창작평―자의식의 과잉」, 『조선일보』, 1937.9.9.
6   이재선, 『한국현대소설사』, 홍성사, 1979, 485쪽.

에 있음에도 불구하고 기존 연구에서는 다소 소홀히 다루어진 경향이 있다. 특히 1930년대 세대논쟁에서 최명익이 신세대 작가로 중요한 역할을 하였고 「역설」과 「폐어인」이 세대 차이나 세대 갈등 문제를 작품의 중심에 두고 있음에도 불구하고 정작 두 작품을 세대론의 관점에서 분석한 연구는 드물다.

1930년대 세대론과 최명익의 작품을 연결시킨 연구자는 강진호와 공종구 등이다. 강진호는 1930년대 후반 신세대 작가의 미의식을 크게 세 가지로 구분하였다.[7] 그는 최명익의 경우를, 기존 이념에 대한 막연한 믿음을 보이지만 신념으로까지 고양하지 못한 채 내적인 방황과 모색을 보인 부류로 분류하고, 그에 해당하는 대표 작품으로 「비오는 길」을 들었다. 그리고 이 작품이 무기력한 지식인의 내면 세계를 다루었다고 간주했다. 강진호의 연구는 1930년대 후반 신세대 작가의 미의식을 포괄하여 다루고 있다는 점에서 의의가 있지만 당시 세대론의 문제가 작품 속에 어떻게 투영되고 있는지에 대해서는 자세히 검토하지 않았고, 세대론의 문제가 가장 심각하게 관철되고 있는 「역설」과 「폐어인」을 논의에 포함시키지 않았다.

공종구는 세대론의 관점에서 최명익의 소설을 파악하고 있다는 점에서

---

7 강진호는 신세대 작가의 미의식을 다음과 같이 크게 세 가지로 구분하였다. 첫째는 프로문학을 비판하면서 민족 고유의 전통에 주목한 경우이고(김동리, 정비석), 둘째는 기존 이념에 대한 막연한 믿음을 보이지만 신념으로까지 고양하지 못한 채 내적인 방황과 모색을 보이는 부류이며(최명익, 유항림, 허준), 셋째는 암울한 현실을 실존적 차원에서 주목한 부류이다(현덕, 이근영). 강진호, 「탈이념과 신세대 소설의 분화과정」, 『민족문학사연구』 4, 1993, 293쪽.

필자와 문제의식을 공유한다. 그는 세대론의 본질이 구세대의 우울과 무기력에 있다고 본다. 구세대들이 자신들에게 주어진 시대적 과제를 정면에서 용기 있게 받아들이지 못하고, 신세대들에게 그 부담을 떠넘기고자 했다는 점을 강조한다. 그러면서 최명익이, '당시 30대 중후반이라는 비교적 늦은 나이였고, 3·1운동에 직접 참가했고, 그것이 계기가 되어 학업을 포기했고 후에도 상해 임시정부에서 발행하는 독립신문 등쇄판을 유포하는 일을 맡았으며, 이로 인해 일경의 주목을 받아 한때 피신하기도 할 정도로 민족 현실에 상당한 관심을 가졌'던 이력을 근거로 하여 최명익을 구세대 작가로 규정하였다.[8] 공종구의 논의는 최명익 소설과 세대론을 긴밀하게 관련시켜 전개하고 있다는 점에서 의의가 크며 필자의 논의에 소중한 지침이 된다. 다만, 최명익이 당시 신세대 작가들에 비해 나이가 많았고, 이념이나 사회 문제에 대해 직·간접적으로 참여한 것을 근거로 하여 그를 구세대 작가로 간주하는 것에 대해서 필자는 다소 다른 견해를 가진다. 최명익은 1939년 「신진작가의 문단호소장」이라는 신세대 작가들의 집단 발언에 동참했다. 이때 그는 김동리나 정비석 등과 더불어 신세대 작가를 대표하여 「조망문단기」라는 글을 발표하였다. 물론 이 글에서 최명익은 김동리나 정비석처럼 구세대를 강하게 비판하고 있지는 않으나 그가 신세대 작가를 대표하여 글을 발표하였다는 사실을 중시해야 한다고 본다. 그리고 김동리나 엄흥섭 등 당시 문단을 대표하던 다른 작가들도 그를 신세대 작가로 보았다.[9] 이런 근거에서 세대론에서 최명익

---

8 공종구, 「최명익의 소설에 나타난 세대론의 전유와 변주」, 『한국문학이론과 비평』 제51집, 2011, 65~85쪽.

9 엄흥섭, 앞의 글 참조, 김동리, 앞의 글 참조.

을 일단 신세대 작가로 보고 담론을 전개하는 것이 더 유용하다고 본다.

그런데 최명익이 비록 신세대 작가군에 포함되기는 하였지만, 다른 신세대 작가들처럼 구세대를 강하게 비판하지는 않았다. 또 1937년 자신의 고향인 평양에서 만든 문학 동인지인 『단층』에조차 소속되기를 거부했던 그의 과거 행적을 고려할 때, 그는 신세대 작가에 소속되어 있기는 하지만 신세대 작가들의 입장만을 강하게 내세우지는 않았던 것으로 판단된다. 오히려 그는 신세대나 구세대 어디에도 소속되지 않은 채 그저 자신의 소신대로 살아가기를 원했던 작가였다고 할 수 있겠다.[10]

1930년대 세대논쟁에서 최명익이 주장한 바와 두 작품의 주인공들을 통해 모색한 세대론 사이에는 일정 부분 차이가 있다. 그런 차이는 최명익이 소설적 허구를 통해 지향한 바가 현실의 담론과 동일하지 않다는 사실을 암시해준다. 최명익은 소설을 통해서 당대 세대논쟁의 담론을 메타화하고 현실의 담론이 창출하지 못했던 전망을 제시하고자 한 것으로 본다. 이 장의 목적은 세대론과 관련하여 최명익이 궁극적으로 추구하고자 한 바를 밝혀내는 것이며, 그 점이 최명익 소설의 전개 과정에서 어떤 의미를 가지는가를 성찰하고자 한다.

---

10 최명익을 구세대 작가에 포함시켜, 구세대 작가의 의무나 책임을 신세대 작가에게 전가한다는 관점으로 그의 작품을 읽으면 「역설」에 대한 해석은 자연스럽지만, 「폐어인」에 대해서는 다소 부자연스러운 부분이 있다. 공종구는 「폐어인」을 해석하면서 「폐어인」에서는 「역설」과는 달리, 구세대들이 당시 자신들에게 주어진 시대적 과제를 신세대들에 위임하고자 하는 세대론의 도식은 분명하게 드러나지 않고 있다고 보았다. 「폐어인」에는 신세대들에게 위임하고자 하는 자기 연민이나 부끄러움은 적은 데 반해서 어떻게 살아야 하는가에 대한 구세대의 책임의식과 신세대에 대해 거는 기대는 더 부각되었다고 보았다. 공종구, 앞의 논문, 79쪽 참조.

2. 세대논쟁과 신세대 작가 최명익

　1930년대는 조선의 전 영역이 일본 제국주의의 침략전쟁을 위해 동원된 시기로 형식적으로나마 주어졌던 창작과 문학 활동의 자유마저 유린당한 시기였다. 이런 절박한 상황에서 문인들은 대부분 현실로부터 비켜서서 자기 자리를 새로 잡을 수밖에 없었다. 이 시기는 '무규정의 시대', '혼란·혼돈의 시대', '무주류의 시대'로 불렸다.[11] 이런 혼란기에 비평도 휴머니즘론, 지성론, 모랄론, 세대론 등 어지러울 정도로 분화되었다. 이데올로기가 지하로 숨어들거나 회피된 전환기의 비평 난립이라할 수 있다.[12] 그중 1930년대 후반 세대논쟁은 당시 문단을 떠들썩하게했던 큰 사건이었다. 세대논쟁이란 기성 작가들이 '신세대 작가들은 사회성이 약하다'고 신세대 작가들을 비판하자, 신세대 작가들이 자신의문학에 대한 입장을 밝히고 기성 작가들에 대한 불만을 표명한 사건을말한다.

　이는 단순히 몇몇 작가가 다른 작가에 대해 불만을 표시하는 데서 그치지 않고 점차 범위가 확대되고 집단화되면서 결국 기성 작가 그룹과 신세대 작가 그룹 간의 논쟁으로 비화되었다. 발단은 이원조에서 시작되었다. 이원조는 '오늘날 신인들' 중 '신인다운 기백이나 시험할 만한 재분을가진 신인'[13]을 찾아볼 수 없음을 지적한다. 그리고 신세대 작가들이 모두

11　윤병로, 『한국근·현대문학사』, 명문당, 2010, 236쪽.

12　조남현, 「근대 산문」, 『한국문학강의』, 길벗, 1994, 406쪽.

13　이원조, 「신인론」, 『조선일보』, 1935.10.10.~17.

천편일률적인 작품을 써가고 있다고 지적하였다. 논의가 본격화된 것은 1939년 2월 임화가 『비판』에 「신인론」이라는 글을 발표하면서였다. 임화는 신인을, "문단에서 미미하나마 일정한 일홈을 가지고 있으나 아직 중견이나 대가의 열에 오르지 못한 일군의 작가"[14]를 의미한다고 밝히면서 '신인 작가들의 글에는 새로움이 없으며 그들이 활동하는 조선의 문단은 기성복 시장처럼 싱겁고 심심하고 너절하다'고 지적한다.

이원조와 임화로 대표되는 기성 작가의 신세대 작가 비판에 대해 신인들은 불만을 표출하며 자신의 입장을 '집단 발언' 형식으로 드러낸다. 그 첫 번째 발언은 1937년 1월 『조선일보』의 「신인들의 말」에서 최인준, 김소엽, 오장환 등에 의해 이루어졌으며, 두 번째 발언은 박노갑, 허준, 김소엽, 계용묵이 중심이 된 1939년 『조광』의 「신진작가좌담회」란 글을 통해 이루어졌다. 세 번째의 집단 발언이 바로 1939년 4월 『조광』의 「신진작가의 문단호소장」이다. 여기서는 김동리를 중심으로 정비석, 김영수, 최명익, 김소엽 등이 자신의 의견을 피력하게 된다.

이렇듯 신인들의 문단을 향한 발언은 여러 차례 걸쳐 나타나는데 그중에서도 1939년 『조광』에 발표한 「신진작가의 문단호소장」을 주목할 필요가 있다. 먼저, 김동리는 「문자우상」에서 기성 비평가들이 서구 이론에 기대고 있다는 점을 지적한다.[15] 정비석은 「평가에의 진언」에서 비평

---

14 임화, 「신인론」, 『비판』, 1939.2.

15 김동리는 "옛부터 無識한 「出入꾼」이나 술취한 「풍언」 따위들이 곳잘 文字를 섰든게라지마는, 近來 우리文壇 特히 評壇의 「文字病」은 이런 類의 無識이나 醉증 程度로 그냥 돌려 둘 수 없고, 제법 惡性的性質을 띤것이매 그냥 볼만하고 백이기엔 무척 힘이든다" 고 제법 강하게 문단을 비판한 바 있다. 김동리, 「문자우상」, 『조광』, 1939.4.

가에게 모름지기 작품을 두 번 이상 읽을 것, 사대주의를 버릴 것, 작가를 체계적으로 고찰할 것을 요구했다.[16] 그리고 김영수는 「문단불신임안」에서 "문단에 대한 불평을 말하라면 한둘이 아니다."라고 말하면서 평론가들이 자아도취에 빠져 있음을 가장 크게 지적하였다.[17] 최명익은 「조망문단기」에서 신세대 작가를 대표하여 다음과 같이 자신의 생각을 발표하였다.

> 나는 우리文壇과는, 京城－平壤間의 距離를 두고 있다. (중략) 文壇과의 距離가 멀고 文壇과의 關係가 짧은 나는 (중략) 「現文壇에 對하여 하고 싶은 말을 氣運껏 吐露」하랬자 나는 별로 할말이 없는것이다. (중략) 내가 지면을 通하여 보기에는 우리文壇에는 너무나 雜文이 많은듯하다. (중략) 新人優待－勿論大찬성이다. 햇내기新人인 내私情만으로도 그렇다. 그러나 文壇에 신인을 맞어드리는 意義가 (중략) 一時的 流行調로 有爲無能間 新人新人으로 雜文一編을 收錄하는 셈으로 맞는다면 (중략) 文壇이 젊어진다기보다 어려질 念慮조차 없지않을 것이다. 어느분이, 飢餓地帶云云으로, 모여드는 新人을걱정한 것은 決코 老婆心의 杞憂만은 아닐 것이다. (중략) 新人이라고 반드시 새로우리라고 믿지못할것이요, 老大家라고 반드시 고루하달法은없다. (중략) 우리文壇에는 文藝月評이 盛行한다. 그것의 必要 不必要論도 한

---

16 정비석, 「평가에의 진언」, 『조광』, 1939.4.

17 김영수, 「문단불신임안」, 『조광』, 1939.4. 그들의 글은 당시 비평가에 대한 강한 비판을 담고 있었다. 이에 대해 김윤식은 이 당시 신인이 대립한 것은 중견층 작가가 아니라 임화와 그와 비슷한 레벨에 있는 현민, 최재서, 김오성 등의 중견 비평가임을 지적한다. 즉, 신인과 비평가의 대결로 본 것이다. 신인들이 창작에 역량을 드러냈을 때 비평가들은 이들을 대망하게 되었고, 또 저널리즘이 이것을 격려 책동한 것을 원인으로 보고 있다. 이에 대해서는 김윤식, 『한국근대문예비평사연구』, 일지사, 1984, 344쪽 참조.

최명익 소설 연구

때 盛行하였다. 只今 내가 또 그런말을 하려는 것이 아니라 單只 그文藝月評이라는 것이 흠이는 雜文이었다는 것이다.[18]

인용문에서 최명익은 스스로를 '햇내기 신인'이라고 소개한다. 그리고 '문단에 대해서는 잘 알지 못한다'고 밝히며 세대논쟁에 대해 자신의 생각을 적극적으로 표하지는 않는다. 다만 문단이 신인 작가를 우대하는 것을 반기지만 잡문 위주의 글쓰기는 경계해야 한다고 주장한다. 그는 신인들이 잡문을 많이 수록하면 할수록 문단은 젊어지는 것이 아니라 오히려 어려질 수 있다고 본다. 또, '신인이라고 반드시 새로운 것도 아니고, 노대가라고 반드시 고루한 법도 아니다'라는 점을 강조한다. 결국 이 글은 신세대 작가로서 구세대 작가를 비판하는 것이 아니라, 구세대이든 신세대이든 작가는 잡문에 대한 경각심을 가져야 한다고 주장한다. 그리고 비평가의 평론이 공정하고 설득력을 지녀야 함을 지적하고, 작가는 성실하게 창작에 임해야 한다는 점을 강조하고 있다.

한편, 세대논쟁의 본질을 이해하기 위해서는 당대를 대표하는 지식인 작가였던 유진오의 글을 주목할 필요가 있다.

最近에 와서 注意할 몇가지 底流가 흐르고 있는것을 發見하였다. 그것은 主로 所謂「新人作家」들의 動動을 통해 느낀것으로서 同時代 作家間에 서로 言語가 通치 못하고 있다는 奇異한 事實과 및 批評에 對한 不平 乃至는 一般的 不信의 두가지이다. 言語의 不通이라는 것은 (중략) 新人作家들의 座談會와 文壇呼訴狀이라는 것을 通讀하고 나서 느낀 첫째 感想이었다. 新人作家래서 모두 그런 것은 아니지만,

---

18 최명익, 「조망문단기」, 『조광』, 1939.4.

그 大部分은 오늘의 既成文人들 그中에도 特히 三十代作家들의 苦惱의 所在를 순혀 理解하지 못할뿐 아니라. 도리어 그런 苦惱를 갖고 있는것을 一種의 喜悲劇으로 밖에 보지 못하는듯하였다. 그中에는 (중략) 그 努力을 코끗으로 웃으버리려는 勇士도 있었다.[19]

신세대 작가들의 집단적 발언을 보며 유진오는 오늘날 기성 작가와 신인 작가 간의 '언어불통'을 문제점으로 지적한다. 신인들이 기성 문인들의 고뇌를 이해하지 않고 오히려 그들을 비웃고 있다고 비판한다.[20] 또, 「신진에 갖는 기대」에서도 신인 작가들이 기성 작가들의 수준을 하찮게 여긴다는 것을 문제점으로 지적하고, 신인 작가들은 기성 작가들의 고뇌를 존중할 필요가 있으며 기성 작가가 지금껏 조선의 문학을 위해 쏟았던 열정과 노력을 인정해줄 필요가 있음을 강조한다.[21]

이렇듯 최명익이 창작 활동을 하던 시기는 신구세대 작가 간의 세대 갈등이 표면화되었고 최명익 스스로도 그 갈등의 자장 속에 들어가 있었다. 그렇지만 최명익은 신세대와 구세대의 도식적 구분을 받아들이지 않고, 자신이 신세대 작가 쪽에 포함되었다고 하여 그쪽의 주장만을 되풀이하거나 반대쪽 주장을 배척하기만 하지는 않는다. 최명익은 "프로문학 전성기에 작품 활동을 시작하여 쇠퇴의 과정을 지켜보면서 본격화한 소설가로 어느 작가보다도 복잡한 풍요한 사조의 변천을 경험한 소설가"[22]이

---

19 현민, 「순수에의 지향—특히 신인작가에 관련하여」, 『문장』, 1939.6.

20 위의 글.

21 유진오, 「신진에 갖는 기대」, 『조광』, 1939.5.

22 김남천, 「신진소설가의 작품세계」, 『인문평론』, 1940.2.

108   최명익 소설 연구

다. 그는 신세대 작가에 포함되었음에도 불구하고 구세대 작가들의 입장을 이해하고 그 주장을 비판적으로 받아들이려고 애를 썼던 것이다.

1930년대 후반 세대논쟁의 과정에서는 문학을 창작하고 비평하는 태도와 관련된 다양한 조언들이 제출되었다. 신세대와 구세대는 각각 상대 쪽의 태도에 대해 비판을 하였음은 물론 자기 쪽의 태도를 정당하다고 주장하기도 했다. 최명익은 세대논쟁에서 신세대 작가에 포함되었기에 신세대 작가들의 입장을 먼저 생각했다. 그러나 어디에 소속되기를 거부했고 어느 한쪽에서 다른 쪽을 도식적으로 비판하는 것을 경계했던 최명익은 구세대 작가의 주장을 경청했다. 하지만 현실에서는 세대논쟁에 대해 신세대 작가가 구세대의 주장을 노골적으로 찬동하는 견해를 제출하는 것은 불가능했다. 최명익이 희망했었을 법한 구세대 작가를 위한 변명은 다른 공간과 방식을 통해 제출될 수밖에 없었고, 소설의 허구적 공간은 그러기에 알맞은 곳이었다고 할 수 있다. 또, 최명익은 끊임없이 삶의 방식의 문제를 고민하고 모색한 작가였다. 그런 그에게 세대논쟁이 문학의 창작과 비평에 국한되었다는 사실은 불만이었다. 세대 문제가 문학에 국한되지 않고 포괄적인 삶의 방식이나 태도의 영역으로 확장되기를 희구했을 때 소설이 그에 알맞은 공간을 제공한 것이다. 「역설」과 「폐어인」의 창작은 이런 맥락에서 제출되었다고 판단한다.

3. 신념으로 혼란기 극복

1938년 『여성』에 발표한 「역설」에는 세대 문제에 대한 작가의 관점을 엿볼 수 있는 단서들이 곳곳에 나타난다. 주인공 문일이 근무하는 학교에 교장을 새로 뽑아야 하는 데서 사건이 시작된다.

> S씨는 오십이 지나고 근속 20년이 지난 교원실의 원로였다. 죽은 교장이나 사직한 교무주임보다도 나이 많고 연조로 오랜 그는 비록 교원실의 석차로는 중간층이지만 아침 채플 시간에는 주재자였다. 비록 옛날 같지는 않아도 본시 선교 사업의 한 기관으로 설립된 학교라 전교의 직원과 생도가 모이는 채플 시간을 인도하는 것은 **이 학교의 전통을 지키고 이끌어 나가는 직책**이라고도 할 수 있었다.
> 이러한 S씨와 대립한 **K씨는** 이번에 교장이 되려는 기회만 없었으면 벌써 사직하고 완전히 시정의 한 사람이 되었을 것이다. 이 몇 해 동안 투기적 토지 경기와 일확천금의 자금을 위한 은행, 사채의 금융과 이율 등 시정의 현화한 풍경을 한때 이 교원실에 옮겨놓은 것이 K씨와 그의 일파였다. 그러한 교원실의 분위기와 **일확천금열에 휩쓸린 젊은 교원들**이 적은 돈으로 큰 꿈을 꾸는 기미 지숙의 이야기까지 벌어져서 교원실은 어느 큰 상로배의 사랑 같은 풍경이었다.[23] (강조: 필자)

교장 후보 자리를 두고 S씨와 K씨는 대립하고 있다. "오십이 지나고 근속 20년이 지난 교원실의 원로"인 S씨는 구세대를 대표한다. 이에 반해 "일확천금열에 휩쓸린 젊은 교원들과 관심사를 같이 하"는 K씨는 신세대를 대표하는 인물이다. 결국 교장 자리를 두고 구세대와 신세대가 대립하고 있는 것은 세대논쟁이 치열하던 당시의 신구작가 간의 세대 갈등을 암

---

23 최명익, 「역설」, 『비 오는 길』, 문학과지성사, 2010, 121~122쪽. 다음 인용부터는 쪽수만 표기.

최명익 소설 연구

시하는 사건이라 볼 수 있다.

S씨와 K씨는 여러 면에서 대비된다. 바쁘게 움직이며 자리 욕심을 내는 젊은 K씨와 달리 "교원실에 홀로 남아 앉아서 「출사표」를 읊으며 사군자 중에도 난(蘭)을 즐겨 그리고 있"는 나이 든 S씨는 다른 교원들 눈에 "K씨와 대조하여 너무나 열이 없고 야심이 없는 사람같이 보"인다. S로 대표되는 구세대는 '도태되지 않고 살아남은 사람이지만 그들은 벌써 그 대다수는 재능의 한계를 드러낸 사람들이기도 하다.'[24] S는 당시 세대논쟁에서 이념과 방향성을 잃어버리고 문단의 중심의 자리에서 한걸음 물러나 있던 문단의 구세대를 환기하는 존재이다. 이에 반해 새로 주목을 받는 학교의 신세대들은 기성의 권위에 도전하고자 하며 자신의 목소리를 높여가며 이권을 노린다.

이와 같은 상황에서 교장 후보로 문일이 구설에 오르기 시작한다. 문일은 근속 10년이라는 경력을 가지고 있는 어느 정도 "노숙한 사람이다." 그의 나이와 경력을 고려해볼 때, 그는 일정 부분 구세대에 속한다고 볼 수도 있다. 그렇다고 해서 완전한 구세대는 아니다. 구세대를 대표하는 S씨보다는 연배가 어리기 때문이다. 문일은 S씨와 K씨 사이에 위치한다.

> "교장은 진심으로 학교를 사랑하고 한사코 지켜서 교육에 일생을 바칠 결심이 나는 사람이라야 할 텐데, 김군이 그런 각오를 한다면 나는 두말없이 L씨에게 김군을 추천할 결심이오."
> 이렇게 말을 끊고 묵묵히 바라보는 S씨의 눈앞에서 잠잠히 있던 문일이는

---

24 유진오, 앞의 글.

"선생께서는 왜 사양하시고, 저 같은 사람에게" 이렇게 물었다.

　　"김군은 나보다 젊고 또 아무런 흠결도 없는 사람이거든……나야 —" 이렇게 시작한 S씨의 말은 S씨는 학교를 사랑하고 지켜가려는 성심만은 누구에게 뒤지지 않는다고 자신할 수가 있지만 시대에 뒤떨어진 사람이랄밖에 없고 설혹 그 점만은 무릅쓰고 나선다 하더라도 오십이 지났으니 오래지 않아 후계자를 구해야 할 바에는 이번 기회에 젊은 인재를 내세우는 것이 떳떳한 일이라고 말하고 나서…(132쪽)

　　S씨는 문일에게 교장의 자리를 양보하고자 한다. 그 이유는 문일이 자기보다 젊고 또 아무런 흠결이 없는 사람이기 때문이다. 문일이 S씨보다 젊다는 것을 강조한다는 점[25]에서 문일은 온전히 구세대라고 할 수 없다. 문일은 S씨보다는 나이가 젊으나 K씨와 그를 따르는 무리를 대표하는 신세대보다는 나이가 많은 편이다. 이는, '프로 문학 전성기에 작품 활동을 시작하여 쇠퇴의 과정을 지켜보면서 본격화한 소설을 쓴' 최명익의 처지와도 유사하다.

　　문일의 주변에는 상동병자(常動病者)인 계향의 오빠가 있다. 계향의 오빠는 "4년째나 조금도 쉬지 않고 시계추와 같이" 몸을 흔들고 있다. 그 행동은 별다른 의미를 지니지는 못한 채 습관만이 남아 반복되는 것이다. 문일

25　다음과 같은 구절에서도 이 사실을 확인할 수 있다.

　　"한때 K씨가 나섰지만 지금까지 K씨의 태도로 미루어 학교의 주인이 될 사람이 아니었고 자기는 비록 L씨가 추천하더라도 시대에 낙오된 늙은 몸이라 또한 적임자라고 할 수 없는 이 처지에 오직 교육자의 본문만을 지켜온 문일이가 교장 인망에 오른 것은 결코 우연한 풍설이 아니라고 하였다. 그래서 교장 문제가 생기고부터 문일이를 두고 혼자 생각하여온 S씨는 자기의 생각이 문일이와 사제간의 사정만이 아닌 것을 알고 더욱 자신을 얻었다고 하였다."(133쪽)

은 이러한 계향 오빠를 바라보며 자신의 삶을 되돌아본다. 계향의 오빠가 무의식적으로 몸만 흔들어대듯, 문일도 매일 같이 습관적으로 길을 걸어 갔다 돌아오는 것은 아닌지를 떠올린다. 문일도 그 길을 걸을 때마다 의의 있는 생각을 일으키는 것은 아니고 상동병자가 몸을 흔들듯 습관적으로 그 길을 걸어가는 것만 같아 두렵기도 한 것이다. 하지만 하루라도 걷지 않으면 그 길은 흐려져서 사라질 것만 같아서 남들은 가지 않는 그 길을 꾸준히 '아껴가며' 걷는다. 이 길은 '조금이라도 높은 곳만을 찾아 걸어온 외발자국 길이다.' 결국 문일의 걷는 행위에는 남들과는 달리 자신의 가치와 신념에 충실한 삶을 꿋꿋하게 가고자 하는 문일의 노력이 담겨 있다.

문일이 서영군의 집에서 계향과 어울리고 있을 때, S씨가 서영군의 집으로 찾아온다. S씨는 다른 교장 후보와 비교할 때, 학교를 사랑하는 마음은 누구에게도 뒤지지 않는다 자신한다. 하지만 그는, '자신은 시대에 뒤떨어진 사람이며, 교장 후보로 선뜻 나선다 하더라도 오십이 지났으니 오래지 않아 후계자를 다시 구해야 한다'고 주장한다. 그리고 '젊은 인재를 내세우는 것이 바람직하다'며 문일을 교장 후보로 설득한다.[26]

이렇게 문일이를 쳐다보며 입을 열려는 S씨의 말을 앞질러서 "결코

---

26 이에 대해 공종구는 "단순히 나이를 이유로 자신을 무기력한 존재로 자인하는 S씨의 우울한 모습에는 식민주의의 폭력에 대한 협력/저항의 경계에서 피하고 싶은 독배와도 같이 생각했을 구세대들의 세대론적 욕망과 당시 자신들에게 주어진 시대적 과제를 정면에서 용기 있게 돌파하거나 감당하지 못하고 신세대들에게 위임하고자 하는 데서 오는 자기 연민이나 부끄러움의 감정이 투사되어 있다"고 본 바 있다. 이에 대한 자세한 논의는 공종구, 앞의 논문, 78쪽 참조.

겸양의 말씀이 아니라 거기 대해서 저는 아무런 마음의 준비가 없습니다. 선생님이 저를 그렇게 생각하시는 것은 제 소년 시대에 5년 그리고 제 청년 시대에 10년 그렇게 모시게 되는 제게 대한 정이시겠지요. 그것뿐입니다. 그 밖에 무엇이 있다면 선생의 지인지감이 밝지 못하시다는 것밖에 없을 것입니다. 저는 선생이 말씀하시는 그런 결심이나 각오를 해본 적도 없고 앞으로도 없을 것입니다."(135쪽)

문일은 "자신의 자존심과 결벽성만을 살려야겠다"고 결심하며 교장 자리를 거부한다. 그는 신세대인 K씨의 길도 구세대인 S씨의 길도 거부하고 제3자로서 자신만의 길을 걷고자 할 뿐이다. 그는 어디에도 소속되지 않고 묵묵히 자신의 양심과 신념에 충실한 길을 걸으려 한다. 그 길은 이전의 그 누구도 걸어본 적이 없는 길이므로 문일 혼자 걸어가야 할 길이다. 문일을 통해서 최명익은 신세대 구세대의 자리를 떠난 제3자의 자리를 마련하였다고 할 수 있다.

그런데 S씨의 부탁을 거절한 문일의 마음이 편한 것은 아니었다.

> 또 시작된 세레나데를 들으며, 흰 수목 두루마기 자락을 펄럭이면서 거칠어진 가을 보잘것없는 풍경 사이를 걸어가는 S씨의 멀어진 뒷모양을 바라보고 있는 문일은 구걸 왔던 낙척한 옛 친구나 축객한 듯이 마음이 괴로웠다. (중략) 미상불 이렇게 말이 되어 틀린지도 모를 세레나데에 재촉되어 S씨를 축객한 것은 물론 아니었다. 그러나 또 세레나데를 따라가고 보면, 자기의 심정으로는 도저히 떠받들 수 없는 S씨의 엄숙한 심정과 침묵을 피하기 위해서 한 축객이었다고 내 자신에게나마 발명이 될 것인가고 생각하였다.(135~136쪽)

위 인용문에서는 세레나데로 대표되는 신세대와 흰 수목 두루마기로 대표되는 구세대가 대비되어 있다. 구세대의 이미지는 거칠어진 가을로

묘사된다. '구걸 왔던 옛 친구나 축객'을 떠올릴 만큼 초라한 구세대의 뒷모습을 바라보는 문일이는 마음이 괴롭다. 하지만 자신의 현재는 세레나데에 발을 담근 상황이며, 그것에 매혹되어 "어느덧 고질이 된 듯한 자기의 방문병을 염려"해야 하는 상황에까지 왔다. 하지만 그는 그런 자신의 모습조차 경계한다.

이런 상황은 이 소설의 마지막 장면에 다시 나타난다.

다시 집으로 돌아오려던 문일이는 현관문 앞에 큰 옴두꺼비 한 놈이 명상에 취한 듯이 앉아 있는 것을 보았다. (중략) 이 길을 걷는 것은 자기 혼자뿐이 아니었다고 속으로 웃으며 문일이는 쉬고 있는 옴두꺼비를 재촉하듯이 건드렸다. (중략) 마침내 옴두꺼비는 그 길을 거진 다 가서 목책 모퉁이에 있는 사철화 숲 속으로 들어갔다. (중략) 그리고 그 구멍에서는 작은 물줄기가 흘러내리고 있었다. (중략) 들여다본즉 그 구멍은 횟집이 무너앉은 고총(古塚)이었다. (중략) 무덤 구멍에서는 재와 같이 썩은 나무조각이 쇠동록이 풀린 듯한 검붉은 물에 떠 나왔다. 문일이는 옴두꺼비의 안내로 의외에 발견한 무덤가에서 생명체이던 형해조차 이미 없어진 지 오랜 빈 무덤 속에 드러누웠거나 앉아 있을 옴두꺼비를 생각하며 자기 방에 누워 있는 자기를 눈앞에 그려보았다.(136~137쪽)

집으로 돌아오는 길 옴두꺼비를 따라가다 발견한 고총은 오래된 무엇을 상징한다. 고총의 이미지는 썩은 나무조각, 쇠동록 등으로 더 뚜렷해진다. 이런 것들이 물에 떠 나온다. 옴두꺼비는 그런 부정적인 것들이 다 떠내려가고 사라진 빈 무덤 속에 가만히 드러누워 동면을 시작한다.

부정적인 것들이 다 떠내려가고 생명체의 흔적조차 사라진 빈 무덤 속에서 옴두꺼비가 동면을 시작한다는 것은 부정적인 찌꺼기를 걷어내고 새로운 삶을 설계한다는 상징적 의미를 지닌다고 할 수 있다. "재음미로서 낡은 껍질을 벗고 새로운 몸으로 새봄을 맞으려"고 하는 것이다. 문일은 고총에서 동면에 들어간 옴두꺼비를 바라보며 방 안에 누워 있는 자신을 떠올린다. 그것은 자신을 둘러싸고 있던 부정적 삶의 조건들을 걷어내고 새로 시작하는 희망을 떠올리는 상상인 것이다.

이렇게 「역설」을 해석하면, 최명익은 이 작품을 통하여 신구세대의 차이와 갈등 문제를 서사적으로 공론화했다고 할 수 있다. 교장 자리를 두고 신구세대가 대립하는 구도는 세대논쟁에서 신세대 그룹과 구세대 그룹이 성명전을 한 것에 대응된다. 주인공 문일은 신구세대 대립구도를 벗어나 꿋꿋이 자신의 신념을 따르고 자존심을 지키며 자유롭게 살아가고자 한다. 이런 문일은 최명익이 구세대와 신세대 작가들의 세대논쟁 속에서 신세대 작가 속에 발을 담고 있으면서도 도식적 대립에서 벗어났던 상황을 환기시킨다. 문일과 최명익은 겉으로 드러난 바야 어떠하든 내면에서는 어느 그룹에도 얽히지 않고 꿋꿋이 자신의 신념을 따르고자 하는 의지를 보여준 것이다.

4. 세대논쟁의 종식과 전형기(轉形期) 극복

최명익은 「역설」을 발표하고 난 후 일 년 뒤인 1939년 2월, 『조선일보』에 「폐어인」을 발표했다. 「폐어인」에서는 세대논쟁과 관련된 작가의 문제의식이 한층 심화되어 나타난다. 특히 「폐어인」은 「역설」의 마지막 부분에 S씨의 입을 통해 언급되었던 구세대와 신세대 간의 문제를 더 깊이 다루었으며 이를 통해 젊은 세대가 나아갈 길을 구체적으로 제시하려 하였다. 그러기 위해 최명익은 주인공 현일과 병수를 사제관계로 설정하였다. 「역설」에서도 S씨와 문일이 사제관계로 되었지만 현일과 병수처럼 서로에게 깊은 영향을 주는 사이는 아니다. 「폐어인」에서 일본 유학생인 제자 병수는 방학마다 현일을 찾아오며 포괄적인 삶의 방식에 대한 조언을 듣는다. 이로써 스승이 지닌 신념과 가치관이 제자에게 전달되는 것이 부각되는 것이다.

「폐어인」은 매우 충격적인 장면으로부터 시작한다.

> 쥐를 잡아먹고 고양이가 죽었다. 기른 지 3년이나 되도록 쥐를 잡아 본 적이 없던 고양이가 하필 여름 생쥐를 잡아가지고 툇마루에서 피를 흘리며 먹을 때 모두 질색하여 쫓아냈던 것이다. (중략) 그 밤을 고양이는 밤새워 울고 보채었다. (중략) 아침 볕에 간신히 뜨는 고양이의 눈은 밀화 구슬같이 영롱하던 흰자는 없어지고 옹이 빠진 구멍 같은 동자만이 한없이 깊어 보였다. (중략) 고양이가 죽자 단 며칠이 못 가서 쥐가 들끓기 시작하였다. 고가라 누구를 청원할 수도 없는 일이지만 그런들 고양이가 없어졌다고 그렇게도 금시에 천반자 위까지 쥐가 들끓으란 법도 없을 것이다.(7~9쪽)

이는 우언(寓言)인 듯하지만, 쥐와 고양이가 현일의 집에 직접 나타나기 때문에 우언이 아니라 중심 서사의 한 부분이다. 그리고 고양이의 죽음과 쥐의 거북스런 번식 장면은 그 뒤로 몇 번 더 나타나 사건과 연결된다.

한 번도 쥐를 잡아본 적이 없고 언제나 아랫목에서 낮잠만 자던 고양이가 쥐를 잡으러 나갔다. 고양이는 여름 생쥐를 잡아먹고 체하여 기신을 못 차렸다. 그리고 "구슬같이 영롱하던 흰자는 없어지고 옹이 빠진 구멍 같은 동자만이 한없이 깊어"졌다. 고양이는 이제 살아 있어도 산 것이 아니다. 쥐들이 늘어나서 밤낮 요란하게 찍찍대고 쥐똥을 싸대면 현일의 아내 선희는 성가셔하고 속상해한다. 선희의 그런 반응은 현일이 교사 자리를 잃은 뒤 찾아온 생활고와 관련이 있다. '그같이 청승맞도록 소정하던 고양이는 자신의 수염을 쓰다듬지도 못하고 눈물에 젖은 눈시울에는 눈곱까지 끼었다'는 대목은 직장을 잃고 무기력해진 현일이 우는 아내를 바라보며 자신도 눈물이 나지만 "눈물이 솟아오르는 것을 씻으려고 안" 하는 모습을 연상한다.[27] 그러던 현일이 더운 여름날 직업을 구하러 나서는 모습은 여름 생쥐를 잡는 고양이의 모습과도 겹쳐진다. 피를 토하며 죽은 고양이는 폐병을 앓으며 객혈을 하곤 하던 현일의 앞날을 예측하게 하는 것이다. 그런 점에서 3년이나 쥐를 잡아본 적이 없으면서도 여름 쥐를 잡는 고양이의 행위는 양심을 지키며 살다가 어쩔 수 없어 구직을 하러 나선 현일의 행위와 여러모로 연결된다고 볼 수 있다.

이렇게 구직 전선에 나선 현일은 본격적으로 세대론의 편견과 고민을 경험하게 된다.

현일의 담(壁) 중앙에는 못(釘)구멍 세 개가 이등변 삼각형으로 뚫려 있었다. 본시 난황색이던 이 넓은 담 중앙에는 세 못 자국으로 된

---

27 이는 그가 쥐를 바라보면 신경증을 앓는 부분에서도 나타난다. "고양이가 죽자 단 며칠이 못 가서 쥐가 들끓기 시작하였다. (중략) 현일의 눈은 최면술에 걸린 사람같이 쥐가 달리는 방향을 따라 천장 위를 밤새워 헤매는 때도 있었다. 밤이 깊어갈수록 신경질이 나고 신열이 나고 식은땀이 났다."(9쪽)

최명익 소설 연구

이등변 삼각형의 저변과 정점을 길이로 한 장방형이 희게 보이는 곳은 M학교 창립자인 H씨의 사진이 걸렸던 곳이다. (중략) 현일은 지금도 그 흰면에서 H씨의 초상을 보는 듯하였다. (중략) 그 자리가 흰 것이 아니라 이 담을 처음 칠한 난황색이 사진 뒤에서 아직 새로운 그대로 남아 있어서 색 낡은 다른 면보다 희게 보이고 지금 바라보는 현일에게는 그 흰 자리가 두드러져 보이기도 하고 깊이 들어가 보이기도 하는 것이었다. 그리고 현일은 지금도 그 흰 면에서 H씨의 초상을 보는 듯하였다. (중략) 현일은 속으로 이렇게 중얼거리며 출근부에 도장을 찍고 나서마다 쳐다보게 되던 초상을 다시 보려고 눈을 들었다. 그러나 흐린 물에 뜬 나무쪽같이 흰 장방형에는 죽어가는 고양이의 동자 같은 못 자국만이 보일 뿐이었다.(16~19쪽)

직업을 구하러 방문한 학교에서 현일은 M학교 창립자인 H씨의 사진이 걸려 있던 자리를 본다. 그 자리가 흰 것은 H씨의 사진이 걸려 있었기 때문이다. 사진은 사라졌지만 그것이 놓인 자리에 대한 기억은 현일의 머릿속에 남아 있다. 현일은 사진이 걸려 있던 그 자리를 올려다보며 H씨의 초상을 떠올린다. 현일에게 있어 H는 전통과 믿음을 상징한다. 그것에 대한 기억이 아직 현일의 뇌리 속에 남아 있기 때문에 현일은 용기를 낼 수 있다.

하지만 새로운 교장에게 '시대인식이 부족하다'[28]는 지적을 받고 난 뒤 당황한 현일이 올려다 본 벽에는 못자국만 보일 뿐이다. 이 부분은 구세대인 교장이 상대적으로 나이가 적은 현일에게 세상 물정을 모른다고 빈

---

28 "그대가 가르치던 수신 교안을 보면 시대 인식이 좀 부족한 점이 있는 듯한데 본인은 어떻게 생각하는가?"(19쪽)

정거린 대목이지만 세대논쟁과 연결되는 부분이기도 하다. 구세대 작가들이 신세대 작가들의 한계를 지적할 때 언제나 붙이던 꼬리표 같은 것은 시대인식이 부족하다는 지적이었다.[29] 신세대가 문학청년으로서 감수성을 키우던 1930년대는 프로문학을 위시한 민족운동이 침체되던 시기였다. 때문에 신세대는 은연중 민족의 문제를 망각하고 대신 보편적인 삶의 문제를 중시한다는 비판을 면하기 어려웠다.[30] 최명익은 3·1운동에도 참여하고 카프와 친화성을 가졌지만, 이념을 중시하던 시기에 문학 활동을 했던 사람들은 최명익이 이념 쇠퇴의 시기에 작가 활동을 시작하였다는 점을 들어 '시대인식의 부족'을 문제 삼았던 것이다. 교장이 현일의 부족한 시대의식을 지적한 것은 세대논쟁에서 구세대 작가들이 신세대 작가인 최명익에게 시대인식을 문제 삼은 것과 연결될 수 있다. 이 상황에서 현일은 그래도 교사 자리를 얻기 위해서 조금은 비굴한 모습을 보인다.[31] 그리고 그렇게 다시 올려다보니 벽면에는 H씨의 흔적이 떠오르지 않는다. 이는 예전에 자신을 지켜주던 사람들과 자신의 주변 환경이 모두 변

---

29 유진오의 다음 글에서도 이 사실을 확인할 수 있다. "순수중의 순수로 자타가 공인하는 그들의 문학은 실로 심각한 인간고(人間苦)의 표명이었고, 장난감 별을 거부하는 하늘에의 정신이었던 것이다. 신인은 이들의 순수를 계승하기 위해 좀더 시대적 고뇌속으로 몸을 던짐이 어떤가." 현민, 앞의 글.

30 강진호, 앞의 논문, 291쪽.

31 "지금까지의 제 출근부를 보시면 아시겠지만, 이 앞으로도……." 이러한 말이 자기 입에서 저절로 나오는 것을 들은 현일은 '음, 걸작인걸!' 하고 신음 소리가 또 저절로 나왔다. 하소하려는 의사도 없이 저절로 나오는 하소였다. '나도 어지간히 막다른 골목에 들어섰구나.'(18쪽)

해버렸다는 것을 의미한다.[32]

구직에 실패한 현일은 성안을 찾아간다. 거기서 한때 동료였던 도영과 제자 병수를 만난다. 이런 서사의 배치는 작가가 환경을 바꾸어서 세대론을 다시 전개하려 했다는 짐작을 하게 만든다. 병수는 현일이 담임을 맡았던 제자이며, 3년 전에 일본으로 건너가 동경 S대학에서 공부를 하고 있는 유학생이다. 그런 점에서 병수는 신세대를 대변하는 인물이다. 병수는 현일을 여전히 존경하여 방학 때마다 현일을 방문하여 좋은 말씀을 듣고자 한다. 현일의 집을 방문할 때 버터와 치즈를 사가지고 올 정도로 병수는 서구 문화에 경도된 신세대이다. 현일은 그런 병수를 통해 자신의 과거를 회상해본다.

> 현일이 문외한으로 자처할밖에 없는 문학 이야기와 그보다도 젊은 학생들의 생각과 생활 이야기를 듣는 것이 재미있었다. 일찍이 청춘다운 학생 시절을 경험할 수 없었던 현일이라 더욱 그러하였다. 병수와 같이 제 시절에 계제를 밟아가는 학생 생활이 부럽기도 하였다. 부럽다는 것은 부질없는 생각이기도 하지만 독학으로 암기한 현일의 어학이 문법적이라면 그들은 문장적이요 대학에서 단시일에 모아놓은 현일의 지식이 문장적이라면 그들은 사색적이라고 할 수 있었다. 젊은 그들의 지식과 생각이 비록 산만하고 너무도 추상적이기는 하지만 그러나 자기의 생각과 지식에 비겨 얼마나 윤채가 있고 탄력적이랴. 물론 나이 탓도 있겠지만 자기는 젊은 그 나이 적에도 그런 윤

---

32 이에 대해 강진호는 "최명익은 프로 문학에 의도적으로 반발했던 김동리와는 달리 그것에 강한 친화성을 보였고, 자신의 문학관을 규율하는 주된 기준으로 수용했다. 그의 고뇌의 방황은 당대 지식인들을 지배하다시피 한 불안사조의 추종이라기보다는 사회주의 이념의 퇴조와 결부된 것"으로 보았다. 강진호, 앞의 논문, 299쪽 참조.

채와 탄력이 없었다고 보면 십오륙 년이라는 연령 차이만으로는 설명할 수 없다고 현일은 생각하는 것이었다. 그러나 병수와 몇몇 착실히 공부하던 생도들은 현일의 윤리 강의와 영어 해석에 탄복하였고 더욱이 현일의 이력으로 보아 노력의 인으로 그를 존경하고 숭배한 것이다.(24~25쪽.)

현일은 교사로 재직할 때 제자들의 존경과 숭배의 대상이었다. 독서의 세계에 깊이 몰두하여 자기 생각과 신념을 만들어간 덕이었다. 그러나 "직업을 잃을 염려와 잃은 후의 걱정과 두 번 각혈을 한 외에는 독서로 조용한 생각도 할 여지"도 잃은 채로 무기력하게 살고 있다. 그는 '아무런 걱정 없이 사는 사람들에게 지금 자기가 당하고 있는 모욕과 실망을 이야기한다 해도 그의 마음을 어둡게 할 뿐이라 생각하고' 자기처럼 "모욕을 당해본 사람을 만나서 이야기"하기를 바란다.

그가 선택한 '모욕을 당해본 사람'은, 한때 M학교에 같이 근무하였던 '도영'이다. 도영과 현일은 같은 병을 앓고 있어도 의식과 사고는 많이 다르다. 도영은 '인생으로 실패라는 것은 남이 다 사는 세상에 혼자 일찍 죽는 것'이라 생각하며 오직 '살겠다는 욕심'에만 사로잡혀 있다. 그의 이런 모습은 '쥐'로 그려진다. 도영의 처는 '일 안 하는 서방과 쥐 안 잡는 고양이가 있어야 산다'고 말을 한다. 도영의 처는 일 안 하는 서방과 쥐 안 잡는 고양이를 동일한 것으로 간주한 것이다. 하지만 도영이 자신은 처와 반대로 생각한다. 그는 쥐를 잡아 죽이려고 쥐약을 사러갔다가 쥐약을 사지는 않고 쥐덫을 사서 돌아온다. 그래서 쥐덫에 걸린 쥐를 유심히 관찰하게 된다.

"'덫 속에 갇힌 쥐가 오직 할 일은 덫 속에 있는 미끼를 먹고 사는 것밖에 없다'는 말이 있지 않소? 그런데 말요. 요놈이 꼭 그 말을 시행하는구려. 신통찮아요? 그래서 나두 이 쥐를 배와서 이전 아무런 것이라도 먹구 살려우. 별수 있소? 아무런 처지에서라두 살아야지. 그래 나는 이 며칠째 쥐똥밥이건 팥밥이건 막 먹지요. 김선생두 이 쥐의 철학을 배우시우." 도영이는 이렇게 지껄이고 나서 입이나 맞추려는 듯이 입술을 모아서 쥐덫에 대더니 찍찍 쥐소리를 하고는 껄껄 웃었던 것이다.(27쪽)

도영이는 쥐가 쥐덫에 걸린 뒤에도 끝까지 그 미끼를 먹고 산다는 것을 환기한다. 그는 역설적이게도 거기에서 삶의 요령을 터득한다. 생명을 조금이라도 더 유지하기 위해서는 비굴한 것이라도 마다하지 않아야 한다는 것이다. 그런 점에서 도영이는 자신을 고양이가 아니라 쥐와 동일시하려고 애쓰며 쥐로부터 삶의 방식과 철학을 배우고자 한다.

도영이와 달리 현일은 바르게 사는 것이 어떤 것인가에 대한 강한 확신은 있었다. 그는 도영이처럼 쥐가 되기를 거부한다. 그의 이러한 모습은 고양이로 그려지기도 하였다. 그는 한때는 "개체인 자신이 불행하더라도 그 때문에 결코 인생을 어둡게 보거나 저주할 것은 아니"라는 강한 확신에 차 있었다. 그러나 각혈로 몸이 약해지고 죽음을 기다리고 있는 지금은 '죽어가는 폐어(肺魚)처럼 반신(半身) 물에 잠기고 반신 바람에 불리면서 죽은 듯이 엎드려 있을 뿐이다.' 이때 폐어는 아가미로 호흡할 수도 없으면서 그렇다고 물고기임을 거부하지도 못하는 현일의 부정적인 처지를 대변한다.

그래도 현일은 끝까지 병수에 대한 기대와 희망만은 거두지 않는다.

"그것이 요새 젊은이들의 생각인가? 혹시 자네만이 그런가?"

"글쎄올시다."

"그런 것이 소위 불안이라는 유행병인가?" (중략)

"물론 시대적 원인도 크지만 자네같이 젊고 무엇을 하려면 할 수 있는 처지의 사람은 '나만은 그런 유행병에 감염이 안 된다'는 의지와 패기를 가져볼 수는 없을까?" (중략)

"그러나 자네 말대로 내가 절망적이요, 그 반동으로 의지와 패기를 말하는지는 모르지만 사람에게는 의지와 패기가 필요찮을까? 물론 나는 건강으로나 교육자로나 절망적이지만, 자네 같은 사람들이야 왜."

"결국 용기 문제겠지요."

이렇게 대답하는 병수는 용기 없다기보다는 용기를 일으킬 만한 사상과 신념을 붙들지 못하였다는 것이 솔직한 말이 아닐까고 생각하였다.(38~40쪽) (강조:필자)

병수를 만나 젊은이의 청신한 기분을 맛보려는 기대를 가졌던 현일은 병수 또한 그 시대 젊은 세대들이 지닌 "소위 불안이라는 유행병"에 감염되어 있는 것을 알고 다소 실망한다. 그래도 현일은 병수에게 그런 시대의 유행병에 감염되지 말고 의지와 패기를 가지라는 조언을 아끼지 않는다. 무기력하게 신념 없이 살아가지는 말도록 촉구하는 것이다. 이 대목은 구세대가 신세대 앞에서 스스로를 변명하면서 자기 존재의 최대치를 보여준 부분이라 할 수 있다.

특히나 이 작품의 마지막 부분을 주목할 필요가 있다.

"자, 이것 보시우 이놈이 열 내리는 데는 제일이랍니다."하고 지렁이에 달라붙은 개미들을 툭여서 떨구고는 입에 집어넣고 사이다를 들이켜서 삼키고 말았다. 그것을 본 현일은 울컥 구역이 나고 뒤이어 기침이 발작되었다. 지렁이를 삼키고 태연히 앉아 있던 도영이도 따라서 기침을 시작하였다. 두 사람은 이마를 맞대듯이 앉아서 언제 몇을지 모르게 기처대였다. (중략) 피가 좀 멎자 기신을 못 차리는 그의 입언저리의 피를 씻으려고 병수는 손수건을 들고 다가앉았다. 그것을 본 현일은 병수를 떠밀어내며 노기를 띤 언성으로 "저리 가라니까" 소리를 지르고 자기 손수건을 내어 도영의 머리를 가슴에 안고 얼굴을 씻으며 "이런 더러운 피에 왜 손을 적시려냐…정신차리거든 내가 다리구 갈게 자낸 가게나." (중략) 운전대에 앉아서 돌아보는 병수는 '이런 더러운 피에 왜 손을 적시려냐'한 선생의 말을 생각하였다. (41~43쪽)

병이 나을 수만 있다면 개미가 달라붙은 지렁이도 삼키는 도영이의 모습을 지켜보면서 현일은 역겨움을 느낀다. 여기서 도영은 신념이나 의리도 없이 단지 생명만을 유지한 채 자포자기한 삶을 꾸려간다. 그런 도영이와는 달리 현일은 양심과 자신의 신념에 따라 살고자 하였다. 도영이나 현일은 죽음을 앞두고 있는 구세대이다. 종말만을 따지면 둘은 다를 바가 없다. 그러나 도영은 아주 짧은 생명이라도 더 버티기 위해 뒷 안에서 미끼로 연명하는 쥐 같은 존재이지만, 현일은 미끼도 구렁이도 마다하며 자기 삶을 고결하게 마무리하려 하는 존재이다. 이 점을 염두에 둘 때 구세대에 속한 사람이 다 같은 것은 아니다. 작가는 도영과 현일을 통하여 구세대에 속한 사람들이 얼마나 다를 수 있는가를 보여준다. 구세대의 어떤 사람은 신세대보다 더 치열하게 세상의 변화에 타협하지 않고 삶의 견결성과 패기를 간직하는 것이다.

현일은 자신의 생존이나 안위보다 다음 세대를 더 생각하는 스승의 면모를 가지고 있다. 그런 점에서 도영이 비참하고도 비굴하게 피를 토하며 죽어가는 모습을 보일 때, 병수로 하여금 그것을 보지 못하도록 애쓰는 대목을 주목하게 된다. 현일이 병수에게 자꾸만 '저리 가'라며 외치고, 이런 더러운 피에 손을 적시지 말라'고 주문하는 것은, 젊은 신세대인 병수만큼은 육체도 정신도 건강하게 살아가기를 희구했기 때문이다. 이것은 여전히 일상의 끈을 놓지 않은 일부의 구세대가 신세대를 향하여 가지는 간절한 바람인 것이다.

이 작품은 '이런 더러운 피에 왜 손을 적시려냐'라는 스승의 말을 병수가 되새기는 것으로 끝이 난다. 스승의 가르침을 냉소로 일관하던 신세대인 병수가 마지막에 스승의 말을 되새긴다는 행위는 구세대에서 신세대로 가는 길이 계승과 희망의 길이 될 수도 있음을 암시한다고 본다.

5. 최명익에게서의 세대논쟁과 소설 창작

최명익은 1930년대 문단의 세대논쟁에 관여하였고 그 과정과 문건 내용, 그리고 귀추 등에서 다각도의 경험을 하고 생각을 일으켰다. 문단의 세대논쟁은 집단적 의사표시의 형태로 이루어졌기 때문에 작가의 개인적 견해나 감회가 충분히 피력될 수는 없었다. 「역설」과 「폐어인」은 문단의 세대논쟁이 보인 한계와 최명익의 개인적 소회를 바탕으로 하여 창작된 것으로 볼 수 있다.

「역설」과 「폐어인」에서 최명익은 구세대와 신세대를 대변하는 인물들을 등장시키고 있는데, 두 세대가 갈등하거나 소통하기에 가장 적절한 공간으로 학교를 선택하였다. 세대논쟁의 문단을 학교로 바꾼 것이다. 학교는 일상적 공간 중에서 세대 간 관계가 가장 생생하게 형성되는 곳이기에 최명익의 이런 전유는 매우 설득적이라 할 수 있다. 학교는 학생과 선생, 교장, 이사장 등이 긴밀하게 관계를 가지는 공간이다. 세대론의 입장에서 보면 학생들은 예외 없이 신세대라 볼 수 있고 교장과 이사장도 예외 없이 구세대라 볼 수 있다. 반면 선생은 젊은 선생과 늙은 선생으로 분화되기에 신세대와 구세대가 섞여 있다고 볼 수 있다.

두 작품에서 학교는 세 가지 차원의 성격을 뚜렷하게 보인다.

첫째, 학교는 먼저 선생이 제자를 가르치는 곳이다. 나이의 고하를 막론하고 제자 앞에 선 선생은 구세대적 성격을 띠게 된다. 제자는 그런 선생을 인정하거나 부정하거나 간에 신세대로서 사회로 배출된다.

둘째, 학교는 교사라는 직업을 얻고 잃는 곳이다. 이때 교사가 되려는 사람은 이사장을 만나 교안이나 시대인식에 대해 의견을 나누게 된다. 이사장은 예외 없이 구세대로서 교사가 되려는 사람의 성격을 평가하고 채용 여부를 결정한다.

셋째, 학교는 교장 선거의 공간이 된다. 교장 선거에서는 후보자의 온갖 면모가 문제되고 평가되지만, 가장 뚜렷하게 대비되는 문제가 바로 신·구세대론이다.

최명익은 학교가 가지는 이 세 가지 요소들을 두 작품에 안배하며 사건을 만들어갔다. 「역설」에서 첫째와 셋째에 해당하는 것을 선택하였다면, 「폐어인」에서는 첫째와 둘째를 선택하였다. 「역설」에서 S와 문일은 사제 간이면서 교장 자리를 두고서 은근한 라이벌이 되었다. 사제 간이라는 점이 비교적 약하게 나타나는 데 반해, 교장 자리를 둔 라이벌 관계가 비교적 강력하게 부각된다. 그리고 그 과정에서 구세대와 신세대의 대비가 선명하게 이루어진다. 문일은 두 경우에서 신세대의 범주에 들어간다고 하겠지만, 마지막 대목에서 S의 교장 제의를 거부하였기에 신세대의 범주를 벗어난다. 문일은 신세대와 구세대 중 그 어디에도 소속되지 않고 자신의 양심대로 살아가고자 한 것이다. 이는 당시 세대논쟁 과정에서 최명익이 고민한 바를 허구의 차원에서 해결하고자 한 결과이다. 「폐어인」에서는 병수와 현일을 사제관계로 설정한 뒤, 교사 자리의 채용과 관련하여서는 이사장과 현일을 내세운다. 현일은 신세대 병수에게 간절한 조언을 주는 구세대의 성격을 강하게 지니지만 이사장과의 면담 과정에서는 오히려 구세대에 의해 배척되는 존재가 되었다. 즉, 두 작품의 주인공은 신세대이면서 타자가 신세대로 내모는 것을 거부하였고, 구세대이면서 구세대의 전형적 사유와 행동을 거부하였다.

최명익은 세대 문제를 서사의 세계 속으로 끌어오기는 했지만 스토리 속에 세대가 다른 두 사람의 대화를 삽입하는 서사전략을 구사하였다. 세대가 다른 사람 사이의 의견 차이나 의견의 대립을 나타내는 데는 어느 지점에서 스토리를 중단시키고 대화가 이루어지도록 하는 것이 효율적이라고 보았다. 이렇게 삽입된 대화 중에서 주목해야 할 대목은 「폐어인」 후반부이다. 여기서 구세대를 대표하는 현일과 신세대를 대표하는 병수가 대화를 나누는 부분은 이 소설에서 특히나 주목할 부분이다. 먼저 구세대의 입장을 대변하는 현일의 목소리로 신세대인 병수에게 충고하고 있다. 신세대인 병수는 스승의 충고에 귀 기울이지 않으며 '제대로 된 스승도 없고 따라야 할 이념이 사라진 시대'를 탓한다. 이러한 태도와 문제의식은 당대를 대표하는 지식인 작가였던 유진오의 고민과도 일맥상통한다.

유진오는 이 당시 신인들이 기성의 힘겨운 노력을 이해하려고 애쓰지는 않고 문단에서의 입신만을 추구하고 있다고 비판한다. 그는 요즘 기성 작가가 비록 예전에 비해 이념적 열도가 약화되고 무기력해진 것은 사실이지만 전형기를 타개하려는 노력만은 늦추지 않고 있다는 점을 강조한다.[33] 그가 말하고 있는 것은 신세대가 기성세대를 일방적으로 배척하고 적으로 볼 것이 아니라 함께 힘을 모아 전형기를 타개하려는 열정과 모색을 갖추자는 것이다. 이러한 고민은 「폐어인」에서 구체적으로 수용된다. 당시 세대론에서 대부분의 비평이 상대방에 대한 일방적인 비난이었다면 최명익은 신세대 작가였음에도 불구하고 일방적으로 신세대 작가의 편에만 서지 않고 신구세대를 아울러 문단이 나아가야 할 방향에 대해 고민하였던 것이다. 구세대를 비난하거나 뛰어넘어야 할 대상으로 치부할 것이 아니라 구세대의 입장을 존중하고 그들이 전하는 뜻을 잘 헤아려서 앞날을 잘 설계해 나가야 한다는 문제의식 또한 내비치고 있다.

신세대 작가 최명익은 현실에서는 신세대 작가를 대표하는 작가이지만 소설에서는 주인공을 구세대 인물에 가깝게 형상화하여 자신의 고민을 대변하게 했다. 세대논쟁 당시 본의와는 관계없이 신세대 작가 대열에 들어가게 된 최명익이 구세대 비평가나 작가의 입장을 두둔하거나 대변하기는 어려웠을 것이다. 그럼에도 불구하고 그는 논쟁이 전개되는 과정에서 신세대의 주장도, 구세대의 주장도 도식적이 되고 집단적 뇌동의 성격을 지니는 것을 용납할 수 없었다. 그렇다고 신세대의 입장을 이탈할 수 없었고 구세대의 주장 모두를 그대로 받아들일 수도 없었다. 그럴 경우

---

33 현민, 앞의 글.

현실에서 그가 취할 수 있었던 유일한 방안은 '평양 문인으로서 서울 문단에 대하여 거리를 두는 것'뿐이었다. 반면 소설의 허구 공간은 현실에서 이렇게 답답하고 난처한 지경에 빠진 작가로 하여금 현실에서 하기 어려운 주장을 할 수 있게 하였다. 작가가 소설에서 세대론을 다룬 주된 이유는 이것이라 할 수 있다.

아울러 현실의 세대논쟁은 어디까지나 문학 영역에 국한된 것이었다. 일상생활에서 어떻게 살 것인가를 언제나 고민해오던 최명익은 세대론 역시 문학적인 것에서 생활적인 것으로 확장되는 것을 추구하려 하였다. 급격하게 변화되어가는 사회에서 구세대와 신세대의 삶의 방식은 어떻게 달라져야 하고 세대 간의 관계는 어떤 것이 되어야 할 것인가를 모색하려 했는데, 「역설」과 「폐어인」이라는 소설 속에 그 고민의 과정과 결과를 담았다고 본다.

6. 마무리

지금까지 「역설」과 「폐어인」에 나타난 세대 문제에 대해 살펴보았다. 1930년대 후반은 구세대 작가들이 신세대 작가들의 글에 대한 문제점을 지적하자 이에 대해 신세대 작가들이 불만을 표명한 세대논쟁이 한창이던 시기였다. 이 장에서는 먼저, 1930년대 후반에 있었던 세대논쟁에 대해 살펴보고 그 속에서 최명익의 위치에 대해 살폈다. 최명익은 신세대 작가였기 때문에 신세대의 입장을 대변하여 글을 발표하기는 하였지만, 실제로 그는 신세대와 구세대 중 그 어느 쪽에도 소속을 거부했다.

다음으로 「역설」에 나타난 세대 문제에 대해 다루었다. 「역설」에서는 구세대와 신세대의 대비가 선명하다. 이 소설에서는 주인공 문일은 신세대와 구세대 중 그 어디에도 소속되지 않고 자신의 양심대로 살아가기를 희망하였다. 이는 당시 세대논쟁의 과정에서 최명익이 고민한 바를 허구의 차원으로 표출한 것이다.

「폐어인」에서는 주인공 현일을 내세워 세대 문제에 대해 고민하였다. 최명익은 신세대 작가였음에도 불구하고 일방적으로 신세대 작가의 편에만 서지 않고 신구세대를 아울러 문단이 나아가야 할 방향에 대해 고민하였다. 그리고 구세대의 입장을 존중하여 앞날을 잘 설계해야 한다는 문제의식을 드러내고 있다. 이렇듯 최명익은 소설을 통해 신세대와 구세대의 도식적 구분을 넘어서고자 하였다. 그리고 이러한 세대 문제가 문학에 국한되지 않고 포괄적인 삶의 방식이나 태도의 영역으로 확장되기를 기대하였다.

이와 같이 최명익은 세대논쟁의 경험을 바탕으로 하고 현실의 세대논쟁의 한계를 넘어서기 위해 소설을 썼다. 두 작품에서는 신세대와 구세대가 도식적으로 양분되지 않는다. 특히 주인공인 문일과 현일은 신세대에 대해 관심이 많고 신세대에게 일정 부분 조언을 준다는 점에서 구세대의 성격이 강하지만, 작품에 등장하는 다른 구세대와는 근본적으로 다른 생각을 보여준다. 구세대를 다시 구분하고 바람직한 구세대의 상을 정립함으로써 신세대와도 소통하고 앞날에 대해서 희망을 가지려 하게 한 것은 최명익이 두 편의 소설을 통해 세대논쟁의 한계를 넘어서려 했던 노력의 결실이라 할 수 있다.

제5장

여행소설 「심문」에 나타난 풍경과 타자인식[*]

[*] 이 장은 필자의 박사논문인 「1930년대 여행소설 연구」 III장 2절의 내용을 수정한 것임을 밝힙니다.

여행소설 「심문」에 나타난 풍경과 타자인식

1. 머리말

낭만주의가 자신감 있는 주체적 표현이라는 주관적 측면을 강조했다면 리얼리즘은 총체성을 바탕으로 한 객관적 현실인식을 중시했다고 할 수 있다. 이에 반해 모더니즘은 주체와 현실과의 제한된 내면적 관계, 주관과 객관이 연관된 자기인식을 중시한다.[1] 여기서 주관과 객관이 연관된 자기인식을 표현하기 위한 방법으로 풍경이 사용된다.

모더니즘을 대표하는 작가이며, 평양 중심의 동인지 『단층』[2]을 창간하

---

1 나병철, 『근대성과 근대문학』, 문예출판사, 1995, 169쪽.

2 『단층(斷層)』은 평양을 중심으로 한 관서(關西) 지역의 역량 있는 신인들이 집결하여 의욕적인 작품을 발표함으로써 창간 당시부터 동시대 문단의 주목을 끌었다. 게다가 동인들 전부가 평양이나 인근 지역 출신이며, 그중에서도 소설 부문은 유항림 · 김이석 · 최정익 · 김화청 · 김매창 등 대부분의 동인들이 평양 광성중학 출신의 동문으로 짜여 있어

는 데에 참여한 최명익은 소설 창작에 있어 그림을 그리듯 풍경을 묘사하는 방법을 주로 사용하였다.[3] 그는 주로 내면 심리를 나타내기 위해 풍경을 묘사하는데, 그중에서도 「심문」은 내면 심리묘사가 특히 두드러진다.

2. 여행소설 「심문」에 나타난 풍경

① 존재론적 풍경

풍경은 여행 주체의 선택의 문제와 밀접하게 연관된다. 풍경을 바라보는 주체의 심리가 풍경의 대상을 선택하고 시선을 관할한다. 「심문」에는 풍경을 관찰하는 주체와 풍경 속에서 자기 내면의 일부를 발견하는 주체, 풍경을 계기로 하여 직접 자기 내면을 바라보는 주체가 공존한다.

동인 구성에 있어 지역적 차별성을 뚜렷이 하고 있다. 이들이 작품의 주요 무대를 '평양'으로 삼고, 지식인의 황폐화된 내면 심리를 공통적으로 다루고 있는 것은 이러한 유대감과 일정한 관련을 가지고 있는 것으로 보인다. 김정훈, 「『단층』시 연구」, 『국제어문』 제42집, 2008, 342쪽.

3   "나는 늘 소설과 그림을 연결해 생각하는 습관이 있다. 일본에 가 있을 때부터 미술전람회라면 부지런히 다녔고 또 될수록 화가들과 이야기할 기회를 얻으려고 했다. 화가들은 그림을 전람회장에 내걸기 전에 데생공부를 많이 한다. 데생이 화가가 되는 기초공부이듯이 소설가가 되는 데도 그런 무엇이 있지 않을까? 이런 생각을 하면서 나는 그림 앞에 섰고 화가들의 설명을 듣기도 했다." 최명익 외, 「소설 창작에서의 나의 고심」, 『나의 인간수업, 文學수업─재(在)·월(越)북 작가들의 인생역정과 문학수업의 고백록』, 도서출판 인동, 1990, 256쪽.

「심문」의 풍경은 크게 두 가지로 나눌 수 있다. 첫째는 여행지에 도착하기 전 여행 주체가 홀로 바라보는 기차 안팎의 풍경이고, 둘째는 여행지에 도착해 바라보게 되는 하얼빈 풍경이다. 먼저 여행지에 도착하기 전까지의 풍경은 주체의 내면을 환기한다. 외부의 풍경은 풍경 그 자체로 존재하기보다는 내면을 관찰하는 방식으로 재현된다. 이에 비해 여행지에 도착해 바라보는 풍경은 주체나 타자의 내면을 원관념으로 하는 상징적 알레고리로 재현된다.[4] 「심문」의 풍경이 특징적인 것은 앞에서 살펴본 다른 작품들과는 달리, 풍경을 인식하고 재현하는 데 있어 대상에 대한 관찰과 연상, 전이와 투사, 자기 내면의 성찰과 발견이라는 단계 모두를 포함하고 있다는 사실이다. 「심문」의 풍경은 1930년대 여행소설 가운데 가장 다양하고 완벽한 형태를 갖춘 것이라 볼 수 있다.

⊙ 관찰과 연상

주인공 명일은 삼 년 전에 아내 혜숙과 사별하였다. 하나 있는 딸을 기숙사로 보내고, 중학교 도화 선생 노릇도 그만두고 한동안 일정한 직업도 없이 지내다가 홀로 여행길에 오른다. 작품의 서두는 풍경을 관찰하는 것으로 시작된다.

> 시속 50몇키로라는 특급 차창 밖에는 다리 쉼을 할만한 정거장도
> 역시 흘러갈 뿐이었다. 산, 들, 강, 작은 동리, 전선주, 꽤 길게 평행한

---

4 알레고리로서의 풍경은 주인공들의 심리와 상황을 묘사하기 위한 소설적 장치라고 볼 수 있다.

신작로의 행인과 소와 말. 그렇게 빨리 흘러가는 푼수로는 우리가 지나친 공간과 시간 저편 뒤에 가로막힌 어떤 장벽이 있다면, 그것들은 칸바스 위의 한 텃취, 또한 텃취의 '오일'같이 거기 부디쳐서 농후한 한폭 그림이 될 것이 아닐까? 고 나는 그러한 망상의 그림을 눈 앞에 그리며 흘러갔다. (중략) 이 창밖의 그것들은 (중략) 다 흘러진 폐허 같고, (중략) 차체도 폐물 같고, 그러한 차체에 빈틈없이 나붙은 얼굴까지도 어중이 떠중이 뭉친 조련사같이 보이는 것이고, 그 역시 내가 지나친 공간시간 저편 뒤에 가로막힌 칸바스 위에 한 텃취로 붙어 버릴 것같이 생각되었다.[5]

열차에 올라 주인공 명일이 보게 되는 것은 차창 밖 풍경이다. 차창 밖을 보지만, 실제로 하나의 대상을 마음 놓고 바라볼 수 있는 것은 아니다. 기차의 속도가 어떤 풍경도 마음 놓고 온전히 자신의 것으로 포착할 수 없게 만들기 때문이다.[6]

기차는 그 특유의 속도감으로 인해 무수히 많은 새로운 공간들을 보여주었지만, 다른 한편으로는 스치는 장면 중 그 어떤 장면도 유의미한 것으로 포착할 수 없게 만들었다. 따라서 여행 주체가 보게 되는 풍경은 자신이 선택하거나 제어할 수 있는 대상으로서의 풍경이 아니라 자기 의지와 관계없이 흘러가는 장면들의 반복에 불과하다. 따라서 풍경은 그저

---

5 최명익, 「심문」, 『제삼한국문학』, 수문서관, 1988, 317쪽. 앞으로 이 장에서 본문 인용은 이 책에서 하기로 한다.

6 기차의 속력이 야기한 새로운 파노라마적 시각은 현실과 공간의 스펙터클화 및 대상 세계가 가진 객관성의 모호화, 움직이는 유동적인 시각, 기차의 기계적인 틀에 종속되는 시각의 기계화와 그로 인해 주체의 시각적 통어력(주체) 상실을 가져왔다. 주은우, 『시각과 현대성』, 한나래, 2003, 382쪽.

'흘러갈 뿐'이다.

그러나 명일은 밀려나는 풍경을 단순히 관찰하는 것에서 그치지 않는다. 그 속에서 "장벽에 부딪히는 풍경에서 풍속화나 인정극의 배경으로 되는" 자기 자신을 연상하는 것이다. 이러한 연상의 기법은 주체의 시선이 외부에서 내부로 점차적으로 전이되고 있음을 뜻하는 작가의 장치라 볼 수 있다.

ⓒ 전이

마샬 버먼에 따르면 근대성(Modernity)은 공간과 시간의 경험, 자아와 타자의 경험, 인생의 가능성과 위험성에 대한 경험이다. 근대성은 민족과 계층, 종교를 넘어서는 모든 인류를 통합하는 것임과 동시에 인류를 끊임없는 해체와 재생, 투쟁과 모순, 모호성과 고통의 소용돌이로 몰아넣는 양면성을 지닌다.[7] 근대성의 주된 특징이라고 할 수 있는 '양면성'은 「심문」에도 고스란히 반영되어, 주인공의 심리를 알 수 있는 중요한 기제로 사용된다.

열차의 속도감에 젖어 있던 주인공은 점차 "스릴을 향락"하면서도, 주체의 내면 깊은 곳에서는 "내가 탄 특급의 속력을 '무모'로 느끼고, 뒤로 뒤로 달아나는 풍경이 더 물러갈 수 없는 장벽에 부딪쳐 한폭의 그림"이 되는 시대에 "나 역시 이렇게 빨리 달아나는 푼수로는 어느 때 어느 장벽에 부딪쳐서 어떤 풍속화나 혹은 어떤 인정극 배경의 한 텃취의 '오일'이

---

7   Marshall Berman, 윤호병·이만식 옮김, 『현대성의 경험』, 현대미학사, 2004, 25쪽.

되고 말른지" 모른다는 불안감을 경험한다.

나는 열차 속에서 정지되어 있는데, 근대적 물질문명의 한 전형인 열차는 끊임없이 새로운 풍경을 보여준다. 이는 세상에 뒤쳐져 가는 명일의 불안한 심리를 간접적으로 드러내는 것이라 할 수 있다. 그러한 장면들을 보며 '한 폭 그림이 될 것'을 떠올린다는 것은 시간의 공간화이다. 시간을 공간화시키는 심리 저변에는 '내가 지나친 공간 저편 뒤'의 기억이 그저 한 터치로 붙어버릴까봐 염려하는 속도에 대한 거부와 지나간 과거에 대한 집착이 담겨 있다. 그것은 빠르게 변하는 근대화의 속도 속에 속수무책인 지식인의 무력감과 주체의 불안감이 전이된 것이기도 하다.

열차가 오룡배에 가까워질수록 명일은 유랑과 전쟁에도 무심히 달아나던 무심하고 부정적인 면을 지닌 열차가 "유한에 소홀지 않은 풍류적인 성격의 일면"을 가진 듯이 느껴지기도 한다. 열차의 이중성을 떠올리자, 무심하게 자신을 떠났고 가끔은 풍류적인 의미로 다가오기도 했던 여옥을 떠올린다.

이렇듯 열차로 대표되는 근대화의 속도에 대한 인식과 그것에 대한 태도, '즐김과 거부'라는 양가적 심리는 주인공의 내면 투사의 방법을 통해 구체화된다.

ⓒ 투사와 반추

「심문」에 있어 양가적 시선은 본래적 자아와 생활적 자아의 대립으로 나타난다. 그 속에는 1) '재혼을 해야 한다는 나'와 '재혼을 해서는 안 된다는 나' 2) '그림을 그려야 한다는 나'와 '그림을 그릴 수 없다는 나' 3) '사

최명익 소설 연구

업가인 친구를 부러워하는 '나'와 '그의 속물근성을 미워하는 나' 4) '여옥을 소유하고 싶어 하는 나'와 '여옥으로부터 멀리 떠나야 한다는 나'가 공존하는 양상을 보인다.[8] 이렇게 자신의 모습을 진지하게 궁구하여 지속적인 자기 분열을 경험한다는 것은 그만큼 이 소설에서 '나'의 위치와 심리가 중요해졌음을 뜻한다. 결국 '나'의 분열을 멈출 수 있게 하는 것은 주인공 명일의 주체적인 판단과 결정에 달려 있다는 사실을 간접적으로 제시하는 것이라 볼 수 있다.

근대화의 속도는 고스란히 사랑에 대한 속성으로 구체화된다. 근대화의 속도를 이야기하면서 명일이 여옥을 떠올린 것은 열차의 속도 못지않게 사랑의 속도 또한 빨랐고 성급했음을 의미한다. 그리고 근대화의 상징물인 열차를 바라보는 여행 주체의 심리가 그러했듯, 여옥을 보는 명일의 시선 또한 양가적이다.

> 침실의 여옥이는 전신 불덩어리의 정열과 그러면서도 난숙한 기교를 가춘 창부였고, 낮에는 교양인인 듯 영롱한 그 눈이 차게 빛나고 현숙한 주부인양 다정한 입술은 늘 침묵하였다. (중략) 나는 간혹 여옥이의 얼굴에서 죽은 내 처의 모습을 발견하게 되는 것이 반갑고도 슬픈 것이다. (중략) 나만이 밤의 여옥이와 낮의 여옥이가 딴 사람이라고 보아왔지만 여옥이 역시 나를 밤과 낮으로 구별하여 보는 것이 분명하였다. 그렇다면 본시부터 모호하던 두 사람의 심정의 초점이 더욱 모호해진다기보다는 밤과 낮으로 다른 두 여옥이와 두 '나'로

---

[8] 이밖에도 작품 후반부에 가면 '현혁을 미워하는 나'와 '현혁을 동정하는 나', '여옥처럼 죽고 싶어 하는 나'와 '그래도 살아야겠다는 나'가 등장한다. 이강언, 「성찰의 미학」, 『최정석박사회갑기념논총』, 1984, 461쪽.

분열하고 무너져가는 마음의 풍경을 멀거니 바라볼 밖에는 별 도리가 없는 듯하였다. 그러한 모델을 대하는 제작자인 나라, 이중의 관찰과 이중의 인상으로 갈피를 잡을 수 없는 몽타쥬가 현황이 떠오르는 칸 바스 위에 애써 초점을 맞추어 한붓 한붓 붙여가노라면 나타나는 것이 눈 앞의 여옥이라기보다, 내 머릿속의 혜숙이에 가까워지므로 나는 화필을 떨어치거나 던질밖에 없었다.[9]

여옥은 낮과 밤이 다른 이중성을 보인다. 명일이 여옥을 바라보면 죽은 아내인 혜숙의 모습이 자꾸만 떠오른다. 바라보고 있는 대상은 여옥이임에 반해 그리고 싶은 대상은 혜숙이가 되는 것이다. 그가 그리고 싶은 대상은 이미 온건하게 존재하고 있다. 그러나 그녀는 부재한다. 결국 그림 작업이 진행될수록 그리는 대상이 여옥이 아니라 혜숙을 닮아간다는 것은, 명일이 아직 과거에 대한 집착과 미련에서 벗어나지 못했음을 의미한다.

여옥은 토라져 하루 종일 '시계' 속을 들여다본다. 근대에 있어 시간은 인간의 모든 행동과 사고를 규제하는 것이다. 철도의 이용자가 늘어나면서 생겨난 근대적 생활양식은 시간절약과 시간엄수라는 감각이었다. 시계는 자연과 인간을 분리하면서 인간을 일차원적으로 규제한다.[10] 여옥이 시계를 관찰하며 하루 한나절을 보냈다거나, 시계 소리와 심장 고동 소리를 동일한 것으로 간주하는 시선 속에는 근대화의 속도에 따라 심장 소리를 맞추고 사는 현대인에 대한 부정적인 시선이 내포되어 있다.[11]

---

9 최명익, 앞의 책, 322~323쪽.

10 박천홍, 『매혹의 질주, 근대의 횡단–철도로 돌아본 근대의 풍경』, 산처럼, 2003, 342쪽.

11 여옥의 근대화에 따른 부정적 시간인식은 다음과 같은 구절에서도 찾을 수 있다.

명일은 새 사랑을 만드는 데 성급했다. 이것은 조선의 성급하고 일방적 근대화에 대한 작가의 상념이 탈바꿈된 것이기도 하다. 근대화와 사랑은 알맞은 시간이 필요하다. 그런데 조선은 엉겁결에 근대화되어갔고 명일은 자신의 죽은 아내인 혜숙을 채 잊기도 전에 여옥을 취하였다. 조선이 중세 전통을 정리하고 그 바탕에서 근대화를 이루지 못했듯이, 명일은 과거에 대한 미련을 지우거나 그것에 대한 감정을 채 정리하기도 전에 다른 사랑의 대상을 찾았다. 따라서 그것에 몰두하지 못하고 부유하게 되었다. 명일의 이러한 인식은 단순히 여옥과의 관계에 그치는 것이 아니라 전반적인 삶의 태도와도 연관된다. 과거에 대한 미련 때문에 현재에 충실하지 못했던 명일은 그 어디에서도 자신의 열정을 쏟지 못했다. 과거에 대한 미련으로 인해 미래로 나아가고 싶지만 한 발짝도 나아가지 못하게 되는 것이다.

명일에게 필요한 것은 속도감이 아니라 과거에 대한 정리가 동반된 신중함이었다. 근대화에 부산물이 되는 것이 아니라 온전한 주체로 살아가기 위한 반성의 시간이 필요했다. 명일은 과거에 대한 집착을 떨쳐내고 그것에 대한 마음의 정리를 할 시간이 필요했다. 여행은 그런 명일에게 필요한 갱생의 시간을 확보해줄 것이다. 명일이 여행을 떠난 근본 동기도 여기에 있었을 것이다.

이는 결국 스스로에 대한 성찰로 이어진다.

"그런 때 혹시 여옥이라는 마음이 싸라서 하는 말로, 언젠가는 사내 가슴에 귀를 붙이고 밤새도록 심장의 고동을 듣고 나서, 머리가 욱신거려 사흘이나 앓은 적이 있었다고 하였다" 최명익, 위의 책, 324쪽.

ㄹ 성찰

「심문」에 나타나는 주체의 분열은 주체에 대한 성찰을 보여주기 위한 하나의 장치라고 볼 수 있다. 주체에 대한 성찰이 이루어지기 위해서 분열은 반드시 필요한 것이 된다.

성찰이 진행되는 과정에서 주체는 둘로 쪼개져 또 다른 주체와 객체의 관계가 만들어진다. 주체적 자아(I)는 대상화된 자아(me)를 다시 반성적으로 자신의 시선에 의해 감싸 안는다. 바로 이러한 이중성으로 인해 성찰적 시선은 단순한 내향적 시선과 구분된다. 내향적 시선은 내면을 탐색하는 집요함과 세심함을 구비하고 있기는 하지만, 그것만으로 자동적으로 성찰성이 확보되는 것은 아니다. 성찰적 시선은 하나의 자아가 다른 자아를 인식, 판단, 지각의 대상으로 전유하는 시선의 분리를 구조적으로 요구한다.[12]

> 낮과 밤이 다른 여옥이는 여옥이가 그런 것이 아니라, 맹목적이어야 할 사랑과 순정을 못 가지는 나의 태도에 여옥이도 할 수 없이 그럴 것이 아닐까? 여옥이와 나는 열정과 순정이 없다면 피차의 인격과 자존심을 모욕하고마는 관계가 아닐까? 그런 관계이므로 낮에 냉냉한 여옥이의 태도는 밤의 정열의 육체적 반동이 아니라 여옥이의 열정을 순정으로 받아주지 않는 나에 대한 반항일 것이다. 그러므로 나는 그 히스테릭한 여옥이의 열정을 순정으로 존중하여야할 것이요, 낮에 보는 여옥이의 인당과 귀에 혜숙이의 그것은 이중 노출로 보는 판상을 버리고 여옥이 그래도 사랑해야 할 것이다.[13]

---

12 김홍중, 「근대적 성찰성의 풍경과 성찰적 주체의 알레고리」, 『한국사회학』 제41집 3호, 2007, 190쪽.
13 최명익, 앞의 책, 325~326쪽.

이와 같이 과거의 나와 현재의 나, 욕망하는 나와 욕망을 금지하는 나의 분열 현상은 주체에 대한 성찰을 통해 드러난다. 내부 세계에 존재하는 다양한 자아의 양상에 눈뜨면서 자기 자신을 객관화시킬 수 있는 거리도 마련된다.[14] 낮과 밤이 다른 여옥의 이중성을 지켜보던 '과거의 나'와 현재 시점에서 그 상황을 회상하는 '지금의 나' 사이에는 시간성이 개입된다. 초점화된 '과거의 나'와 서술하는 '현재의 나'는 동일한 의식을 가진 것이 아니다. 초점자와 서술자가 일치하지 않음으로써 확보되는 시간적 거리는 과거의 사건을 새롭게 평가할 수 있는 계기가 된다. 이로 인해 '주체와 객체' 관계는 새로이 정립된다. '지금의 나'는 '과거의 나'를 새로이 인식하고 '과거의 나'를 아우른다. 이 과정을 통해 새로운 주체로 거듭나게 된다.[15]

결국 여옥의 이중성은 명일의 이중적인 태도에서 기인한 것이다. 이는 간접적으로는 여옥이보다 명일 자신이 성찰해야 할 것이 더 많음을 의미하는 것이기도 하다. 맹목적이어야 할 사랑과 순정을 못 가지는 나의 태도가 여옥이를 그렇게 만들었다. 여옥이 속에서 죽은 아내인 혜숙을 발견하면 안 되며, 혜숙을 잊음으로써 이젠 돌아오지 않을 과거를 청산해야

---

14 김명석, 『한국소설과 근대적 일상의 경험』, 새미, 2002, 31쪽.

15 뿐만 아니라 작가적 존재가 노골적으로 나서서 작품의 서술 동기를 직접적으로 알려주기도 한다. "독자 중에는 이 '그래서 나역시……'라는 말에 불쾌를 느끼고, 그만 것을 동기나 이유로 행동하는 나를 경멸하는 이가 있을는지 모를 것이다. 사실은 나는 그러한 독자를 상대로 이 여행기를 쓰는 것이다"(330쪽)라고 말하고 있는 것이 그러하다. 여기서 작가적 서술자의 강한 노출은 존재론적인 동기 부여를 위한 것으로 볼 수 있다. 이에 대한 자세한 논의는 박종홍, 「최명익 창작집 『장삼이사』의 초점화 양상 고찰」, 『국어교육연구』 제46집, 2010을 참조할 것.

하는 것이다. 결국 주인공의 양가적 시선은 자신의 에너지를 한 곳에 모으지 못해 일어나는 분열이었다. 또 이러한 시선은 성찰과 새로운 도약을 하기 위해서 반드시 필요한 작업이었다. 이는 기존에 자신에게 온 마음 다해 열정을 불태울 만한 대상과 의지가 없었다는 것을 의미한다. 또, 분열된 시선으로 자기 자신을 바라봐야 할 반성적 시간이 필요했음을 의미하는 것이기도 하다. 따라서 풍경을 통해 보게 되는 것은 속도감에 대한 성찰이자 사랑에 있어서의 성급함에 대한 반성, 과거에 집착하여 현재에 온전히 정열을 쏟아 붓지 못하는 나에 대한 각성이라고 할 수 있다. 그런 새 출발을 위한 도약의 공간이 필요했던 것이다.

명일이 여행지로 선택한 하얼빈은 명일의 이러한 심리 상태와 무관하지 않다. 1930년대 하얼빈은 러시아와 미국, 일본 등과 같은 제국주의 열강의 무대이자 근대 도시 발전과 기획에 따른 일종의 계획 도시였다. 일본은 만주를 '일본의 생명선'으로 삼아 사활을 건 대륙 침략을 수행하고 있었지만 이것이 식민주의자들의 눈에는 꿈의 실현으로 비춰졌다.[16] 그곳은 정치적 변동이나 경제적인 노동력에 따른 난민, 망명자, 이민들이 옮겨와 다양한 인종이 공존하고, 전통과 근대가 서로 혼재되어 있는 식민지

---

16 만주사변으로 본격적인 대륙 침략을 단행한 일제가 '오족협화(五族協和)'라는 건국이념으로 만주국을 세운 때는 1932년이다. 만주 여행은 1930년대 후반을 표상하는 시대적 담론의 형태를 띤다. 만주사변과 만주국 건국, 중일전쟁을 거치며 대륙 침략을 도모하던 일본 제국주의의 대륙정책과 이러한 만주 열풍은 하나였고 일본 제국주의 말기를 특징짓는 대동아 공영권 담론의 일부가 된다. 이 시기 조선 내의 신문과 잡지들은 만주여행기를 특집으로 꾸미고 작가들에게 만주기행을 독려했으며 작가들도 이에 호응했다. 이런 와중에 조선의 문인들이 본격적으로 만주여행에 나서고 많은 기행문들이 쓰여졌다. 서경석, 「만주국 기행문학 연구」, 『어문학』 제86집, 2004, 342~343쪽.

최명익 소설 연구

공간이기도 하였다.[17] 그러면서도 만주 하얼빈은 또 하나의 '기회'와 '전복'이 갖춰진 가능성의 공간이기도 했다. 위기라는 것이 다른 한편으로는 기회가 되는 것처럼 본국에서 제대로 역할을 하지 못하던 이들이 새롭게 성공할 수 있는 공간이 되기도 하였다. 즉, 하얼빈은 경제·정치·사회적으로 제국과 식민지의 경계를 느끼고, 그 한계를 생각하던 사람들이 제국의 위치에 올라설 수 있는 기회의 공간이었다.[18]

하얼빈이라는 도시 자체가 가진 이러한 이중성은 명일에게 '기회의 공간'이 주는 호기심과 기쁨을 불러일으키면서도 '음울한 숙명'을 가진 곳으로 다가온다. 명일에게 있어 그곳은 대상을 관조할 수 있는 객관성이 존재하는 공간이면서도 한때는 자신의 여자였던 여옥이 살고 있는 주관적인 감정의 공간이기도 하다.

결국 주인공이 하얼빈을 여행지로 선택한 것은, 속도감으로 대표되는 제국주의 근대화에 대한 이중적 시선, 이중적인 자신의 내면, 과거를 묶어두는 유배지이자 현재의 인식을 각성하는 기회의 공간이라는 의미가 그곳에 공존할 수 있었기 때문이었다. 그리고 그 공간에는 시대의 그늘이 침윤되어 있다는 것도 직감했을 것이다.

---

17 김관현·박남용, 「1930년대 하얼빈과 상하이의 도시 풍경과 도시 인식」, 『세계문학비교연구』 제25집, 2008, 30~40쪽.

18 배주영, 「1930년대 만주를 통해 본 식민지 지식인의 욕망과 정체성」, 『한국학보』 제29권 3호, 2003, 49쪽.

② 알레고리로서의 풍경

「심문」의 전반부에 나타나는 풍경이 명일의 복잡한 심정을 보여주고 그로 인해 여행을 떠날 수밖에 없는 근거를 직접적으로 마련해주는 것이었다면, 열차 안 승객과의 만남이나 여행지에서 타자와의 만남이 이루어지는 부분에 있어 풍경은 하나의 알레고리로서의 기능을 담당하며 주제를 우회적으로 드러내는 데 기여한다.

알레고리는 기본적으로 기호의 이중성 혹은 해석의 중의성을 이용한 창작기법이다. 그 이중적 해석을 위하여 알레고리는, 일차적 의미와 명확하게 구분되는 이차적 의미의 작중 공간을 설정한다. 그 작중 공간은 인간과 사회를 비판하고자 하는 작가의 의도가 존재하여야 하며, 특정 지역과 시대의 역사적 상황이나 인간의 본성을 분명하게 드러내고 있어야 한다.[19]

「심문」에 있어 풍경은 하나의 알레고리로서의 조건을 충족한다. 이는 열차 안에서 본 중년 여자의 모습을 통해 부각된다.

우리는 그런 숙명 앞에 그저 전률할밖에 없을 것이다. 그런 무서운 숙명이 나를 기다리는지도 모를 할빈이라고 생각하면 그곳으로 이렇

---

19 권오현은 현대소설 알레고리의 범위를 첫째, 작품 속에 드러나는 허구의 세계가 현실의 세계와 명확히 구분되어 있을 것, 둘째, 특정 지역과 시대의 역사적 상황이나 인간의 본성을 분명하게 드러내고 있을 것, 셋째, 인간과 사회를 비판하고자 하는 작가의 의도가 분명히 존재할 것으로 규정하고 있다. 권오현, 「1970년대 소설의 알레고리 기법 연구」, 『어문학』 제90집, 2005, 343~344쪽.

게 달아나는 이 열차는 그런 숙명과 같이 음모한 괴물일는지도 모른
다는 나는 좀 취한 머릿속에 또 한가지 이런 스릴을 느끼었다. 그러면
서 큰 고래 입속으로 양양히 헤엄쳐 들어가는 물고기들을 상상하며
그런 물고기의 어느 한 부분인지도 모르는 퓌쉬프라이의 한조각을 입
에 넣고 씹으면 마주볼 때, 나보다 한 접시 앞선 중년 여사는 소위 어
느 한 부분인지도 모를 스테익의 마지막 조각을 입에 넣고 입술에 맺
힌 핏물을 찍어 내는 것이었다.[20]

인용문에서 제시된 열차는 숙명을 가지고 오는 근대화의 속도감이다.
그 속으로 헤엄쳐 들어가는 물고기들은 근대화의 물결 속으로 빨려 들어
가는 무리들이다. 그런 물고기의 어느 한 부분인지도 모르는 피쉬 프라이
를 씹는 나의 행동은 나 역시 근대화의 물결에 어느 정도 수긍하고 있음
을 의미한다. 내가 씹는 것은 피쉬 프라이다. '피쉬' 비유는 하얼빈에 도
착해 명일이 보게 되는 서양 여인들과 여옥의 모습을 물고기와 대비하여
표현하는 부분에서도 나타난다. 내가 씹고 있는 것이 물고기를 튀겨 만든
피쉬 프라이라는 것은 내가 여옥의 불행을 야기했다는 것을 암시한다. 이
는 여옥에 대한 나의 죄책감도 담은 것이다.

내 앞에 앉은 중년 여자는 나보다 먼저 음식을 먹기 시작하여 나보다
한 접시를 앞서고 있다. 그리고 중년 여자가 씹고 있는 것은 스테이크이
다. 근대화가 곧 서구화라는 입장에서 살펴볼 때, 중년 여자는 근대화를
아주 빠르게 접했음을 의미한다. 스테이크의 마지막을 씹고 있는 여인의
입술에 핏물을 찍어내고 있다는 의미는 제국주의 근대화의 횡포이며 그

---

20 최명익, 앞의 책, 327쪽.

로 인해 어떤 불길한 결과가 펼쳐질 것을 암시한다. 열차 속에서 보게 되는 풍경과 그에 대한 진술은 앞으로 펼쳐질 여옥의 불행에 대한 일종의 예언이자 알레고리적 표현이기도 하다.

하얼빈에 도착한 명일은 이군과 함께 여옥이 있는 허름한 지하실 카바레를 찾아간다. 그러나 "높은 천장 찬란한 샨데리아, 거울 같은 마루 바닥, 회황한 파노라마, 그 속에서 음악의 물결을 헴치는 무희들, 이렇게 내 눈이 어느덧 높아진 탓인지, 여옥이가 있는 카바레는 너무도 초라"하다. 여옥이가 사는 아파트로 발걸음을 옮기지만 그곳 역시 밝음과는 거리가 먼 어둡고 황폐한 곳이었다. 그곳은 계절이 바뀌는 것도, 역사가 흐르는 것도 느낄 수 없고 그저 황폐한 고립만이 존재하는 곳이다.

> 거리 맞은 집 유리 창은 좀 기운 햇볕에 눈부시었다. 고기 비늘 무늬로 깔아놓은 화강석 보도에 매마른 구두 발소리가 소란하고 불리는 먼지조차 금사라기 같이 반짝이는 쩨인 햇볕 속을 붉고 파란 원색 옷의 양여들이 오고 간다. 높은 건축의 골자구니라 그런지, 걸싼 양여들은 헴치는 열대어나 금붕어같이 매츠럽고 민첩하다. 그러한 인어의 거리에 무더기무더기 모여앉은 쿠리떼는 바다 밑에 깔린 바위돌같이 봄이 가건 겨울이 오건 무심하고, 바뀌는 계절도, 역사의 파도까지도 그들을 어쩌는 수 없는 존재같이 생각되었다.[21]

여옥은 '내가 기억하는 그 몸매의 선을 그대로 내비치듯이 달라붙은 초록색 호복'을 입고 붉은 의자에 앉아 담배를 피우고 있다. 나는 창밖을 내다본다. 창밖 세상은 햇볕에 눈부시고 화강석을 깔아놓은 보도를

---

21 최명익, 앞의 책, 331~332쪽.

보며 어항에 든 자갈돌을 떠올린다. 길이 자갈돌이 되니, 그 길을 걷는 양여들은 열대어나 금붕어가 된다. 그들은 매끄럽고 민첩하다. 그러나 그들 옆에 앉아 있는 쿠리떼들은 봄이 가건 겨울이 오건 무심하고, 바뀌는 계절도 역사의 파도도 어쩔 수 없는 존재들로 느껴진다. 쿠리떼들의 모습은 바쁘게 움직이는 바깥세상과는 거리가 있으며 세상의 속도와는 거리가 먼 여옥의 현재 모습을 상징한다. 바깥 대상과 대비되는 장면묘사와 비유는 하얼빈에서의 여옥의 현재 생활을 짐작해볼 수 있게 하며, 여옥이가 겪었을 녹록하지 않은 수많은 경험을 상징적으로 함축하고 있다.

이러한 여옥이의 처지와 그동안의 경험은 '조롱에 담긴 새' 묘사를 통해 구체화된다.

그러한 창밖에 눈이 팔려 있을 때 들창 위에 달아놓은 조롱에서 새가 울었다. 쳐다보는 조롱의 설핀 대살을 격하여 맑은 하늘의 한 폭이 멀리 바라보였다. 종달새도 발도듬을 하듯이 (중략) 연달아 울어가며 목을 세우고 관을 세우고 가름대 위를 초조히 오고 간다. **금시에 날아보고 싶어서, 날개쭉지가 미미적거리는 모양이나, 그저 혀를 채고 말 듯, 쫑─쫑─외마디 소리를 해가며 가름대 층계를 오르내릴 뿐이다.** (중략) 놀라 쳐다본즉, 종달새가 가름대에서 떨어져 조롱 바닥에서 몸부림을 하는 것이었다. 새는 날려고 애써 몸을 소꾸다가는 또 떨어지고 그때마다 긴 발톱과 모즈라진 날개로 헤적이면서 쥐소리 같은 암담한 비명을 지르는 것이다. 새는 몇 번인가 조롱이 흔들리도록 몸을 소꾸다 못하여 그만 제 똥 위에 다리를 뻗고 눈을 감아 버린다. (강조:필자)[22]

---

22 최명익, 앞의 책, 332~334쪽.

창밖의 밝음과는 거리가 먼 여옥의 아파트는 세상과 단절된 공간이다. 세상과 단절된 여옥의 집. 그 안에 있는 새장. 조롱 속에 있는 새는 세상과 가정으로부터 '이중 고립'을 겪는 유배된 대상물이다. 여기서 새는 "희생물로서의 의미, 혹은 시간의 형상"[23]으로서의 의미를 지니며, 여옥의 처지를 고스란히 담고 있는 상징물로 존재한다. 세상과 가정으로부터의 단절이라는 여옥이의 처지는 조롱 속에 갇힌 것으로, 새가 날아보고 싶어 애를 쓰는 장면은 여옥이의 재생 의지로, 그러다 아편 중독을 견디지 못하고 떨어져 흐느적이는 새의 모습은 여옥의 현 처지를 짐작케 한다.[24]

명일과 여옥은 거리로 나와 박물관으로 향한다.

---

23 일반적으로 새는 '높은 곳에서부터 오는 말씀', '보금자리와 내부의 상징' 혹은 '희생물'로서의 상징성을 지닌다. 새의 상징적 의미에 대해서는 아지자 · 올리비에리 · 스크트릭 공저, 장영수 옮김, 『문학의 상징 · 주제사전』, 청하, 1989, 269~278쪽 참조할 것.

24 이를 위해 다음과 같은 문장을 살펴볼 필요가 있다.
"여옥이는 (중략) 초록빛 오복자락으로 손톱을 닦고 있었다. (중략) 여옥의 손톱이 닦을수록 더 영롱해지는 것을 보던 눈에 종달새의 며느리 발톱이 띠우자 깜짝 놀랄 밖에 없었다. 그것은 병신스럽게 한 치가 긴 것이었다. (중략) 여옥이는 빨간 손톱을 가지런히 들어 보이며 웃었다. 그리고는 종달새의 발톱은 (중략) 치레로 기른 것이 아니지만 누가 깎아주지도 않고 조롱 속에서 닳지도 않아서 자랄 때로 자랄 밖에 없는 것이고 또 길면 길수록 오래 사람의 손에 태운 표적이 되어 값이 나가는 것이라고 설명하였다." 최명익, 앞의 책, 332~333쪽.
여기서 주목할 것은 종달새의 발톱이 한 치나 긴 것이다. 여옥의 손톱과 종달새의 발톱은 대비된다. 종달새의 발톱을 보며 병신스럽고 징그럽다는 내 말에 여옥은 병신이라고 해도 뱃속에서부터 그런 것이 아니라 사람의 손에서 병신이 된 것이니 환경이나 처지의 힘 때문이라고 설명한다. 환경이나 처지를 탓하던 주인공의 의식은 후반부에 전개되는 현혁과의 만남을 통해 차츰 변화되는 양상을 보인다.

지나가던 길에 들려본 박물관에서는 나 역시 여옥이에 덩다라 재채기만을 하고 나왔다. 우중충한 집 속에 연대 순으로 진열된 도자기나 불상이나 맘모쓰의 해골이나가 지니고 있는 오랜 시간이 휘잉한 찬 바람으로 느껴질 뿐이었다.[25]

여행지에 본 박물관의 풍경은 황량했다. 이는 과거를 현재화하고자 하는 노력의 부재를 의미한다. 여옥이 다음 여행지로 명일을 송화강에 데려가는 것은 전근대와 근대의 변증법적 지양(止揚)을 암시적으로 보여주려는 작가의 의도에서 비롯했다고 본다.[26] 송화강은 조금 전에 보았던 박물관과는 달리 "로서아 사람과 유태인이 많이 살"고 "에로 그로의 이국적 향락과 소비 기관이 집중"되어 있는 근대화가 이루어진 곳이다. 하지만 이 곳 역시 과거를 현재화하는 노력이 없는 곳으로 그려진다.

알레고리로서의 풍경에서 여행 주체는 관찰자로서만 존재할 뿐 풍경에 몰입하지 않는다. 여옥을 대하는 나의 태도도 감정이입이나 몰입이 없이 그저 냉담하게 바라볼 뿐이다. 알레고리로서의 풍경은 주체의 내면 성찰이나 변화를 직접적으로 드러내주는 대신, 후에 있을 사건을 간접적으로 암시하는 것으로 사용된다.

---

25 최명익, 앞의 책, 335쪽.
26 이에 대한 자세한 논의는 이 책 6장에서 자세히 언급하고 있다.

3. 타자와의 만남과 주체의 재정립

여행지에 도착하기 전에 풍경을 통해 자기 내면을 혼자서 바라보던 여행 주체는 여행지에서 타자들과 만나 관계를 맺고 갈등한다. 그리고 그럴수록 여행 주체의 내면은 변화되고 결국 그 과정에서 주체는 새로운 존재로 거듭난다.[27]

바흐친에 따르면 자신을 타자에게 드러냄으로써만 온전하게 자신을 인식하고 온전한 자기 자신이 된다. 따라서 자기인식을 구성하고 있는 가장 중요한 행위들은 다른 의식과의 관계에 의해서 결정된다.[28] 다른 의식과의 관계는 여행지에서의 타자와의 만남을 통해 구체화된다. 여행 주체는 여행지에서 만난 인물들과 지속적인 관계를 형성해가면서 자신을 온전하게 인식하고 나아가 의식의 변화를 보이게 된다. 여행지에서 만난 타자는 자신과는 무관한 자들이 아니라 자신의 분신으로서의 타자이다. 타자들의 모습은 자신의 모습이기도 하며, 타자와의 관계를 통해 자기 자신의 주체를 재정립하게 되는 것이다.

「심문」에서 유의미한 타자는 현일영과 여옥이다. 이들은 명일의 내면을 통해 재현된 존재들이다. 이들이 가진 고민과 생존 모습은 여행 주체 속에 잠재되어 있는 의식과 다르지 않다. 나아가 그 타자들은 시대와 밀접

---

27 「심문」은 여행지에 도착하기 전에는 풍경을 통해 자신의 내면을 성찰하고 있고, 여행지에 도착하고 난 후부터는 여행지의 낯선 풍경을 몰입 없이 관찰하고 있다. 그러다 여행지에서 타자와의 만남이 이루어지고 이들과의 관계를 통해 내면 갈등이 구체화되는 양상을 보인다.

28 Tzvetan Todorov, 최현무 옮김, 『바흐찐:문학사회학과 대화이론』, 까치, 1987, 136쪽.

최명익 소설 연구

하게 관련을 맺는 인물들이기도 하다.

특히나 「심문」의 타자 현일영은 시대와 연결되는 교두보 역할을 한다. 1930년대는 파시즘이 본격화되면서 사회적 불안이 심화되는 시기이다. 이 시기는 '좌익과 우익의 중간의 안전지대'[29]에 있는 사람들만이 남아 활동하였으며, 분명한 사상과 이념을 지니고 있던 사회주의자들은 갈 곳을 잃고 잇따라 전향을 하였다.

현일영은 한때 현혁이라는 이름을 사용하며, 사회주의 이론의 헤게모니를 잡았던 인물이다. 그러나 현재의 현일영은 과거 활약을 볼모로 앞세우고 여옥이 벌어준 돈으로 생활하는 한낱 아편중독자일 뿐이다. 참혹한 낙오자로 생활하면서도 과거에 대한 자부심은 버리지 않는 인물인 것 같지만, 사실은 아편을 얻기 위해서라면 체면이나 의리도 버릴 수 있는 타락한 자포자기자(自暴自棄者)였다.

시간이 흘러간다는 것은 끊임없이 새로운 타자성을 만들어가는 것이라고 할 수 있다. 따라서 타자성을 이야기할 때 시간적인 변인에 따른 인물의 변화양상을 살펴보는 것은 중요하다. 시간이 흐른다는 것은 대상을 고정된 형태를 지닐 수 없게 만든다는 말과도 같다.

첫째 날 만난 현일영과 다음 날 만난 현일영은 같으면서도 다른 인물이다.

> 신병이나 빈곤은 그리 쉽게 마음대로 안 되는 것이지만, 자포자기를 하고 않는 것은 각자 그 사람에게 달렸다고 생각합니다. 나와 못

---

29   백철, 「思想中心으로 본 33年度 文學界」, 『조선일보』, 1933. 12.

지 않은 역경에서도 칠전팔기란 말 그대로 자기의 운명을 개척해나가는 친구도 많았습니다. (중략) 그런데 나만은 자포자기를 하였습니다. (중략) 아무런 시대나 환경이라도, 사람을 타락시킬 힘은 없다고 봅니다. **그 반대로 타락하는 사람은 어떤 시대나 환경에서든지 저 스스로 타락하고야 말, 성격적 결함이 있는 것입니다.** 그래서 나는 내 환경을 저주하거나 주제 넘게 시대를 원망할 이유도 용기도 없습니다. 오직 내 약한, 자포자기하게 된 내 성격을 저주하는 것뿐입니다.[30] (강조:필자)

명일이 여옥을 만난 첫째 날, 현일영은 명일에 대해 적대적인 모습을 보인다. 자신의 화려한 과거를 자랑삼아 늘어놓으며 담배를 피는 그는 거만하다. 그러면서도 한편으로는 명일에게 지금 자신의 심정을 늘어놓는다.

여기서 주목할 것은 현일영의 타락의 원인이다. 원인은 크게 두 가지로 볼 수 있다. 첫째는 파시즘이 가져온 횡포와 그로 인한 사상적 탄압이다. 이는 시대나 환경의 탓이다. 둘째는 의지가 약한 개인의 성격 탓이다.

작가는 현일영의 입을 통해 궁극적인 개인의 타락의 원인은 자기 자신에게 있다고 단정적으로 말하고 있다. 사회주의 이념은 파시즘의 강화와 제국주의 근대화로 인해 해체되었다. 외부적 억압에 의해 이념이 해체되었으므로, 그 이념이 삶의 전부였던 사람들이 세상에 절망하고 마침내 타락하고야 마는 데에는 시대와 환경의 책임도 존재한다. 그러나 작가는 그들 개인이 궁극적으로 파멸한 것은 사회가 아니라 자기 자신 탓이라고 확언한다. 결국 현일영이 아편중독자가 된 것은 그의 성격 탓이다. 작가는 현일영의 몰락 과정을 통해 시대나 환경보다는 개인의 의지와 주체성

---

30 최명익, 앞의 책, 340쪽.

이 더 중요함을 강조한다. 이는 이념의 시대에서 개인의 주체의 시대로, 집단에서 개인의 선택과 판단의 시대로 변화된 한 단면을 보여주는 것으로 해석할 수 있다. 결국 중요한 것은 시대나 사회로 일컬어지는 환경이 아니라 주체의 의지인 것이다.

그러나 현일영은 자신의 타락 원인을 알면서도 거기서 헤어 나오지는 못한다.

현일영은 "사람은 허무한 미래로 사색적 체험을 하기보다도 거짓 없는 과거로 향하는 것이 현명하다"고 생각하며 자신을 합리화하며 살아가고 있다. 다음 날 만난 그는 과거에 대한 집착은 스스로의 삶을 파멸로 이끌었고, 후에는 "내 자신을 내가 철저히 모욕하는 것으로 모욕감을 씻"[31]겠다며 스스로를 모욕하겠다고 한다. 현일영은 아편[32]을 구하기 위해 자신을 사랑하는 여옥을 돈과 바꾼다. 아편과 여옥 사이에서 갈등하는 현일영은 아편을 택하게 된 것이다. 현일영과 여옥은 명일에게 있던 마음의 갈등이 타자화된 것이다. 여행 주체 속에 잠재되어 있던 내면 갈등이 두 사람의 모습을 통해 구체화되었다. 그것은 '나'의 양가적 심정이 형상화된

---

31 최명익, 앞의 책, 358쪽.

32 1930년대 중국과 만주에서는 아편과 마약의 수요가 엄청나게 증가하고 있었다. 일제는 철도를 이용하여 중국 각지에 아편을 판매한다. 아편의 수요가 점차 증가하자 일제는 1932년 만주국을 수립한 이후에는 아편전매제도를 실시한다. 당시 일제는 대외 침략으로 얻은 점령지와 식민지를 유지하기 위해 막대한 자금이 필요했다. 그리고 그 자금의 상당수를 아편을 팔아 충당하였다. 일제의 아편전매제도는 겉으로는 아편을 근절하는 정책인 것처럼 보이지만, 실제로는 '중독자의 치료를 위해 제한적으로 판매한다'는 명목 하에 아편의 판매를 종용하는 것과 같다. 아편중독자들의 절망 속에는 제국주의의 횡포가 은밀하게 내재되어 있었다. 일제의 아편정책에 관해서는 박강, 『20세기 전반 동북아 한인과 아편』, 선인, 2008을 참조할 것.

구체적 실체이기도 한다. 결국 현일영의 배신에 충격을 받은 여옥은 편지를 남기고 자살을 택한다.

> 아무리 염치 없는 저이지만 선생님에게 이런 괴로움까지는 안 끼치려고, (중략) 이런 추한 모양을 보이게 되옵니다. (중략) 야속한 생각이오나, 시체나마 생전에 아무런 인연도 없는 손으로 처리된다고 생각하오면, **너무 외롭고 무서웠습니다.** (중략) 현에게 버림받은 것이 분해서 죽는 것은 아니외다. **그저 외롭습니다.** 그렇다고 저의 지금 병(중독)을 고친댔자 다시 맑아진 새 정신으로 보게 될 세상은 생소하고 광막하기만 하여 **저는 더욱 외로울 것만 같습니다.** (중략) 지금 무엇을 숨기오리까. 요사한 말씀이오나 저는 선생님의 심정을 **완전히 붙잡을 수 없음**을 슬퍼하면서도 선생님을 잊으려고 노력할 밖에 없었습니다. 그러한 제가 이제 다시 선생님을 따라가 완인이 된댔자, 제 앞에 무슨 희망이 있을 것입니까 ─.[33] (강조:필자)

여옥이 명일에게 남긴 유서를 살펴볼 때, 여옥이 자살을 택한 데에는 크게 세 가지 요인이 작용하였다. 첫째는 사랑하는 사람에게 버림받은 여인의 외로움이다. 열정을 바치고 싶은 대상이라 믿으며, 파멸을 감수하면서까지 사랑했던 남자는 물건을 교환하듯 자신을 돈과 맞바꾼다. 이런 여옥을 떠올리며 명일은 여옥이 "제 심정을 바칠 곳이 없어" 죽었다고 생각한다.

둘째는 하얼빈이라는 공간에 대한 적응 실패를 들 수 있다. 근대화로 인해 하루바삐 변해가는 모습 속에 이방인으로 살아가는 여옥은 그 사회

---

33 최명익, 앞의 책, 362~363쪽.

에 발을 담그지 못한다. 빠르게 변화하는 세상 속에 고립되어 단절된 채 살아가는 여옥은 외롭다. 그 속에서 자신은 어떠한 열정도 발휘할 수 없다. 세상을 향해 나아가기에는 시대는 어둡고 자신은 병들었다.

셋째는 여옥의 성격 탓이다. 앞서 현일영의 사례가 그렇듯 여기서도 시대나 환경 탓이 아니라 개인의 탓을 강조한다. 결국 여옥이 외로운 것은 타자 의존적인 삶을 살면서 스스로가 삶의 주체가 되지 못하고 갱생에 대한 강한 의지나 선택 없이 자기 분열을 계속하고 있기 때문이다. 그런 여옥이 자살을 택한 것은 자신의 분열을 멈추고 싶기 때문이다. 여옥은 명일의 마음을 온전히 차지하지 못하는 것을 슬퍼하면서도 선뜻 명일 곁에 남으리라 확신하지 못한다. 따라서 여옥은 목숨을 버리는 것을 선택한다.[34]

여옥의 인당(印堂)에서 죽은 아내의 모습을 발견한 것은 무능한 남편을 사랑했던 여인들의 마음의 무늬가 같기 때문이다. 이는 한편으로는 아내들이 무능한 남편 때문에 희생된다는 것을 명일이 인정한 것이 되지만, 다른 한편으로는 결국 그 여인들의 '선택 그 자체를 인정'한 것이다.

「심문」에서 여행지에서 돌아옴의 과정을 생략한 것은, 갱생에 대한 주체의 의지나 열정만 있다면 새로 시작할 공간은 어디든지 열려 있다는 점을 강조하고자 하는 작가의 의도라 볼 수 있다.

---

34 이 밖에도 "변증법적 정지라는 살아 있는 순간을 발견하기 위해 여옥의 죽음이라는 서사적 장치를 사용한 것"으로 볼 수 있다. 이에 대한 자세한 논의는 이 책 6장을 참조할 것.

4. 마무리

이상의 논의를 바탕으로 할 때, 최명익 소설의 주인공들을 "하나같이 삶의 의욕을 잃어버리고 있거나 애써서 현실과 타협해서 살려는 意志力을 갖고 있지 않는 자포자기적이고 정신적인 결벽성의 人間"[35]이라고 부정적으로 보는 관점을 수용하기 어렵다. 오히려 「심문」의 주인공들은 "주체성이 강하여 애써서 현실과 타협하고 싶지 않은 강한 의지력을 갖고 있는 인물"이라고 볼 수 있다. 주체성이 강하다는 것은 자신이 세상과 직접 맞부딪쳐 보기 전에는 그 세계를 수용할 수 없는 것이다. 시대나 사회가 요구하는 방향을 일방적으로 수용하는 것이 아닌, 자신의 경험과 의지로 대상과 맞부딪쳐 만들어낸 경험과 깨달음만이 진정으로 자신을 변화시킬 수 있다. 「심문」에서 여행 주체인 명일은 여행지에서 타자와의 지속적인 만남에 의해 심각하게 달라져갔다. 명일은 여행을 통해 자신을 반성하고 더 근본적인 주체 재정립 의지를 드러낸 것이기도 하다. 그리고 이는 1930년대 여행소설의 가장 완결된 형태를 보여주는 것이라 볼 수 있다.

---

35 이재선, 『한국현대소설사』, 홍성사, 1979, 482쪽.

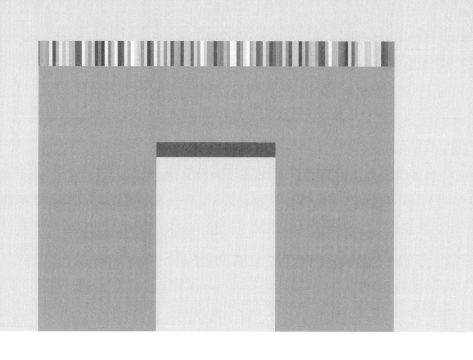

제6장
「심문」에 나타난 변증법적 정지와 깨달음

「심문」에 나타난 변증법적 정지와 깨달음

1. 머리말

「심문」은 1939년 6월 『문장』에 발표된 최명익의 대표작이다. 「심문」에는 근대적 시간의식에 대한 진지한 고민이 담겨 있고, 몽타주 기법과 브레히트(Brecht)의 서사극 원리와 같은 다양한 '정지기법'이 사용되고 있다. 또 이를 통해 소설 결말 부분에 변증법적 정지를 경험하게 되는 작품이다. 이 장에서는 「심문」에서 이른바 벤야민식 '변증법적 정지'가 어떤 과정을 거쳐서 확보되었나를 해명하고 그 변증법적 정지의 세계가 가지는 의의에 대해 살펴보고자 한다.

이를 위해 먼저, '심문(心紋)'이라는 제목이 어떠한 의미를 함축하고 있으며 그것이 주제의식과 어떻게 관련이 있는가에 대해 고찰해볼 필요가 있다. 기존 연구에서는 '심문(心紋)'을 단순히 "돌발적 이미지"로 보거나

---

1 전영태는 여옥의 죽음에 대해 "여옥이 죽었다고 해서 내가 얻은 결론은 아무 것도 없고,

"여옥이 현혁 자신도 잊어버린 옛날 투쟁 행위의 가치를 비록 홀로라도 애써 간직하면서 성심을 다했던 흔적"[2]으로 간주하거나 "고통과 갈등 혹은 폭력까지도 용납하는 그녀들의 넉넉한 포용성"[3]으로 보았다.

그러나 작품의 결말 부분, 명일이 죽은 여옥의 모습에서 심문을 발견했다는 점과, 이 소설의 제목 「심문」이 '무늬' 혹은 '마음결'로 해석할 수 있는 '이미지'를 제목으로 표명한 이유에 대한 좀 더 심도 깊은 고민이 요구된다. 그러기 위해서는 여옥의 죽음에 대한 탐구와 여옥의 죽음이라는 충격으로 인해 명일이 어떠한 깨달음에 이르고 있는가에 대해서도 주목해야 한다. 결국 그것은 이 소설의 주제의식에 대한 새로운 접근을 요구한다.

이 장에서는 「심문」을 '변증법적 정지의 세계 구축을 위한 모색과 그 완

'심문'이라는 돌발적인 이미지 뿐"임을 지적한 바 있다. 따라서 주인공은 "이제부터 나의 여로를 계속 하여야 한다"고 보고 있다. 전영태, 「최명익론:자의식의 갈등과 그 해결의 양상」, 『선청어문』 10, 1979, 117쪽.

그러나 이 소설에서 '심문'은 단순한 돌발적 이미지가 아니라 이 소설의 주제의식을 보여주는 중요한 상징이 된다. 뿐만 아니라 전영태의 견해에 따르면 주인공 명일의 깨달음은 미래를 향한 전환점을 모색하는 수단이 된다. 그리고 이때 중요한 것은 미래가 된다. 그러나 이 장에서는 이 작품이 미래를 준비하기 위한 수단으로서의 현재가 아니라 살아 있는 정지의 순간을 발견하는 것 그 자체에 목적이 있다고 본다.

2   장수익, 『그들의 문학과 생애—최명익』, 한길사, 2008, 67쪽. '여옥이 현혁(현일영) 자신도 잊어버린 투쟁 행위의 가치를 홀로라도 간직했다'는 주장은 여옥 역시 혁명에 대해 강한 믿음을 가지고 있다는 것을 의미한다. 하지만 필자는 이 소설에서 여옥이 간절히 희구하는 것은 혁명이 아니라 현혁과의 진실한 사랑이었다고 본다. 현혁이 혁명가가 되기를 그만두었다고 하더라도 그가 진실한 마음으로 자신을 사랑했다면 여옥은 굳이 죽음을 택하지는 않았을 것이다. 하지만 여옥은 현혁이 아편을 사기 위해 자신과 돈을 맞바꾸는 행위를 목격하고 그 절망감으로 죽음을 택할 수밖에 없었던 것이다.

3   정호웅, 『문학사 연구와 문학 교육』, 푸른사상, 2012, 104~105쪽.

성'의 과정으로 본다. 이러한 관점에 따르면 작가가 여옥의 죽음이란 갑작스런 결말을 선택한 이유와, 주인공 명일이 죽은 여옥의 모습 속에 비치는 심문을 발견하게 한 의도가 무엇인지에 대해 해명할 수 있다.

한편, 「심문」에는 시간인식에 대한 진지한 고민이 담겨 있다. 필자는 이 책 1장에서 최명익의 「비오는 길」에 나타난 사진의 상징성에 주목하여 시간 정지의 가능성을 타진한 바 있다. 거기서 필자는 발터 벤야민의 시간이론을 근간으로 하여 시간 정지의 구조와 의미를 살폈다.

「비오는 길」은 시간 정지를 사용하는 대표적인 매체인 사진을 중요한 모티프로 활용하면서 시간 정지의 가능성을 모색했다고 할 수 있다. 그러나 「비오는 길」은 시간 정지의 가능성을 내비치고 있을 뿐, 시간 정지를 이루는 전략과 과정을 명료하게 제시하지는 못하였다. 그러나 최명익은 「비오는 길」을 창작한 이후에도 시간 정지의 가능성과 그 깨달음의 관계를 계속 모색하였다고 할 수 있다. 그리고 「심문」에서 그 가능성을 어느 정도 확인한 것으로 보인다.[4]

「심문」의 인물들은 과거에 대한 강한 집착을 드러낸다. 과거 회귀적인 태도 때문에 그들은 근대화의 흐름에 적응하지 못한다. 하지만 그들이 지닌 시간의식에 대해서는 좀 더 진지하게 탐구해볼 필요가 있다. 가령, 현일영이 명일에게 자신의 처지를 설명하면서 늘어놓는 시간의식에 대해 기존 연구에서는 충분히 해명하지 못하고 있다. 또, 작품 결말 부분에서

---

4 최명익이 「심문」 이후 쓴 소설로는 「장삼이사」가 있다. 「장삼이사」 속에는 이전에 지녔던 최명익 소설의 문제의식이 전혀 담겨 있지 않다. 이 소설은 최명익이 리얼리즘 작가로 가는 길목에서 창작된 소설이라 할 수 있다. 「심문」이 창작된 이후 최명익은 「맥령」, 「서산대사」 등을 창작하며 북한의 당정책에 의해 리얼리즘 소설가로서의 길을 간다.

명일이 깨달음을 얻는 이유와 그것이 시간의식과는 어떠한 관련이 있는 가에 대해서도 진지하게 살펴보아야 할 것이다. 이 소설을 변증법적 정지의 세계를 구축하기 위한 과정으로 인식한다면 작가가 이 과거라는 시간을 문제시한 이유가 무엇인지, 그것이 주제의식과 어떠한 관련이 있는지를 더 잘 이해할 수 있을 것이다.

이 장에서 기반하고 있는 벤야민의 변증법적 정지의 세계란 어떠한 인식에 대해 주체와 타자가 대립하는 의견을 팽팽하게 교환하고 종합하여 새로운 제3의 의견을 도출해내는 헤겔의 사변적 변증법의 세계와는 다르다.[5] 그것은 정지의 순간과 이미지에 주목한다는 점에서 논리적 의견을 도출하고 종합을 추구하는 헤겔의 변증법적 사고와 큰 차이가 있다.

벤야민의 변증법은 '역사의 매순간이 위기의 순간이라는 관점에 따라, 역사의 전 과정을 총체성으로서의 이념으로, 동시에 개별 역사적 시대를 단자로서의 이념으로 보는 사유방법론이다. 정지 상태의 변증법에서 가장 중요한 점은 극단들이 대치하게 함으로써 빚어내는 긴장의 순간이고,

---

5 최명익이 작품 활동을 활발하게 하던 1930년대 후반은 파시즘의 탄압이 강화되면서 카프가 해체되고 신문과 잡지의 검열이 강화되어 작가들이 어떤 지면에서든 자신의 목소리를 분명하게 낼 수 없는 시기였다. 이러한 시대 현실을 고려할 때 논리적 변증법의 세계에 도달하는 설정은 애당초 불가능한 접근이 아닌가 한다. 작가는 이러한 논리적 세계의 도달의 불가능성을 이야기하기 위해 작품 속 인물들을 몸이 아프거나 정상적인 사고를 할 수 없을 만큼 타락하거나 지쳐 있는 상태로 설정한 것으로 보인다. 작가는 이러한 인물 설정을 통해 그들이 새로운 삶을 살기 위해서는 현실에서 새로운 각성이 있어야 한다는 각성의 필요성을 제시한다. 그리고 그 방법의 하나로 벤야민의 정지 상태의 변증법을 제시한 것으로 보인다.

그 긴장의 순간을 사유가 붙잡고 의식적으로 파고드는 것이다.'[6]

벤야민의 정지 상태의 변증법은 세 가지 특징을 지닌다. 첫째는 몽타주 혹은, 이미지와 깊은 연관이 있다. 둘째는 정지의 순간을 중요시한다. 벤야민이 정지의 순간을 중요하게 생각하는 것은 정지의 순간으로 인해 발생되는 충격으로 자신의 사고나 가치관에서부터 깨어나는 각성의 과정을 중시하기 때문이다. 셋째는 시간인식에 대한 고려가 반영된다는 점이다.

벤야민의 변증법은 "과거와 현재가 철저하게 상호 침투하고 있는 형상들"이라는 시간인식과 밀접하게 관련이 있다. 그는 이쪽과 저쪽의 대립의 관점이 아니라 과거−현재−재현재화에 기초한 통합의 관점을 형성하고자 하였다. 과거에만 머물러 있었던 사건들이 어떤 시선에 의해 현재와 관계 맺고 발현되면, '과거와 현재가 섬광처럼 통합되어 하나의 성좌를 이루는 신비로운 순간'을 경험한다. 또 그것을 기반으로 하여 과거에 겪었던 사건들이 지금 현재의 존재가 되어 번쩍이게 된다. 이 순간이 바로 '신비로운 변증법적 정지'의 순간이다.

이때 맞이하게 되는 변증법적 정지의 순간은 인물과 인물 사이에서 얻어지는 의견의 합이 아니라 한 개인의 내면에서 이루어지는 것이다. 한 개인이 자기 과거를 돌아보고 현재와 통합하는 경험을 뜻하는 것이다. 따라서 이는 자신의 지난 삶에 대한 총체적인 반성의 귀결점이기도 하다. 그것을 「심문」에 적용해보면, 여옥의 죽음이라는 사건을 통해 명일이 깨달음으로 나아가는 것과도 결부된다.[7]

---

6   강수미, 『아이스테시스』, 글항아리, 2011, 46쪽.
7   근대화로 인한 속도의 시대에 시간에 대한 문제의식 없이 살아간다면, 명일 역시 현일

최명익은 삶의 방식과 생의 감각을 회복하는 것에 큰 관심을 두고 소설을 창작하였다. 이 글은 그런 지향점을 가진 최명익이 소설 세계를 통해 도달하고자 한 지점이 벤야민의 변증법적 정지의 순간을 닮았다는 것에 착안한다. 벤야민의 변증법적 정지 순간의 형성과 포착의 과정을 참조하여, 「심문」의 변증법적 세계관과 결말처리의 함의를 새롭게 해명하고자 한다.[8]

2. 변증법적 정지의 기반

「심문」은 다양한 알레고리와 몽타주 기법을 사용한다. 또, 작가의 개입이 빈번하게 이루어지는 브레히트 서사극의 원리를 사용하여 익숙한 것들을 정지시키고 차단시킨다. 「심문」에서 변증법적 정지는 결말 부분인 여옥의 죽음에서 두드러지게 실현되지만, 그것은 결말 부분에 와서 갑자기 이뤄진 것은 아니다. 작가는 소설의 전반부에서 끊임없이 '정지'의 전략을 사용하고 있다.

영처럼 타락한 삶을 살게 되거나 여옥이처럼 자살을 택할 수밖에 없게 된다. 따라서 변증법적 정지의 순간을 목격하여 새로운 삶을 설계해야만 하는 필요성이 야기된다.

8 최명익이 해방 전에 창작한 소설 중 단 세 편을 제외하고는 모두 동일한 문제의식을 공유한다고 볼 수 있다. 「비오는 길」(1936.4~5.), 「무성격자」(1937. 9.), 「역설」(1938.2.), 「폐어인」(1939.2~3.), 「심문」(1939.6.) 등으로 이어지는 창작 순서는 변증법적 정지의 순간에 도달하는 일련의 과정에 대응한다. 이는 최명익 소설들을 변증법적 정지의 순간을 모색하는 과정으로 파악하려는 이 장의 방법론이 유의미하다는 것을 암시한다.

벤야민의 사상 역시 "중단의 미학과 정치학"[9]으로 특징지어진다. "벤야민의 변증법은 '매개'나 '지양'의 자리에 '전회(轉回)'를 설정하여 부각시킨다. '전회'는 '극단들' 사이에서, 그것도 '중단'의 순간에 일어난다. 중단이 가져오는 효과는 무엇보다 놀라움이고 충격이다."[10] "벤야민의 중단적 사고는 그의 전 저작에서 다양한 형태로 등장한다. 알레고리, 혁명, 꿈과 깨어남의 변증법, 몽타주 기법, 브레히트적 서사극, 파괴적 성격 등이 그것이다. 이러한 중단적 사고는 무엇보다 연속성의 가상을 폭로하고 파괴하는 기능을 갖는다."[11]

이러한 중단적 사고는 자신이 인식하고 있던 가치관이나 기존 환경에 대한 새로운 접근을 필요로 한다. 벤야민은 이를 '파괴적 성격'으로 명명하고 있다. "파괴적 성격은 단 하나의 구호만을 알고 있는데, 그것은 공간을 만드는 일이다."[12] 달리 말하면, "파괴적 성격은 과거의 모든 사물 가치 장애물 유습 등을 파괴함으로써 앞으로 나아갈 수 있는 새로운 공간을 창출하는 힘이다. 파괴의 작업이 필요한 이유는 이미 구축된 이데올로기를 파괴하기 위해서이다. 이 파괴의 과정을 통해 가치를 새롭게 해석하고 배치함으로써 지나간 사건들을 지금의 맥락에서 재구성하고자 한다."[13] 결국 벤야민에게 있어 파괴라는 새로운 것을 창출하기 위해 필수불가결한 조건이다.

---

9   최성만, 「벤야민에서 중단의 미학과 정치학」, 『문예미학』 제8호, 2001, 103쪽.

10   위의 논문, 103쪽.

11   위의 논문, 104쪽.

12   발터 벤야민, 반성완 역, 「파괴적 성격」, 『발터 벤야민의 문예이론』, 1983, 27쪽.

13   김홍중, 「발터 벤야민의 파상력(破像力) 연구」, 『경제와 사회』 제73호, 2007, 271쪽.

「심문」 역시 그러하다. 무기력하게 생활하는 주인공이 그 생활에서 벗어나기 위해서는 자신을 둘러싸고 있는 가치 체계나 환경을 새롭게 만들려는 안목이 필요하다. 그러나 그것이 지금 자기가 익숙해져 있는 생활에서는 불가능하다. 따라서 주인공은 여행을 계획한다. 그 여행지로는 새로운 자극과 가능성이 기다리고 있는 도시인 하얼빈을 택한다.

> 지금 가는 하얼빈에는 옛 친구 이군이 착실한 실업가로 성공하였으므로 나도 그를 배워 일정한 직업과 주소를 갖게 될지 모른다고 무슨 큰 포부를 지닌 듯이 그 자리를 꿰맬밖에 없었다. 그러나 이런 내말이 전연 거짓이랄 수도 없는 것이다. 사실 나는 일정한 직업과 주소도 없는 지금의 생활이 주체스러워 견딜 수가 없는 것이다. (중략) 근 10년 전에 만주로 표랑하여 지금은 실업가로 일가를 이루었다는 이군을 만나서 혹시 생활의 새 자극과 충동을 얻게 된다면 만행일 것이다.[14](166쪽, 168쪽)

명일은 "생활의 새 자극과 충동을 얻"고자 한다. 새로운 출발을 위해서는 기존에 지녔던 가치관이나 사고, 관습의 파괴가 이루어져야 한다. 파괴된 것들은 파편을 남긴다. '이러한 파편들을 재료로 새롭게 배치하여 가치를 구축하는 자가 벤야민적 편집가, 즉 몽타주의 주체이다.'[15] 결국 몽타주는 전체를 부분들로 조각내거나 해체해서 새롭게 재구성하는 것이다. 「심문」에서는 이러한 몽타주 기법을 반복해서 사용하여 주인공 명일

---

14 최명익, 「심문」, 『비오는 길』, 문학과지성사, 2010. 다음 인용 시 쪽수만 표기.
15 김홍중, 앞의 논문, 274쪽.

의 사고를 해체하고자 한다.[16] 그것은 편하고 자연스럽고 자동화된 것이 아니라 반자동화기법을 사용하고 있다.[17]

벤야민은 대상을 바라볼 때, "감정이입이나 '추체험'의 방법을 엄격하게 거부한다. 대신에 진정한 관조(wahre Kontemplation)의 태도를 내세운다. 이는 주관적 감정의 연속성을 끊임없이 중단시키면서 사유를 대상에 접근시키는 것이다."[18] 이러한 주관적 감정의 연속성을 끊임없이 중단시키는 관조가 「심문」에서는 주인공 명일이 하얼빈으로 향하는 특급 차창 밖의 풍경묘사에 나타난다.

> 시속 오십 몇 킬로라는 특급 차창 밖에는, 다리쉼을 할 만한 정거장도 없이 흘러갈 뿐이었다. 산, 들, 강, 작은 동리 (중략) 나는 그러한 망상의 그림을 눈앞에 그리며 흘러갔다. (중략) 그처럼, 내가 탄 특급의 속력을 '무모(無謀)'로 느끼고, 뒤로 뒤로 달아나는 풍경이 더 물러갈 수 없는 장벽에 부딪쳐 한 폭 그림이 되고 폐허에 버려둔 듯한 열차의 사람들도 한 터치의 오일이 되고 말리라고 망상하는 것은 한 번도 가 본 적이 없는 곳으로 달려가는 이 여행의 스릴로서 내게는 다행일지언정 그리 경멸할 착각만은 아닌 듯 싶었다.(164~166쪽)

---

16 대표적인 것으로는 여옥과 혜숙의 모습이 교차되는 몽타주이다. "나는 간혹 여옥이의 얼굴에서 죽은 내 처의 모습을 발견하게 되는 것이 반갑고도 슬픈 것이었다. (중략) 그러한 모델을 대하는 제작자인 나라, 이중의 관찰과 이중의 인상으로 갈피를 잡을 수 없는 몽타주가 현황히 떠오르는 캔버스 위에 애써 초점을 맞추어 한붓 한붓 붙여가노라면, 나타나는 것은 눈앞의 여옥이라기보다, 내 머리 속의 혜숙이에 가까워지므로 나는 화필을 떨어치거나 던질밖에 없었다. 처음 그런 때 여옥이는, (중략) 내가 채 지워버리지 못한 그림을 보자 그것은 누구야요? 아마 선생님의 옛꿈인 게죠? 하였던 것이다."(172쪽)

17 김홍중, 「러시아 모더니즘 문학과 몽타주 이론」, 『슬라브학보』 제22권 3호, 2007, 55쪽.

18 위의 논문, 105쪽.

인용문에서 명일은 특급 열차를 타고 창밖의 풍경을 관찰하고 있다. 그가 보는 것은 기차 밖 풍경이 아니다. 그는 그저 기차의 속도를 향유하고 있을 뿐이다. 그러나 그는 이러한 속도에 대해 한편으로는 '여행의 스릴로서 다행'이라고 여기기도 하듯 이에 대해 온전히 부정적이지만은 않다. 그의 이러한 태도는 그동안 자신을 억누르고 있던 사유를 얽매임 없이 놓아주는 행위이다. 달리 말하면, 새로운 질서를 재구축하기 위해 자신이 기존에 지니고 있던 생각이나 가치관을 자유롭게 놓아두는 단계이다. 그는 특급 열차 속에서 창밖 풍경을 통해 그동안 자신을 짓누르고 있던 주관적 감정의 연속성을 차단해간다. 속도의 시대에 대해 불안하면서도 그 속에서 일종의 새로움을 경험하기도 한다.

이는 벤야민이 말하는 관조의 태도와 관련이 있다. 벤야민에게 관조는 "의도가 부단히 흘러가는 것을 포기"하고, "사태 자체로 끊임없이 되돌아가는 것"[19]이다. 결국 명일이 창밖 풍경을 관조하는 태도는 어떠한 것에도 얽매이지 않고 사건 그 자체로 되돌아가기 위해 의도(意圖)를 내려둔 것이라 할 수 있다. 따라서 그는 자신의 의도나 판단에 대해 강한 확신을 가지지 않으면서 자신을 내려둘 수 있는 여지를 남겨둔다.

이러한 그에게 국경 가까운 곳에서 이동 경찰이 차표와 명함을 요구하는 사건은 다시 한 번 연속적인 사고의 중단을 야기한다. 경찰은 명일에게 명함을 요구하며 직업과 주소를 묻는다. 이는 명일이 관조를 멈추고 김명일이라는 이름으로 살아야 하는 코드화된 세상 속 일원으로 돌아가기를 요구하는 것을 의미한다. 그렇다고 해서 그가 코드화된 세상 속에

---

19 최성만, 앞의 논문, 105쪽.

살아가며 그 가치 체계를 일방적으로 따르지만은 않는다. 대부분 최명익 소설의 주인공이 그렇듯이 명일 역시 "외부로부터 어떤 미적 규범에 따라 판단하는 대신 그 자체를 매체로 삼아 무한한 성찰을 그 안에서 전개"[20] 하는 인물이기 때문이다. 명일은 외부의 어떤 미적 규범에 따라 판단하는 것이 아니라 그것에 대해 일정한 거리를 유지하고자 하며 그 과정을 통해 완전한 감정 몰입을 차단하고자 한다.

이는 작품 중반부에서 사용하고 있는 브레히트의 낯설게하기 전략으로도 나타난다.

> 내 이번 여행은, 앞서도 한 말이지만 역시 전과 다름없는 방랑이라 어떤 기대를 가졌던 것은 아니지만 그러나 이같이 우울한 여행인 줄은 몰랐다. (중략) **나의 이 여행기는, 그런 건전하고 명랑한 기록은 아니다. 내가 치우쳐 침울한 이야기만을 즐겨한다거나 이야기로서의 소설적 흥미와 효과만을 탐내 그런 것은 물론 아니다.**(177쪽) (강조:필자)

> 그래서 나 역시 정한 시간에 여옥이를 찾아가기로 하였다.**(독자 중에는 이 '그래서 나 역시……'라는 말에 불쾌를 느끼고, 그만한 것을 동기나 이유로 행동하는 나를 경멸하는 이가 있을는지 모를 것이다. 사실은 나는 그러한 독자를 상대로 이 여행기를 쓰는 것이다.)**(180쪽) (강조:필자)

사고의 정지는 '의도가 부단히 흘러가게 하는 것을 차단하게 하는 행위'이다. 이는 우리가 일반적으로 지니는 자동화된 사고와 관습들에서 벗어나 새로운 순간이나 감정을 경험할 수 있게 해주는 것임과 동시에 의식의

---

20 최성만, 앞의 논문, 105쪽.

각성을 가능하게 하는 것이다. 그리고 그것은 주체로서의 자리를 되찾게 해주는 행위이다.

위 인용문에서 최명익은 작품 속에서 걸어 나와 독자들에게 질문과 답을 동시에 제시한다. '작자 자신을 경멸하는 이가 있을 것이고 그러한 독자를 상대로 이 여행기를 쓴다'고 하는 것을 보면 명일의 삶의 태도에 부정적인 느낌을 가지는 독자들이 이 글을 통해 새로운 가치를 깨닫기를 소원하고 있다는 것을 알 수 있다. 따라서 작가는 독자들이 이 작품에 단순히 몰입해서 읽기를 권하지 않고 사고의 정지와 차단을 통해 독자들 스스로 삶에 대한 어떤 각성을 이루기를 소망하고 있는 것이다. 작가는 자기 식으로 소설을 쓰고 말 것이 아니라 독자에게 변증법적 정지의 순간을 목격하도록 할 것이며, 다른 한편으로는 이 소설이 그러한 순간을 맞이하면서 끝이 날 것이라는 것을 암시하고 있는 것이다.

이렇듯 최명익은 「심문」의 전반부에서 몽타주 기법과 낯설게하기 전략을 통해서 끊임없이 정지와 차단을 시도했다. 이는 결국 후에 있을 변증법적 정지의 순간을 이끌어내기 위한 복선이자 장치라 할 수 있다.

3. 「심문」에 나타난 변증법적 정지

3.1. 변증법적 시간관

「심문」의 주인공 명일은 하얼빈에서 두 명의 의미 있는 타자를 만나게 된다. 한 명은 한때는 자신의 연인이었고 지금은 삼류 카바레의 댄서로 있는 여옥이고, 또 다른 한 명은 한때 혁명가였으며 지금은 여옥의 애인 이자 마약중독자이며 자포자기 상태로 살아가는 현일영이다.

「심문」에는 시간에 대한 언급이 재차 반복되며 등장인물들 역시 독특한 시간관념을 피력한다. 명일과 여옥과 현일영은 근대화의 표상인 속도의 시대에 철저하게 소외된 인물이라 할 수 있다. 그들은 독특한 시간관을 가지고 있다. 그들은 모두 과거를 지향한다. 그들이 지닌 과거지향적인 시간의식 때문에 근대화의 속도에 적응하지 못하고 결국 소외되는 결과를 야기했다고 볼 수 있겠지만 그렇게 절망적으로만 볼 수 없다. 왜냐하면 그들에게 과거는 기대이자 염원의 대상이기 때문이다. 다르게 보면 그들은 과거의 그 경험을 다시 한 번 재경험하기를 희구하는 자들이다. 과거의 경험을 재경험하면서 그 경험이 무기력한 현실의 삶에 새로운 자극이 되기를 바라고 있다. 그러나 현실에서 그런 기회를 얻지 못한 그들은 모두 각자의 '옛 꿈'에 젖어 있다.

먼저 명일의 '옛 꿈'은 혜숙이다. 이는 명일이 여옥이를 그리려 하면 할수록 '캔버스 위에 나타나는 것은 눈앞의 여옥이라기보다 자신의 아내인 혜숙의 모습에 가까워지는' 것을 보고 여옥이 '선생님의 옛 꿈인 거죠?'라고 묻는 과정을 통해서 알 수 있다. 그는 살아생전 아내가 보여주었던 평온함을 그리워한다. 그가 간절히 바라는 것은 살아생전 아내가 보여주었던, 흔들리는 자신을 지탱해주는 온화함 혹은 보살 같은 평온함이다. 그런데 그런 아내가 죽자 그 평온함을 잃어버리고 그는 몹시도 심하게 흔들린다. 그가 가장 간절히 바라는 것은 죽은 아내가 자신에게 보여주었던 그 온화함이다.

반면 여옥에게 있어 '옛 꿈'이란 훼손되지 않은 온전한 사랑이다. 하지만 명일과의 사이에서나 현일영과의 사이에서도 제대로 된 사랑을 경험하지 못한다. 그들은 그녀에게 온전한 사랑을 다 주지 못하고 반쪽짜리 사랑만 주기 때문이다.[21] 하지만 그렇다고 해서 여옥은 그 사랑을 포기할 수도 없다. 때문에 여옥은 집착과 애정 사이에서 고민하다 심한 신경증을 앓았으며 마침내 아편을 가까이하기도 한다.

한편, 「심문」에 나타나는 인물 중 가장 주목해야 할 인물은 현일영이다. 그는 한때 좌익 이데올로기의 중심에 있었다. 현일영의 옛 꿈은 투쟁하던 시기 신념에 따라 행동하던 자신의 모습이다. 하지만 그는 전향 선언 후 '자신을 철저히 모욕하는 것으로 자신이 받은 모욕감을 씻고자' 하며, 타락한 삶을 살아간다. 투쟁하던 시절의 자신의 모습을 그리워하면 할수록 현재의 자신의 처지를 비관하고 조롱한다.

이 중, 특히 주목할 것은 현일영의 다음과 같은 시간인식에 대한 발언이다.

> 역사적 결론의 예측이나 이상은 언제나 역사적으로 그 오류가 증명되어왔고 진리는 오직 과거로만 입증되는 것이므로, 현재나 더욱이 미래에는 있을 수 없다는 것이다. 그러므로 사람의 생활은 그런 이상을 목표로 한다거나, 그런 진리라는 관념의 율제를 받아야 할 의무도 없을 것이요 따라서 엄숙하랄 것도 없다는 것이다. 그뿐 아니라 사람은 허무한 미래로 사색적 모험을 하기보다도 거짓 없는 과거로 향하는 것이 현명하다는 것이다.(202~203쪽)

---

21 가령, 명일은 여옥을 가까이에 두고 있지만, 그의 머릿속에는 죽은 혜숙에 대한 기억으로 가득하다. 현일영도 마찬가지이다. 여옥은 현일영을 사랑했지만, 현일영은 여옥의 사랑보다는 여옥이 벌어다 주는 돈으로 아편을 구입할 수 있는지 유무에 더 큰 관심이 있었다.

현일영은 "사람은 허무한 미래로 사색적 모험을 하기보다도 거짓 없는 과거로 향하는 것이 현명하다"는 생각을 지니고 있다. "진리는 오직 과거로만 입증되는 것이다"라는 현일영의 관점은 벤야민의 변증법적 정지의 시간관과 밀접하게 연관되어 있다.

> 과거는 구원을 기다리고 있는 어떤 은밀한 목록을 함께 간직하고 있다. (중략) 우리들 귀에 들려오는 목소리 속에서는 이제 침묵해 버리고 만 목소리의 한 가락 반향이 울려 퍼지고 있는 것은 아닐까? (중략) 만약 그렇다면 과거의 인간과 현재의 우리들 사이에는 은밀한 묵계가 이루어지고 있는 셈이고 또 우리는 이 지구상에서 구원이 기대되어지고 있는 셈이다. 그렇다면 앞서 간 모든 세대와 마찬가지로 우리들에게도 희미한 메시아적 힘이 주어져 있고, 과거 역시 이 힘을 요구할 권리를 가지고 있는 것이다.[22]

인용문에 따르면 벤야민은 우리에게 있어 진정한 행복은 과거 속에서 존재할 수 있으며 과거라는 것은 흘러간 시간이 아니라 구원을 기다리고 있는, 아직 구원받지 못한 채 판단 보류 상태로 놓인 것이자 에너지의 원천으로 인식한다. 그에 따르면 "과거로부터 희망의 불꽃을 점화할 수 있는 재능"을 가진 자, 혹은 스쳐지나가는 과거의 이미지를 꼭 붙잡아야 하는 의무를 부여받은 자는 메시아뿐만 아니라 우리 자신이 될 수도 있다. 과거를 과거로 간주하지 않고 언제까지나 그것을 꼭 잡고 현재화할 수 있을 때 역사는 진보하고 도약할 수 있다.[23] 그러나 현일영은 과거로부터 희

---

22 발터 벤야민, 반성완 역, 「역사철학테제」, 『발터 벤야민의 문예이론』, 1983, 344쪽.

23 "과거의 진정한 像은 휙 스쳐 지나가 버린다. 다만 우리는, 그것이 인식되어지는 찰나

망의 불꽃을 점화하지 못하였다. 그것은 그의 말로 진술하듯 나약하고 자포자기하고 마는 자신의 성격 탓이다.[24]

이 소설에서는 끊임없이 과거의 중요성과 그것의 현재화를 강조하고 있다. 이를 위해 박물관이라는 공간을 설정하였지만,[25] 박물관 안은 휑하고 황량했다.[26] 이는 과거를 현재화하고자 하는 노력의 부재를 의미한다. 그렇다고 해서 명일은 과거를 가볍게 치부하거나 그 가치를 폄하하지 않는다. 그는 "차근차근히 보고 싶은 이 역사를 이렇게 설질러 놓으면 또다시 와볼 용기가 있을까"[27] 하고 되물으며 과거에 대해 신중한 접근의 태도

에 영원히 되돌아올 수 없는 다시 사라져 버리는, 마치 섬광처럼 스쳐 지나가는 상으로서만 과거를 붙잡을 수 있을 뿐이다. (중략) 왜냐하면 현재에 인식되지 못했던 과거의 상은 언제든지 현재와 함께 영원히 사라져 버릴 위험에 직면해 있기 때문이다." 위의 책, 345쪽.

24 "말하자면 아무런 시대나 환경이라도, 사람을 타락시킬 힘은 없다고 봅니다. 그 반대로 타락하는 사람은 어떤 시대나 환경에서든지 저 스스로 타락하고야 말, 성격적 결함이 있는 것입니다. 그래서 나는 내 환경을 저주하거나 주제넘게 시대를 원망할 이유도 용기도 없습니다. 오직 내 약한 자포자기하게 된 내 성격을 저주하는 것뿐입니다."(193쪽)

25 "지나가던 길에 들러본 박물관에서는 나 역시 여옥이에 덩달아 재채기만을 하고 나왔다. 우중충한 집 속에 연대순으로 진열된 도자기나 불상이나 맘모스의 해골이 지니고 있는 오랜 시간이 횡한 찬바람으로 느껴질 뿐이었다."(186~187쪽)

26 필자는 한때 「심문」에서 과거의 의미를 현재와 대립되는 시간관으로 인식한 바 있다. 따라서 여옥과 명일이 박물관을 택한 것은 과거는 지나간 것일 뿐, 현재에는 아무 힘이 없다는 것을 드러내는 작가의 알레고리로 간주한 바 있다.(김효주, 「1930년대 여행소설 연구」, 영남대학교 박사학위논문, 2011, 109쪽) 그러나 「심문」을 변증법적 정지의 순간의 목적에 중점을 두고 논의를 구체화한 결과 과거는 '그저 흘러가버린 무언가가 아니라 그것을 끌어올려 재현재화해야 하는 무엇'이다.

27 최명익, 앞의 책, 187쪽.

가 필요함을 보여준다.

이는 '우리에게 열린 상태로 남겨진 것은 미래가 아니라 오히려 과거이며, 과거 속에 숨겨진 가능성들, 구원의 계기들, 희망의 씨앗들을 다시 발견하지 못하는 한에서 결코 미래로 나아갈 수 없다.'[28]는 것을 암시하는 행위이다. 벤야민에 따르면 과거는 구원을 기다리고 있는 어떤 은밀한 목록을 함께 간직하고 있다.[29] 그것이 구원을 받기 위해서는 현재에 새로운 인식이 수반되어야 함을 의미한다. 그 순간 시간과 사고가 정지되면 과거는 더 이상 과거에 존재했던 것으로서 고정된 것이 아니며 의식의 각성 혹은 깨달음을 가능하게 하는 현재의 장이 될 수 있다.[30]

그러나 현일영에게서 그것이 가능하지 못했다. 그에게는 각성의 단계가 없었기 때문이다. 그는 과거를 현재화하지 못하고 그저 소비하듯이 살아왔다. 결국 작가는 몰락한 자포자기자인 현일영의 모습을 통해 구원으로서의 과거와 각성으로서의 현재의 중요성과 필요성을 보여주고자 한 것이다.

3.2. 변증법적 이미지

한편, 변증법적 정지는 "현상의 요소들이 부단히 생성, 전개되어 가는 과정에서 그것들이 이루는 모순과 긴장에 찬 관계가 사고의 중단이라는

28 김홍중, 앞의 논문, 283~284쪽.

29 발터 벤야민, 반성완 역, 앞의 책, 344쪽.

30 양종근, 「자본주의의 유년 시대에서 예술의 위기와 가능성을 읽다–발터 벤야민의 문화예술론과 마르크스주의」, 『열린정신 인문학 연구』 제9집 1호, 2008, 104쪽.

충격을 받았을 때 결정(結晶)되는 성좌 이미지로 나타난다."[31] 「심문」에서 그런 이미지는 여옥과 죽은 아내 혜숙의 모습에서 만들어진다.

> (가) 나는 간혹 여옥이의 얼굴에서 죽은 내 처의 모습을 발견하게 되는 것이 반갑고도 슬픈 것이었다. 여옥이의 중정과 인당은 20여년 평생에 한 번도 찌푸려본 적이 없는 듯한 것이다. 혜숙이 역시 죽은 그 얼굴까지도 가는 주름살 작은 티 한 점 없이 맑고 너그러운 중정과 인당이었다. (중략) 영롱한 구슬같이 맑고 도타운 그 수주는 마음의 어떠한 물결이든 이모저모를 눌러서 침정하는 모양으로 그의 예절이 더욱 영롱할 뿐 아니라, 방종에 거친 나의 마음도 **온후한 보살상**의 귀를 우러러보는 때처럼 가라앉는 것이었다. 나는 그때도, 혜숙이의 귀보다 좀 작고 작기는 하나 같은 모양으로 영롱한 여옥이의 귀를 바라볼 때(171쪽) (강조:필자)

> (나) 나는 여옥의 유서를 읽고 다시 침실로 들어갔다. **한 점의 티가 가는 한 줄기 주름살도 없는 여옥의 인당을 들여다보면서 죽은 내 처 혜숙이의 그것을 다시 보는 듯이 반갑기도 하였다.** 그 영롱한 인당에 그들의 아름다운 심문(心紋)이 비쳐 보이는 것이다. 여옥이는 그러한 제 심정을 바칠 곳이 없어 죽었거니! 나는 그러한 여옥이의 심정을 받아들일 수 없었거니! 하는 생각에 자연 북받쳐 오르는 설움을 참을 수 없었다. 나는 그 싸늘한 여옥이의 손을 이불 속에 넣어주면서 갱생을 위하여 따라 나서기보다, 이렇게 죽어가는 것이 여옥이의 여옥이다운 운명이라고도 생각하였다.(220쪽) (강조:필자)

(가) 인용문에서 명일은 죽은 아내 혜숙에게서 온후한 보살상을 떠올린

---

31 양종근, 앞의 논문, 113쪽.

다. 그리고 혜숙의 신체부위 중 보살의 너그러움을 상징하는 '귀'라는 부분에 특별한 관심을 보인다. 한편, 그는 여옥의 모습에서 죽은 자신의 아내 혜숙의 모습을 발견하기도 한다. 여옥의 귀는 자신의 아내 혜숙의 귀보다는 작지만 영롱하다. '여옥의 귀가 자신의 아내 혜숙의 귀보다 조금 작다'는 것은 여옥이는 혜숙처럼 명일의 모든 부분을 너그러이 감싸주지는 못했음을 뜻하는 것이다. 그러나 그런 여옥의 모습 속에서 혜숙을 발견할 수 있었던 것은 여옥과 혜숙이 공통점이 있다는 것을 전제로 한다. 그것은 여옥에게도 혜숙이 지니고 있었던 온후함이 존재하고 있음을 암시한다. 이러한 판단은 작품 결말 부분인 (나)에서 기정사실로 드러난다.

(나) 인용문에서 두 가지 점을 유의한다. 하나는 죽은 여옥의 모습에서 아내 혜숙의 모습을 발견한 이유이고, 다른 하나는 그들의 인당이라는 부분에 주목하는 이유가 무엇인가라는 점이다.

죽은 여옥의 모습에서 혜숙의 모습을 발견했다는 것은 두 가지 관점에서 생각할 수 있다. 먼저, 명일의 입장에서는 여인들이 무능한 남편들 때문에 희생된 것을 인정한 부분이라 할 수 있다. 무능한 남편을 사랑했던 여인들의 마음의 무늬[心紋]가 같기 때문에 작가는 헌신적인 그녀들을 자비를 베푸는 존재로 설정한 듯 보인다.[32] 또 얼굴 중 '인당' 부분에 초점을 맞추었다는 점도 주목할 만하다. 인당은 사람의 정신이 바깥 세계의 초월적 정신과 통하는 지점으로서 사람이 깨어 있을 때는 의식의 중심이 되고 잠이 들거나 죽으면 영혼의 중심지점이 된다. 여옥과 혜숙의 주검에서 인당을 포착하고 거기서 심문을 발견한다는 것은, 이들이 비록 죽음이라는

---

32 김효주, 『한국 근대 여행소설 연구』, 역락, 2013, 188~189쪽.

극단적인 선택을 했지만 그 죽음을 통하여 시간의 정지를 가져오고 그 순간 그 지점에 위대한 깨달음의 계기를 마련했음을 주창하고자 했음을 뜻한다.

결국 "정지의 사유 속에는 파괴와 구원이 대상 자체에서 동시에 이루어진다."[33] 파괴와 구원이 대상 자체에 동시에 이뤄지고 있다는 진술을 여옥의 경우에 대입할 수 있다. 여옥은 자살이라는 행위를 통해 자신을 파괴시켰다. 하지만 작가는 여옥의 죽음을 비참한 것으로 내버려두지 않고, 그 대상에서 심문을 발견하며 구원의 이미지를 결부시킨다. 작가는 죽은 여옥의 모습에서 자신의 죽은 아내 혜숙을 발견하게 되면서 새로운 인식의 순간을 경험한다. 이는 과거 자신의 아내 혜숙과 현재 자신의 눈앞에 있는 죽은 여옥이 통합되는 순간이다. 그리고 이를 통해 깨달음의 순간을 맞이한다. 죽음이라는 시간 정지와 마음의 적요는 불교적 깨달음인 돈오(頓悟)에서 필수적인 삼매의 순간과 유사하다. 깨달음에 이르기 위해서는 시간과 공간이 정지된 듯한 기운을 느껴야 하는데, 작가는 바로 그 기운을 설정하고 마침내 깨달음의 단계로 나아가게 해주기 위해 인당이라는 신체 부위에 초점을 맞추었다고 볼 수 있다.

이미지는 이중성을 지닌다. 첫째는 각성을 방해하는 혼돈을 야기한다. (가) 인용문의 경우 떠오르는 이미지는 깨어남을 방해한다. 각성하지 못한 상태에서 떠오르는 이미지는 혼돈을 야기할 뿐이다. 따라서 명일은 자꾸만 떠오르는 아내 혜숙의 모습에서 혼란과 우울을 경험한다. 그러나 (나)에서 변증법적 정지가 이루어진 후 발견하게 되는 이미지는 그 의미

---

33 최성만, 앞의 논문, 104쪽.

가 다르다. 과거의 모습을 현재화하면서 맞부딪침을 경험한다. 그래서 과거는 단순한 과거가 아니라 현재에 재구성된 무언가가 된다. "자신이 지닌 기존 가치나 통념을 순간적으로 와해시키면서 벽력처럼 나타나는 성현(聖賢)으로서의 이미지는 구원의 징표이다. 이 경우 기존 가치나 통념이 와해되면서 세계의 진면목을 보게 된다."[34]

결국 이 소설이 심문, 즉 마음의 '무늬'라는 이미지에 기반하는 제목을 사용한 것은, 자신이 지니고 있던 기존 가치나 통념에 충격이 가해지고 그로 인해 각성이 일어났을 때 마음에 나타나는 이미지(혹은 구원의 징표)를 부각시키기 위해서였다고 본다.

근대적 시간 체계 속에서 과거는 그저 흘러가버린 것에 지나지 않은 것이 되지만, 변증법적 정지의 세계에서 과거는 단순히 흘러가버린 것으로 치부되지 않는다. 과거는 현재에까지 영향을 미치고 현재에 깨달음을 얻게 만드는 중요한 계기가 될 수 있는 것이다.

「심문」에서 현일영은 과거 시간에 대한 강한 향수를 갖고 있었지만 그 과거를 현재화하지는 못했다. 때문에 변증법적 정지의 시간을 경험하지 못했다. 한편 여옥 역시 새 출발에 대한 믿음은 있었지만 스스로 자살을 선택함으로써 그 순간을 목격하지는 못하게 되었다. 그들을 지켜보던 명일만이 변증법적 정지의 순간을 목격하고 경험할 수 있게 된다.

최명익은 문제들의 맞부딪침을 통해 통합의 순간을 획득하고자 하였다. 이를 위해 여옥의 죽음이라는 서사적 장치를 사용하였다. 죽음은 죽음의 주체에게 시간의 정지를 가져다주는 가장 대표적인 상황이면서 동

---

34 김홍중, 앞의 논문, 281쪽.

시에 그것을 지켜보는 타자에게도 엄청난 충격을 가져다준다. 따라서 시간 정지의 수법에 가장 빈번하게 사용되는 장치라 할 수 있다. 최명익은 변증법적 정지의 순간을 발견하기 위해 여옥의 죽음이라는 사건과 과거에 죽은 아내 혜숙의 이미지를 동일선상에서 떠올리는 방법을 통하여 과거와 현재를 맞부딪치게 하였다. 그리고 과거와 현재의 맞부딪침을 통해 과거를 재현재화하고자 한다. 시간의 정지는 사고의 정지가 수반되어야 하는데, 사고의 정지가 일어나기 위해서는 충격이 수반되어야 하기 때문이다.

벤야민의 변증법적 정지의 세계에서는 이미지와 시간적 정지가 동시적으로 이루어진다. 하지만 「심문」에서는 이미지와 정지가 분리되어 순차적으로 나타난다는 점에서 벤야민과 차이가 있다.[35] 그 이유는 두 가지로 생각해볼 수 있다. 첫째는 서술상의 이유이다. 「심문」은 소설이기 때문에 사건을 단계적으로 서술해야 할 필요가 있다. 때문에 주인공의 변화의 귀결점으로서 변증법적 정지가 나타나고 그 후 이미지가 제시된 것이다. 둘째는, 자신의 직접 경험이 아니라 여옥의 죽음을 목격하는 간접 경험이기 때문이다. 따라서 명일은 죽은 여옥의 얼굴에서 심문을 발견하고 깨달음으로 나아간다. 벤야민과는 달리 명일에게서 이미지와 깨달음의 분리가 이루어진 것은 「심문」이 명일의 마음에서 이미지가 일어나게 하지 않고 여옥에게서 이미지를 발견함으로써 깨달음을 얻었기 때문이다.

---

35 뿐만 아니라 그들이 지닌 종교적 관점에 대한 차이도 지적할 수 있다. 벤야민은 유대인의 시간인식 체계인 메시아적 시간관을 받아들였다. 그러나 메시아 사상에 기반하고 있는 벤야민과는 달리 최명익의 「심문」에서는 각성의 문제를 불교적 관점에 입각하여 접근하고 있다. 이는 '귀, 인당, 보살상' 등과 같은 단어를 통해 나타난다.

최명익 소설 연구

요컨대 최명익은 변증법적 정지라는 생생하게 살아 있는 순간을 발견하고 그 속에서 생의 감각을 찾기 위해 여옥의 죽음이라는 서사적 장치를 사용하였다. 명일이 죽은 여옥의 모습에서 자신의 아내 혜숙의 모습을 발견하는 순간 둘의 모습은 섬광처럼 통합된다. 그 결과 명일은 새로운 깨달음을 얻는다.

과거와 현재의 모습이 통합되어 번쩍이는 신비로운 변증법적 정지의 순간은 최명익 소설 속 주인공들이 그토록 찾아 헤매던 생(生)의 절정의 순간이며 깨달음의 순간이다. 작가는 주인공 명일로 하여금 현실에서 당면하게 된 모든 문제들을 이렇게 한순간에 초월하게 만드는 변증법적 정지의 순간을 맞이하게 함으로써 새로운 삶을 시작할 수 있도록 하였다. 그 경지는 최명익이 그동안의 작품들을 통해 간절히 그려내고자 했던 순간이기도 하다.

4. 마무리

벤야민 변증법의 가장 큰 특징은 헤겔의 변증법처럼 목적론적인 것이 아니라 극단들 사이의 모순과 긴장을 유지하면서 끊임없이 종합을 유보하는 형태로 나타난다.[36] 그 점은 최명익 소설의 결말 처리법을 이해하는 단서가 된다. 최명익의 결말도 겉으로는 유보의 모습을 보인다. 최명익의 소설의 유보적 결말은 결말 처리의 미숙함에서 온 것이라기보다는, 변증

---

36 최성만, 앞의 논문, 113쪽.

법적 정지를 가장 온전하게 실행하기 위한 장치라 보는 것이 온당하다.

최명익은 「심문」을 통해 깨달음의 과정과 깨달음에 도달하는 순간을 생생하게 보여줌으로써 독자에게 감동을 주고자 하였다. 동일한 문제에 대한 이러한 다양한 소설적 시도는 그가 지닌 문제의식이 얼마나 진지하고 깊었는가를 알려준다.

한편 「심문」의 변증법적 세계 속에는 최명익이 지닌 시간의식이 드러난다. 그의 시간관 속에는 생각의 '흐름'뿐 아니라 생각의 '정지'도 포함된다. 이는 시간의식을 확장하는 사고이다. 대부분의 작가들은 시간의 흐름에 주목하는 데 반해, 최명익은 시간 정지의 순간을 발견하는 데 주목하고 그것에 대해 깊이 고심한 작가였다. 그중에서도 최명익은 특히 변증법적 정지의 순간에 주목하는데, 이러한 관점은 근대적 시간인식에 대하여 문제를 제기한 것이라 할 수 있다.

일반적으로 리얼리즘의 시간관은 미래지향적이고, 모더니즘적 시간관은 과거지향적인 성향을 지닌다고 대비된다. 최명익은 모더니즘 작가 반열에 속하기 때문에 그의 소설 주인공들이 과거 회귀적인 시간의식을 지녀 소극성을 보인다고 비판되었다. 그러나 최명익은 과거 회귀적인 시간의식만을 지닌 것이 아니다. 그렇다고 미래를 지향하는 근대적 시간관을 수용한 것도 아니었다. 그는 끊임없이 통합의 순간에 주목한다. 그가 진정으로 바라는 것은 과거의 시간과 현재적 시간의 맞부딪침을 통해 살아 있는 생생한 시간을 확보하는 것이었다. 그리고 그것을 변증법적 정지의 순간으로 그려내고자 하였다.

그리고 그의 이러한 시간의식은 주제의식과도 관련이 있다. 벤야민은 억압당한 자의 과거는 현재와 연속성을 지니지 못하므로 은폐되지만, 그

억압된 과거는 현재와 '모순적인 관계'를 이루면서 하나의 성좌를 구성한다고 보았다. 과거는 이미지로 이해되고, 또한 이미지 속에서 이해되는 방식에 의해 결정된다. 그리고 과거의 모든 연관들이 이처럼 변증법적으로 관철되고 재현재화되고 있는지의 여부가 현재의 행위의 진리를 검증하게 된다.[37]

그가 중시하는 것은 재현재화된 현재의 행위를 통해 진리를 검증하는 것이다. 이때 진리검증의 판단은 개별 주체에게 달려 있다. 이런 벤야민의 시간관은 최명익이 전달하고자 하는 주제의식과 유사하다. 최명익이 가장 바라는 것은 생생하게 깨어 있는 살아 있는 순간을 발견하는 것이다. 1930년대 후반이라는 암울한 시기 동안 그가 가장 고대했던 것은 생의 감각을 회복할 만한 자극이었으며, 그 자극을 통해 새로운 갱생의 길을 발견하는 것이었다. 그리고 이러한 고심을 변증법적 정지의 과정을 통해 풀고자 하였다.

이렇듯 최명익은 수단으로서의 변증법을 차용한 것이 아니라 변증법적 깨달음의 순간을 발견하는 그 자체를 목적으로 하였다. 따라서 결말을 유보했다고 하여 그의 소설 결말 처리 방식이 소극적이라 비판할 수만은 없다. 결국 여러 편의 소설들을 통해 최명익이 시도했던 것은 변증법적 정지의 순간을 발견하는 것이었다. 그가 사용한 변증법적 정지의 순간은 미래로 향하는 힘을 확보하는 '수단으로서의 현재'가 아니라, '현재 그 자체를 발견하는 것'을 의미하는 것이었다.

---

37 홍준기, 「변증법적 이미지, 알레고리적 이미지, 멜랑콜리 그리고 도시」, 『라깡과 현대 정신분석』 10, 2008, 36쪽.

최명익이 다양한 작품들을 통해 끊임없이 추구하고자 하였던 것이 변증법적 정지의 순간이었다면, 그의 소설에서 나타나는 시간의 정지는 다음 세계에 대한 가능성을 열어놓는 수단으로서의 정지가 아니고, 그 자체로 하나의 완결된 형식을 지닌 것이라 할 수 있다. 최명익은 이 문제에 대해 끊임없이 모색하다 마침내 「심문」에 이르러 그것을 완성했다고 하겠다.

최명익은 그토록 치열하게 고민하면서 변증법적 정지의 순간을 포착하여 진정으로 살아 있는 순간을 꿈꾸고자 했던 작가였다. 「심문」을 통해 이룬 변증법적 정지와 깨달음은 식민지 근대화와 파시즘이 강화되던 1930년대 후반을 살아가던 지식인이 일궈낸 간절한 꿈이자 탈출구였다 하겠다.

제7장

최명익 소설의 문지방 공간

최명익 소설의 문지방 공간

1. 머리말

소설에서의 공간은 단순히 작품의 배경으로만 기능하지 않고 인물의 성격을 구체화하거나 성격에 리얼리티를 부여하는 동기가 된다.[1] 소설에서는 작가가 주로 어떠한 공간을 설정하는지에 따라 주인공의 성격이 구성되고, 이렇게 구성된 주인공의 성격은 작품이 말하고자 하는 주제의식과도 밀접하게 관련된다.[2]

---

[1] 한용환, 『소설학 사전』, 문예출판사, 2009, 48쪽.

[2] 최명익 소설에서 주인공의 운명은 문지방 공간의 확보와 밀접한 관련이 있다. 문지방 공간이 견고히 확보될 때 주인공은 자신의 신념에 따라 살기를 결심한다. 하지만 문지방 공간이 위축되거나 상실될 때 주인공은 삶의 방향을 잃거나 죽음으로 치닫는다. 뿐만 아니라 최명익 소설 속 주인공이 결단을 유보하는 것 역시 이런 차원에서 이해가 된다. 최명익 소설에서 주인공은 결단을 내리지 않는 경우가 많다. 이는 작중인물이 우유부단한 성격을 가지고 있어서가 아니라 문지방 공간의 필요성을 강하게 제기하는 작가의식이

최명익 소설의 공간은 주로 길과 기차 공간[3]을 근간으로 한다. 그리하여 최명익 소설의 공간에 대한 연구는 주로 길과 기차 공간을 중심으로 이루어졌다. 이밖에도 안과 밖의 공간 대립,[4] 근대적 공간[5]에 대한 탐색도 이루어졌다. 기존 연구들은 대체로 길과 기차 공간을 각각 독립된 공간으로 설정하였으며, 제3의 공간을 열린 공간 혹은 닫힌 공간으로 가기 위한 하나의 매개 공간으로만 보고 있다. 이런 시각은 일정한 의의를 가짐에도 불구하고 여전히 이분법적 도식을 근간으로 하기에 최명익 소설 공간의 미묘한 함의를 온전하게 해명했다고 보기는 어렵다. 특히 최명익 소설에서 주로 설정하고 있는 문지방 공간에 중점을 두고 있지는 않다.

최명익 소설에는 열린 공간, 닫힌 공간 그 자체보다는 열린 공간과 닫힌 공간으로 향해 있는 중간 공간이 더 두드러진다. 이 공간은 독자적이면서도 매우 역동적이라는 점에서 제3의 공간이라 할 수 있으며 문지방 공간(schwelle)[6]으로서의 성격을 가진다.

반영되어 있는 것으로 볼 수 있다.

3 이미림, 「최명익 소설의 '기차'공간과 '여성'을 통한 자아 탐색: 「무성격자」와 「심문」을 중심으로」, 『국어교육』 105, 한국국어교육연구회, 2001; 박종홍, 「최명익 소설의 공간 고찰―기차를 통한」, 『현대소설연구』 48, 한국현대소설학회, 2011; 장수익, 「최명익론―승차 모티프를 중심으로」, 『외국문학』 44, 열음사, 1995.

4 김겸향, 「최명익 소설의 공간 연구」, 이화여자대학교 석사학위논문, 1990.

5 김성진, 「최명익 소설에 나타난 근대적 시·공간 체험」, 『현대소설연구』 9, 한국현대소설학회, 1998, 203~221쪽.

6 최명익은 과거와 현재를 이분법적으로 구분하지 않고 '과거로서의 현재' 내지는 '현재로서의 과거'를 언급하며 제3의 시간을 설정한 바 있다. 그는 시간에서 제3의 시간의식을 가졌듯이 공간에서도 제3의 공간을 설정하고자 하였다. 그는 열림과 닫힘이라는 이분법적 분절의 공간이 아니라 제3의 공간인 문지방 공간에 주목하였다.

문지방 공간은 '이쪽도 아니고 저쪽도 아니'며, '이쪽이기도 하고 저쪽이기도 하'여, 이분법으로는 도저히 규정할 수 없는 '중간 영역' 혹은 '경계 영역'을 의미한다.[7] 초기 낭만주의 문학 이후 현대 문학의 토포스(topos)로 자주 사용되었던 '전환' 혹은 문지방 은유는 하나의 영역과 다른 영역 간의 사이 공간을 뜻한다. 그것은 두 영역을 구분 짓는 차이의 공간이지만 동시에 두 영역에 걸쳐 있는 상태이기도 하다. 문지방은 어떤 영역으로 전환하려는 '행위'의 순간을 나타내는 것이 아니라 상태 자체만을 나타내는 기표라 할 수 있다.[8] 하지만 문지방 공간은 변화와 이행이 일어나는 영역이기 때문에 경계와는 다르다. 경계가 두 영역을 서로 고립시켜 폐쇄적인 공간을 창출한다면, 문지방 공간은 역동적인 중간 지대이다.[9] 문지방 공간은 여기와 저기, 안과 밖, 친숙한 것과 낯선 것 사이를 가로지르는 중간에 놓이면서 이행과 양가성이라는 특징을 함께 가진다.[10] 따라서 문지방 공간을 '~로 향하기 위한' 수단으로서 볼 것이 아니라 그 자체로 하나의 독립된 공간으로 인정할 필요가 있다.

최명익 소설의 문지방 공간은 크게 세 가지 양상으로 나타난다. 첫째는 문지방이 견고히 자신의 역할을 하는 경우이다. 이때 문지방 공간을 공고

---

7   김진영, 「언어 회복에 대한 동경과 탐구」, 『독서신문』, 2010.4.20. 이밖에도 김진영, 「일상 심미감각의 탈권력화를 위하여」, 『Visual』 5, 한국예술종합학교 미술원 조형연구소, 2008을 참조하였다.

8   최문규, 『문학이론과 현실인식』, 문학동네, 2000, 230쪽.

9   윤미애, 「흔적과 문지방. 벤야민 해석의 두 열쇠」, 『브리히트와 현대연극』 28, 한국브레히트학회, 2013, 201쪽.

10   위의 논문, 202쪽.

하게 유지하려는 주체의 의지가 돋보인다. 둘째는 근대성이 침투함에 따라 문지방 공간이 위축된 경우이며, 셋째는 문지방 공간이 상실되면서 주체가 전면적으로 근대를 경험하는 경우이다. 문지방 공간의 위축과 상실은 근대성의 침투와도 관련이 있다고 하겠는데, 이즈음에 근대에 대한 작가의식이 심각하게 개입했다고 본다.

이 장에서는 이상과 같은 전제와 관점에 따라 해방 이전에 창작된 최명익 소설들을 분석하고자 한다.[11] 먼저 최명익 소설에서 문지방 공간이 어떠한 양상으로 나타나는지를 살펴보고, 이를 바탕으로 최명익 소설에서의 문지방 공간의 기능과 의의에 대해 살펴보겠다. 이 분석을 통하여 최명익 소설의 공간적 특징이 좀 더 정교하게 해명되기를 기대한다.

2. 주체의 결단과 문지방 공간의 형성 및 지속

문지방 공간은 이쪽과 저쪽 공간 사이에 있고 양쪽을 이동하는 통로이기에 그 독자성이 취약할 수밖에 없다. 따라서 문지방 공간이 독자적 영역으로 유지되기 위해서는 인물의 결단이나 의지가 중요하다. 「비오는 길」은 주인공의 결단에 의해 문지방 공간이 뚜렷하게 설정되고 유지되는

---

11 이 장에서 다루고자 하는 작품은 해방 이전에 창작한 「비오는 길」(1936), 「무성격자」(1937), 「역설」(1938), 「봄과 신작로」(1939), 「폐어인」(1939), 「심문」(1939), 「장삼이사」(1941)이다. 이 장에서 인용한 텍스트는 최명익, 『비오는 길』, 문학과 지성사, 2010임을 밝힌다. 다음 인용부터는 쪽수만 표기.

경우이다.

「비오는 길」의 첫 부분은 공간묘사로부터 시작된다. 주인공 병일은 성 밖 끝에 살고 있고 그가 봉직하고 있는 공장은 맞은편 성 밖 끝에 있다. 소설은 병일이의 집에서 공장까지 가는 길을 구체적으로 묘사하고 있다.

> **옛 성벽 한 모퉁이를 무찌르고 나간 그 거리는 아직 시가다운 시가를 이루지 못하였다.** 헐린 옛 성 밑에는 낮고 작은 고가들이 들추어 놓은 고분 속같이 침울하게 버려져 있고 그것을 가리기 위한 차면같이 회담에 함석 이엉을 덮은 새집들이 단벌 줄로 나란히 서 있을 뿐이다. (중략) **도시의 발전은 옛 성벽을 깨트리고 아직도 초평이 남아 있는 이 성 밖으로 꾸여나오기 시작한 것이었다. 그리하여 아직도 자리 잡히지 않은 이 거리의 누렇던 길이 매연과 발걸음에 나날이 짙어서 꺼멓게 멍들기 시작한 이 거리를 지나면 얼마 안 가서 옛 성문이 있었다.** 그 성문을 통하여 이 신작로의 수직선으로 뚫린 시가가 바라보이는 것이었다. 그 성문 밖을 지나치면 신흥 상공 도시라는 이 도시의 공장 지대에 들어서게 된다. 병일이가 봉직하고 있는 공장도 그곳에 있었다. (46~47쪽) (강조:필자)

인용문에서 도시의 구역을 구획 짓는 옛 성벽이 문지방 공간이 된다. 병일의 집이 있는 성 밖은 '부(府) 행정 구역에도 없는' 근대화와는 동떨어진 곳이다. 그곳은 영양 불량 상태인 아이들이 살고 있고 고가의 기왓장에 이끼가 돋아 있는 곳이다. 이 골목을 지나면 새로운 시구 계획으로 갓 닦아놓은 넓은 길이 나온다. 하지만 옛 성벽 한 모퉁이를 무찌르고 나간 그 거리는 아직 시가다운 시가를 이루지 못했다. 그곳은 옛것과 현재가 공존하면서도 어느 쪽에도 귀속되지 않는 요소들이 포진해 있다.[12] 그런 점에서 옛 성벽은 성 안과 성 밖의 가운데에 있으면서 안도 아니고 밖도 아니다. 그런가 하면 안과 밖의 성격을 공유하기도 한다. 따라서 문지방 공간은 탈구획적인 경계영역이다.[13]

근대적 공간은 구획화라는 개념으로 요약될 수 있으며 이로 인해 구획된 부분 공간이 산출된다. 공장이나 학교처럼 공간의 분할과 그 안에서의 특정한 지형적 배치, 그리고 그에 상응하는 양식화된 행위의 집합으로 구성된다.[14] 병일은 구획된 부분 공간인 공장에서 '장부에 적어놓은 숫자와 주인이 헤인 현금이 맞아떨어진 후에야' 그날 하루의 일을 끝낼 수 있다.

성문은 '그들의 시간'에서 '나의 시간'으로 전환되는 하나의 경계가 된다. 이 공간을 통과하면서 나는 그들의 시간에서 자유로워진 나의 시간을 누릴 수 있다. 그것은 책과 사색으로 대표되는 근대 저항적 시간이다. 병일은 성문 근방을 지날 때마다 발걸음을 멈추고 성문을 올려다보며 "옛 성문 누각이 지니고 있는 오랜 역사의 혼"(50쪽)을 생각하며 감격에 젖는

---

12 "헐린 옛 성 밑에는 낮고 작은 고가들이 들추어놓은 고분 속같이 침울하게 버려져 있고 그것을 가리기 위한 차면같이 회담에 함석 이엉을 덮은 새집들이 단벌 줄로 나란히 서 있을 뿐이다. 이러한 바라크식 외짝 거리의 맞은편은 아직도 집들이 들어서지 않았다. 시탄장사 장목장사 옹기 노점 시멘트로 만드는 토관 제조장 등 성 밖에 빈 땅을 이용하는 장사터가 그저 남아 있었다. 도시의 발전은 옛 성벽을 깨트리고 아직도 초평이 남아 있는 이 성 밖으로 뀌여 나오기 시작한 것이었다. 그리하여 아직도 자리 잡히지 않은 이 거리의 누렇던 길이 매연과 발걸음에 나날이 짙어서 꺼멓게 멍들기 시작한 이 거리를 지나면 얼마 안 가서 옛 성문이 있었다. 그 성문을 통하여 이 신작로의 수직선으로 뚫린 시가가 바라보이는 것이었다."(46~47쪽)

13 김진영, 앞의 글, 2010.

14 이진경, 『근대적 시·공간의 탄생』, 그린비, 2010, 263쪽.

다. 병일이 성문을 보며 감격에 젖는 것은 의식이 문지방 공간을 재구성해내었기 때문이다.

하지만 병일은 사진사 이칠성을 만나면서 물질적 삶을 욕망하게 된다. 그 후로는 "지금부터는 마음대로 할 수 있는 '나의 시간'이라고 생각하며 돌아가는 길에 언제나 발을 멈추고 바라보는 성문"(66쪽)을 우산 속에 숨어서 그저 지나친다. 성문의 존재감이 약해질수록 병일의 심리적 방황은 심해진다. 병일은 "모기 소리와 빈대 냄새와 반들거리다가 새침히 뛰어오르는 벼룩이 기다릴 뿐인 바람 한 점 없는 하숙에서 활자로 시커멓게 메워진 책과 마주 앉을 용기가 없어"진다. 그리고 술과 한담이 기다리는 사진관으로 발길이 가는 것이다.

> 병일이가 돌아볼 때에는 사진관 쇼윈도의 불은 이미 꺼졌다. 사진사를 처음 만났던 밤에 우연히 돌아보았을 때 꺼졌던 불은 청개구리 소리를 듣던 곳까지 와서 돌아보면 언제나 꺼지던 것이었다. 병일이가 하숙으로 돌아가는 시간도 거진 같은 때였지만 쇼윈도의 불은 병일의 발걸음을 몇 걸음까지 세듯이 일정한 시간 거리를 두고 꺼지는 것이었다. (중략) 쇼윈도 불이 꺼졌을 때마다 이 하루의 일을 완전히 필한 그들이 그들의 생활의 순서대로 닫쳐놓은 막(幕) 밖에 홀로이 서 있는 듯이 생각되는 병일이는 한없이 고적한 것이었다.(75쪽)

'쇼윈도의 불'로 대표되는 근대화된 도시는 모두 조작한 인위의 세계이다. 병일은 판타스마고리(Phantasmagorie)의 매력에 빠져 있다가 불이 꺼질 때 즈음이면 그것의 실체를 알게 되고 허무함을 느낀다. 성문은 항상 그곳에서 자신을 기다려주지만, 일시성과 인위성으로 대표되는 쇼윈도의 불은 시간이 되면 꺼진다. 근대가 가져다준 물질적 욕망은 일시적인 기쁨을 주지만 오랫동안 자신을 안정시켜주지는 못한다. 이 사실을 안 병일은 마침내 자신 스스로 물질적 욕망에 대한 매혹을 파기함으로써 자신의 길을 가고자 결심하게 된다. 「비오는 길」에서 작가는 근대 자본주의 욕망의 타락상을 그저 좌시하지 않고 그것의 본질을 직시할 수 있도록 하였다.[15] 그러기 위해서 주인공을 문지방 공간에 세웠으며, 그 구체적인 활동으로 독서의 세계에 몰입하게 한다. 따라서 소설의 마지막에 '더욱 독서에 강행군을 하리라고 계획하며 그 길을 걷겠다'는 의미는 문지방 공간을 지키며 자신의 소신과 가치관대로 살겠다는 병일의 다짐이 담겨 있다고 본다.

한편, 「역설」에서 문지방 공간은 주인공에게 안식을 가져다준다. 안식은 사람들이 북적대고 분주한 공간에서 가질 수는 없고, 그렇다고 인적이 없는 자연 그대로의 공간이 안식을 보장해주지도 않는다. 고요히 걸어갈 수 있는 나만의 길은 스스로 만들어내야만 하는 것이다. 「역설」에는 이러한 길 내기에 대한 열정이 보인다. 문일은 아무도 내지 않은 길이므로 자신이 길을 내지 않으면 안 될 것 같아 하루도 거르지 않고 그 길을 걷는다. 이러한 행위에는 자신의 가치와 신념에 충실한 삶을 꿋꿋하게 가고자 하는 문일의 노력이 담겨 있다.[16]

> 자기 역시 이 목책 안의 작은 길을 하루에도 수없이 걷는 때가 있지만 그때마다 무엇을 생각하는 것은 아니었다. 생각 없이 걷는 그 길은

15 김효주, 「「비오는 길」에 나타난 욕망의 간접화와 소설적 진실성의 추구」, 『현대문학이론연구』 54, 현대문학이론학회, 2013, 92쪽.

16 김효주, 「1930년대 후반의 세대논쟁과 최명익 소설」, 『어문논집』 56, 중앙어문학회, 2013, 308쪽.

목책 한 모퉁이로 기어 들어와서 정원을 지나 맞은편 목책 밑으로 새어 나간 길이다. 정원이라고는 하지만 지난 장마 전에 겨우 공사가 끝난 집이라 손을 댈 겨를이 없었던 것이다. (중략) **이 땅의 옛 주인 격인 꼬부장한 소나무가 몇 그루 손님 격이면서도 개화(開化)의 발자취를 따라 어디나 넓게 자리를 차지하는 포플러 아카시아, 이 땅의 백성같이 성명 없이 났다가 꺾이고 사그라지는 꽃나무 오리나무 같은 잡목과 그리고 흔히 무덤가에 노란 꽃이 피는 사철화가 몇 떨기 난 그대로 목책 안에 갇혀 있을 뿐이다.**(126쪽) (강조:필자)

'꼬부장한 소나무'는 이 땅의 옛 주인 격이며 근대적 공간의 다른 편에 서 있다. 하지만 그 소나무는 어디나 넓게 자라나기 시작한 포플러와 아카시아와 뒤섞이게 되었다. 포플러와 아카시아는 '개화의 발자취'를 따라 자란다는 점에서 근대적 삶을 대변한다. 실제로 조선에 포플러와 아카시아를 처음 심은 것은 조선총독부 고위관료였던 일본인 '사이토 오토사쿠'였다.[17] 포플러는 그 왕성한 성장력과 하늘로 치솟은 형상으로 신작로 가로수가 되며, 아카시아는 화려한 꽃과 푸른 잎으로 매력을 끌지만 얼마 지나지 않아 그 화려함을 떨군다. 그런 점에서 포플러와 아카시아는 식민지 근대화의 상징이 된다. 전근대와 근대를 상징하는 나무들이 뒤섞여 자라고 있는 정원은 문지방의 성격을 지니면서도 근대적 침투를 환기시킨다.

옴두꺼비는 띄엄띄엄 뛰어서 문일이가 거닐던 그 좁은 길에 들어섰다. (중략) 마침내 옴두꺼비는 그 길을 거진 다 가서 목책 모퉁이에 있

---

17 1910년 1월 9일 사이토 오토사쿠는 농상공부 기사에 임명되었다. 이후 그는 조선에 포플러와 아카시아를 심었다.

는 사철화 숲 속으로 들어갔다. 단장 끝으로 그곳을 헤치고 본즉 사철
화 떨기 밑에 있는 구멍으로 옴두꺼비의 뒷다리는 꿈에 잡았던 손같
이 사라지고 마는 것이었다. 그리고 그 구멍에서는 작은 물줄기가 흘
러내리고 있었다. (중략) 그 구멍은 횟집이 무너앉은 고총이었다. (중
략) 옴두꺼비는 지금 무덤 속에 들어간 채로 오랫동안의 동면을 시작
할 작정인지도 모를 것이다.(136~137쪽)

교장 후보 자리를 양보하고 집으로 돌아온 문일은 현관문 밖에 있는
큰 옴두꺼비 한 마리를 발견한다. 문일은 목책 밖을 나와 있는 옴두꺼비
를 보며 명상을 하고 있을지도 모른다고 생각한다. 문일이가 건드리자
옴두꺼비는 놀라서 문일이 거닐던 그 좁은 길로 들어섰고, 거기서 "각기
병자같이 헐럭거리며 다리를 떨고 앉"아 있다.[18] 옴두꺼비는 문일의 존재
와 동일시하고 있다는 점에서 이러한 옴두꺼비의 자세 변화를 통해 문일
의 삶의 자세를 유추할 수 있다. 작품의 시작 부분, 교장 자리를 두고 자
신의 기사가 실린 신문을 보았을 때 문일은 옴두꺼비처럼 명상에 취해
있었다. 그리고는 그 사실이 부담스러워 사람 만나기를 피한다. 목책 밑
으로 새어난 자신의 길을 가며 꽃나무가 가득한 숲 속으로 들어간다. 그
곳에서 동면하는 옴두꺼비를 생각하며 자신 역시 새봄을 맞으려는 꿈을
꾸게 된다.

옴두꺼비가 동면을 하기 위해 뛰어 들어가는 곳이 목책 모퉁이에 있는

---

18 이런 옴두꺼비의 자세를 정리하면, '명상에 취한 듯이 앉아 있다' – '놀라며 각기병자같
이 다리를 떨고 앉는다' – '여위어 초라하게 파리한 뒷다리로 겨우 밝아 뛰려했으나 앞
발은 몸을 가누지 못하고 고꾸라진다' – '뛰기를 단념하고 기어간다' – '사철화 숲 속으로
들어간다' – '동면한다'라고 할 수 있다.

최명익 소설 연구

사철화 숲 속이라는 점은 의미가 깊다. 목책 밖으로 나와 현관 밖에 있을 때 옴두꺼비는 각기병자 같이 다리를 떨었다. 옴두꺼비는 고꾸라지기도 하다가 결국 기어서 목책 안으로 들어간다. 목책 안은 포플러 아카시아와 꽃나무 오리나무와 같은 나무들이 소나무와 함께 자라고 있는 문지방 공간이다. 이 영역으로 들어가서야 비로소 옴두꺼비는 동면을 시작할 수 있었다. 옴두꺼비에게 목책 안 사철화 숲 속은 일종의 보호 구역이 된다. 문일이 애써 매일 그 길을 걸어가고자 한 것도 같은 맥락에서 이해가 된다. 근대적 삶의 흔적이 침투되어 있기는 하지만 문지방 공간이 보호 구역으로서의 성격을 간직하고 있는 한, 주인공은 그곳을 지켜야 하고 또 그것을 지키려는 노력을 아끼지 않는 것이다.

「무성격자」는 아버지가 위급하다는 전보를 받고 연인인 문주와 헤어져 떠나는 주인공 정일의 내면 심리를 그리며 시작한다. 기차를 탄 주인공은 손수건으로 얼굴을 가렸기에 창밖의 풍경을 감상하지 않는다. 대신 감각을 내면으로 돌린다.

전반부는 문주에 대한 이야기이며, 후반부는 아버지에 대한 이야기가 중심이 된다.

> 두어 달 전에 피를 토한 아버지가 위암으로 진단되었다는 편지를 받고 내려갈 때 문주가 K역까지 따라왔던 것이다. (중략) 문주에게 마음 놓고 정양하라는 말을 하고 정일이는 차에 올랐던 것이다. 달리기 시작한 차창으로 내다볼 때에는 문주가 탄 차도 역시 그들이 왔던 궤도를 거슬러 달리기 시작하였다.(84~87쪽)

K역은 두 부분이 만나는 문지방 공간이 된다. 문지방 공간에서는 과거

의 허물과 상처가 상기되고 의식되며 새로운 것이 만들어질 수도 있다.[19] 그곳은 두 가지 기억이 맞물리는 곳이기도 하다. K역은 아버지가 위암으로 진단되었다는 편지를 받고 고향으로 내려갈 때 문주가 '가는 중도에서 어기는 차로 돌아갈' 수 있도록 바래다 준 적이 있는 곳이다. 따라서 K역은 문주와 아버지의 경계에 있는 장소이다.

하지만 K역에서 머물 수 있는 시간은 아주 짧다. '차를 기다리는 3분도 안 되는 시간'이다. 길을 걸으며 문지방 공간을 사유하는 경우와는 많이 다르다. K역에 머무는 3분의 시간은 교차된 시간을 결단하는 결단의 시간이 되는 것이다. 아버지에게로 가는 기차를 타는가 아니면 문주에게로 가는 기차를 타는가를 선택해야 한다. 정일은 아버지로 대표되는 삶을 선택했다. 이렇듯 「무성격자」의 문지방 공간은 내면적 성찰을 바탕으로 하여 삶의 어떤 국면을 선택하는 선택의 공간이 되기도 한다. 정일은 문주와 아버지 사이에서 아버지로 향하는 길을 택하지만 그 선택은 좌절과 환멸이 아니라 어떤 희망의 출발이 된다. 결국 정일은 죽음을 앞둔 아버지의 모습에서 삶의 열정을 발견하며 자극을 얻게 된다. 그것은 아버지가 지닌 물질적 탐욕을 추구하겠다는 의미는 아니다. 아버지가 마지막까지 보여준 생의 열정을 통하여 자신의 인생에도 변화가 있기를 바라는 것이다.

이렇듯 문지방 공간은 주인공의 주체적 결단과 긴밀한 관련이 있음을 알 수 있다. 이런 문지방 공간은 주인공이 근대 혹은 근대적인 것과 맞서

---

19 김현진, 「페터 한트케의 『낯선 자(Der Chinese des Schmerzes)』에 나타난 "문지방" 탐구—하이데거의 존재론적 언어성찰과의 비교」, 『독일문학』 85, 한국독어독문학회, 2003, 208쪽.

는 새로운 삶의 영역과 자세를 모색하게 하며 내면 세계를 돌아볼 시간적 기회를 주기도 하였다. 그런 점에서 문지방 공간은 주인공의 내면 풍경을 닮았다.

3. 근대성의 침투와 문지방 공간의 위축

「봄과 신작로」의 문지방 공간에는 근대의 위력이 더 강력하게 나타나며 그렇게 만들어진 갈등이 서사의 전개에 결정적 영향을 준다. 금녀와 유감이는 동갑이며, 한 동리에서 자라 열다섯 살 되던 해에 같은 동리로 시집을 왔다. 유감이의 남편은 나이가 많으며 남성답고 강압적이다. 그에 비해 금녀의 남편은 나이가 어리고 남성성을 지니지 못했다. 따라서 유감이는 남편이 두려운 반면 금녀는 남편이 두렵지 않다. 남편이 두렵지 않다는 것은 금녀가 지닌 욕망이 자유롭게 분출될 수 있음을 의미하며 동시에 금녀가 아직 자신이 처한 현실에 깊게 뿌리 내리지 못했음을 뜻한다. 임신과 시집살이로 대표되는 전근대적 생활에 충실하며 살아야 하는 유감이는 저 너머의 다른 세상을 욕망하지 못하지만, 상대적으로 그러한 부담에서 자유로운 금녀는 자유롭게 무언가를 욕망한다. 그 욕망의 대상은 신작로 너머의 근대화되어가는 세상이다.[20]

---

20 전근대로 대표되는 유감이 남편과 근대로 대표되는 운전수의 모습은 많이도 다르다. 유감이 남편에게는 땀내와 술 냄새가 나지만 운전수에게는 "기름 묻은 손과 머리를 씻을 때마다 여인들은 뛰어 나는 비누 거품을 피"해야 할 만큼 사향 냄새가 진하게 난다.

금녀와 유감이가 물을 긷는 우물은 이 동리의 한편 모퉁이를 스치고
지나간 신작로 기슭에 서 있는 버드나무 밑에 있었다. 이편 산모퉁이에
서 저 넓은 벌판 가운데로 난 신작로를 매일 오고 가는 짐자동차가 우물
둑에 서곤 했다.(141쪽)

금녀와 유감이가 물을 긷는 우물은 신작로 기슭에 서 있는 버드나무 밑
에 있다. 우물은 전통적 향촌 공동체의 전형성을 보여주는 사물이지만 그
것은 신작로 기슭에 있어 근대화된 세상을 바라보는 공간이 된다. 결국
우물은 전근대와 근대가 만나는 문지방 공간이 된다.[21] 우물과 비교할 때
근대 쪽으로 더 다가가 있는 신작로의 성격도 크게 다를 바는 없다. 신작
로에는 소와 자동차가 뒤섞인다. 신작로는 근대화로 이행하는 속성이 더
강하기는 하지만 여전히 전통과 근대가 혼재한 세계를 보여주며, 변화하
는 현실을 나타내는 공간적 배경이 된다.[22] 근대와 전근대가 뒤섞인 신작
로 역시 문지방 공간이 되는 것이다.

운전수는 신작로를 통해 자동차를 몰고서 우물가로 와서는 금녀를 만
난다. 금녀는 그런 운전수에게서 묘한 매력을 느낀다. 그 운전수를 따라

운전수는 수염을 매끈하게 밀고 곱게 접어 다린 수건을 가지고 다닌다. 운전수가 근대
로 대표되는 '위생'과 관련이 있다면 전근대로 대표되는 유감이 남편은 위생과는 거리
가 멀다.

[21] 이 작품에서 운전수는 자신의 이름을 가르쳐주지 않는다. 언제부터 그 자동차가 이 길
을 오고 가게 되었는지에 대해서도 알 수 없다. 운전수는 금녀에 대해 알고 있는 점이 많
으나 금녀가 운전수의 신상에 대해서 아는 것은 거의 없다. 이는 익명성으로 대표되는
근대성을 상징한다고 볼 수 있다.

[22] 최주연, 「최명익의 단편 소설 연구―봄과 신작로를 중심으로」, 한국어문학국제학술포
럼 학술대회, 2008, 445쪽.

가면 성 안 구경을 할 수 있기 때문이다.

> 금녀는 설마 운전수가 오랴 하면서도 마음이 놓이지 않아 저녁을 먹자 신작로가 바라보이는 나무새밭에 가서 김을 매는 척 마을 볼밖에 없었다. (중략) 금녀는 다시 "설마 올라구" 중얼거리면서 끝없는 머구리와 깊어가는 어둠 속에 신작로 꼬리가 사라진 저편에 동트개 하늘같이 희끄무레한 불빛을 바라보았다. 밤마다 밤이 깊어가도 새훤한 화광이 서리는 그곳이 성안이라는 말은 들으면서도 한번도 가본 적이 없는 금녀에게는 한없이 멀어 보이는 곳이었다.(155~156쪽)

불빛이 찬란한 평양성 안은 밤이 깊어가도 조명으로 환하다. 그곳은 근대 자본주의의 욕망이 가득한 곳이다. 평양에 가면 그 근대화된 도시를 볼 수 있다. 평양에 데려다 주겠다는 운전수의 말은 금녀에게는 치명적 유혹이 된다. '그 후 느린 소걸음을 재촉하여 한 바퀴 돌아서 보게 될 때마다 신작로 저편 끝에 보이는 자동차는 조금씩 커진다.' 자동차가 커져 감에 따라 성 안을 구경시켜주겠다던 운전사에 대한 금녀의 욕망이 커져간다. 금녀는 그 욕망을 제어하지 못하고 '자동차를 타고 훨훨 떠날 듯도 싶은 꿈같은 생각에 운전수의 품으로 기어든다.' '금녀는 누구한테 죽을지는 몰라도 꼭 죽을 것 같았다.'[23] 그리고 그 예감은 현실이 된다.

---

23 "이렇게 말하는 금녀는 누구한테 죽을지는 몰라도 죽기는 꼭 죽을 것만 같았다. 그런 짓을 하다 들키면 운전수 말대로 새스방 구실도 못하는 울램이 손에도 꼼짝을 못하고 죽을 것 같고 시어머니나 시아버지한테 코를 베이거나 인두로 지지울 것 같고 그렇지 않더라도 망신한 친정아버지나 어머니까지도 저를 죽이고야 말 것 같았다. 혹시 누가 안 죽이더라도 저 혼자 저절로 죽을 것 같기도 했다." (153쪽)

송아지가 죽은 원인은 밈도는 아카시아 껍질을 먹은 탓이라는 기사
가 난 신문이 구장 집에 온 날 금녀의 상여는 나갔다. 온 동리 사람들
은 심지도 않고 접하지도 않았지만 산에나 들에나 마당귀에나 심지어
부엌 담 안에까지 뻗어 들어온 아카시아 나무를 새삼스럽게 흘겨보며
소와 돼지를 경계하였다. 아카시아는 본시 아메리카의 소산이라는 신
문 기사를 들은 그들은 (중략) "소는 미국 아카시아를 먹구 죽었대두
꽃 같은 색시는 왜 죽었을까." 이러한 말을 주거니 받거니 하면서 금
녀의 상여를 멘 그들은 신작로를 걸어갔다.(160~161쪽)

금녀가 죽기 전날 저녁에 금녀네 시집 송아지가 죽었다. 금녀와 송아지
의 죽음은 아카시아와 관련이 깊다. 「역설」에서와 유사하게[24] 「봄과 신작
로」에서도 '아카시아는 마을 사람들이 옮겨 심지도 않고 접하지도 않았지
만 어느새 산, 들, 마당, 부엌 안까지 들어왔다.' 근대의 틈입은 마을 사람
들의 의지와는 무관한 법이다. 근대와 전근대가 혼재되어 있는 공간인 신
작로는 근대의 위협으로부터 마을 사람들을 보호하는 일종의 문지방 공
간이었지만, 그 문지방은 매우 유동적이고 불안한 상태이다. 근대가 이미
문지방의 보호 기능을 무력화시켰기 때문이다. 문지방 공간을 서성이던
운전수가 그 문지방 공간을 벗어나 마을 입구까지 들어오자 결국 금녀는
죽게 되었던 것이다.

작품의 마지막 구절, 느린 금녀의 상여와 대비되는 자동차의 속도감은
근대와 전근대의 대립에서 근대의 영향력을 피할 수 없다는 것을 보여준

---

24 아카시아는 '어느새 정원을 메운 나무'가 되었다. "이 땅의 옛 주인 격인 꼬부장한 소나
  무가 몇 그루 손님격이면서도 개화(開化)의 발자취를 따라 어디나 넓게 자리를 차지하는
  포플러 아카시아" (126쪽)

다. 그리고 남은 사람들은 근대가 남기고 간 먼지를 마셔야 하는 처지가 된다. 결국 「봄과 신작로」에서 문지방은 전통 공간을 방어하는 역할을 하면서도 파멸의 근거가 되었다. 그것은 근대가 회피할 수 없는 유혹의 기제를 문지방에 심었기 때문이다.

「폐어인」에서 역시 문지방 공간이 견고히 유지되지 않고 축소되는 현실을 보여준다. 교사인 현일은 학교가 폐교되자 직업을 잃게 된다. 그날부터 아내는 삯바느질거리를 모아 일을 한다. 현일은 아내를 돕고자 아픈 몸을 이끌고 구직을 하러 나서지만 '시대인식이 부족하다'는 지적을 받고 구직에 실패한다.

> 시외 종점에서 내린 현일은 한편에 노송이 울창한 옛 성벽 밑의 길을 걷기 시작하였다. (중략) 그러한 성벽 위에서 어린애들의 창가 소리가 들렸다. 현일은 어디나 언제나 인적이 끊이지 않는 것이 미쁘게 느껴지는 듯하였다. 그는 다시 걷기 시작하였다. 또 한 굽이를 돌아가면 누각도 없는 작은 성문이 있었다. 안에는 인가도 없고 잡목이 우거진 산 아래는 강이 흐르고 강 건너 넓은 평야 저편에는 병풍 같은 연산이 들렸다. **현일은 그 성 문지방에서 쉬려고 들어갔을 때 한 층대 떨어진 숲 속에 두 사람이 이마를 맞대고 땅바닥을 굽어보고 있는 것이 내려다보였다.** (31~32쪽) (강조:필자)

구직에 실패하고 절망적인 기분에 빠졌을 때 현일이 찾아간 곳은 성 '문지방'이다. 힘들지만 그곳에 가면 지친 몸과 마음을 달랠 수 있다고 생각하기 때문이다. 문지방으로 가기 위해서는 전차를 타고 아이들 창가 소리를 들으며 걸어야 한다. 성벽 위에서는 아이들의 창가 소리가 들린다. 이곳 역시 근대성이 강하게 침투해서 근대적 공간으로 변해가고 있다.

현일은 인가도 없는 산 아래 넓은 평야가 둘러진 성 문지방에서 한때 동료교사였던 도영과 제자인 병수를 발견하게 된다. 여기서 현일과 도영은 구세대를 상징하고, 병수는 신세대를 대변한다고 볼 수 있다. 도영과 병수 역시 생활에 지쳐 있다. 하지만 삶을 대하는 자세는 다르다. 병에 걸린 도영이는 '살기만 한다는 단단일념(單單一念)으로' 오직 살고자 하는 생각밖에 없으며, 신세대인 병수는 자신이 처한 현실을 탓하며 '소위 불행이라는 유행병에 감염되어' 절망감에 사로잡혀 있다. 그런 병수를 보며 구세대인 현일은 세상에 가득한 불안이라는 유행병에 감염되지 말고 의지와 패기를 가지고 살라고 충고한다. 신세대인 병수와 구세대인 현일은 문지방 공간에서 서로 대화하고 소통한다.

소설의 마지막 대목에서 현실은 도영이가 입에서 피를 토해내자 병수를 보며 저리 가라고 마구 밀어낸다. 그것은 성 밖으로 나오는 동안 그도 더러운 피에 손을 묻히게 됨으로써 곧 파멸로 치달을까 두려워하는 스승의 마음이다.[25]

현일과 도영은 "성벽 저편으로 해가 기울어서 진한 그림자가 덮이고 바람이" 부는 것을 목격할 수밖에 없다. 그리고 결국엔 성벽 저편으로 해가 저물고 그 문지방에서 죽음을 맞이한다. 여기서 문지방 공간은 전근대적인 삶을 살아온 현일과 도영이, 그리고 근대적 삶을 살고 있는 병수가 만나 서로의 의견을 나누는 곳이다. 그 속에서는 전근대적인 것과 근

---

25 그러자 병수는 "할 수 없이 성문으로 들어"간다. 여기서 성 밖은 「비오는 길」에서 묘사되는 '신흥 상공 도시가 가득 들어서고 있는 공장 지대'와 가까운 근대화된 공간이다. 그곳은 죽음이 기다리고 있다.

대적인 것을 넘어서서 삶의 자세에 대해 고민한다. 그런 점에서 문지방 공간은 구세대와 신세대가 소통하는 소통영역으로서의 기능을 가진다고 할 수 있다. 하지만 결국 현일과 도영은 죽음에 이르게 되고 문지방 영역 속으로 근대의 상징인 자동차가 들어온다는 설정은 급속한 근대화 속에서 문지방 공간을 지키는 일이 얼마나 어려운가를 상징적으로 보여준다.

이렇듯 문지방 공간이 확보되지만 그것이 완고하게 유지되지 않는 경우는 문지방 공간으로 근대성이 이미 강하게 침투했다는 것을 의미한다. 작가는 근대의 폭력성이 초래할 파국을 암시할 수밖에 없었던 것이다.

4. 근대의 경험과 문지방 공간의 상실

이전의 작품들과는 달리 「심문」에서는 문지방 공간이 겉으로 분명히 드러나지는 않는다. 「심문」은 근대 공간에 주인공을 던져넣어 근대를 전면적으로 경험하게 한다.

「심문」은 아내를 잃고 무기력하게 생활하는 주인공 명일이 새로운 자극과 가능성을 찾기 위해 하얼빈으로 가는 기차를 타는 것으로 시작된다. 열차가 오룡배와 가까워지자 명일은 생각에 잠긴다.

> 창밖의 풍경은 오룡배(五龍背)로 가까워갔다. 익어가는 가을의 논과 밭으로 문채 돋친 들 가운데는 역시 들이면서도 사람의 의도로 표정이 변해가다, 차차 더 메스러운 손길로 들어 성격이 정원으로 비약하는 초점 위에 온천호텔 양관이 솟아 있고, 그 주위에는 넘쳐오르는

온천물로, 청중한 가을 하늘 아래 아지랑이같이 김이 떠오르는 것이
었다.

  들어 닳은 플랫폼에는 유랑에 곤비한 발걸음이나 분망에 긴장한 얼
굴이나 찌든 생활의 보따리는 볼 수 없이, 오직 꽃다발 같은 하오리의
부녀와 빛나는 얼굴의 신사 몇 쌍이 내릴 뿐이었다. (168~169쪽)

  오룡배는 가을의 논과 밭으로 가득했는데 그 들 가운데는 '사람의 의도
로 인해 온천호텔과 온천물로 뒤덮이게 되었다.' 근대와 전근대가 뒤섞인
문지방 공간은 이제 그 균형이 완전히 무너지게 된 것이다. 근대화가 진
행됨에 따라 그곳은 예전의 경관은 찾아보기 어렵게 되었다.[26]

  문지방 공간의 급격한 부상과 재빠른 소멸은 모더니티가 만들어내는
새로움의 신화가 자기 파괴되는 알레고리이다.[27] 앞에 앉아 있는 중년 여
자는 스테이크를 먹고 있다. 근대화가 곧 서구화라는 입장에서 살펴볼
때, 중년 여자는 근대화를 아주 빠르게 접했음을 의미한다. 스테이크의
마지막을 씹고 있는 여인의 입술에 핏물을 찍어내고 있다는 의미는 제국
주의의 근대화의 횡포이며 그로 인해 어떤 불길한 결과가 펼쳐질 것을 암

---

26 이군의 안내로 하얼빈 구경을 나설 때 이군은 내게 "천생 소비자인 자네라, 하얼빈의
   소비 면부터 안내하세"라고 이야기하며 이름난 카바레 레스토랑, 댄스홀, 그리고 '하얼
   빈'을 구경시켜준다.(178쪽) 근대 문명으로 뒤덮인 공간에서 그들 또한 하나의 소비자일
   뿐이다. 여옥과 함께 간 송화강 역시 "이국적 행락과 소비 기관이 집중"되어 있다. 문지
   방 공간이 균형을 상실함에 따라 작가는 이제 근대 공간으로 시선을 옮길 수밖에 없게
   된다. 이러한 설정을 통해 작가는 가장 근대적인 공간에 가서 역설적이게도 가장 강하게
   근대에 대한 문제의식을 제기하고 있다.

27 노명우, 「벤야민의 파사주 프로젝트와 모더니티의 원역사」, 『발터 벤야민 모더니티와
   도시』, 라움, 2010, 37쪽.

시한다. 열차 속에서 보게 되는 풍경과 그에 대한 진술은 앞으로 펼쳐질 여옥의 불행에 대한 일종의 예언이기도 하다.[28]

오룡배에서 명일은 여옥과의 '소홀치 않은 인연'을 생각한다. '지난 봄에 그는 여옥이를 데리고, 여기로 와서 오랜만에 모델을 두고 여옥이를 그려보'았다. '여옥은 침실에서는 정열과 난숙한 기교를 갖춘 창부였고, 낮에는 교양인인 듯 영롱한 그 눈이 차게 빛나는' 여인이었다. 하지만 그런 여옥을 앞에 두고 그림을 그리면 눈앞의 그림은 여옥이 아니라 죽은 아내인 혜숙의 모습에 가까워진다. 이렇듯 오룡배는 여옥과 인연을 맺은 공간이면서 동시에 혜숙을 떠올리는 공간이 된다. 그래서 명일은 여옥을 온 마음을 다해 사랑하지 못한다.

여옥의 집에서 현혁을 만난 명일은 고민에 빠진다.

> 현이 돈을 요구하든 말든, 지금의 결심대로 여옥이가 나와 같이 조선으로 간다면 이 연극은 제법 막이 마치고 끝나는 것이지만, 만일 여옥이가 다시 현을 따라가고 만다면, 나는 중도막에서 히로인이 뛰어들어가고 만 무대에서 혼자 어떤 제스처를 해야 할 일일까? (중략) 생각하면 본무대에 오르기 전에 '하나마치'인 이 하얼빈 거리에서 희극은 연출된 것이라고 더욱 싱글거리자, 그렇게 싱글거리는 나를 본 집시 계집애는 부리나케 손을 벌리고 웃으며 따라온다.(208~209쪽)

명일은 하얼빈에서의 경험을 "본무대에 오르기 전에 '하나마치'"라고 생각한다. '하나마치'는 극장 무대로 출입하는 통로를 의미한다. 이는 하

---

28 김효주, 『한국 근대 여행소설 연구』, 역락, 2013, 179쪽.

얼빈 거리에서의 경험이 명일의 삶 전체의 중요한 문지방 공간으로 작용할 것임을 암시하는 것이다. 결국 명일이 예감했듯 이 소설은 여옥의 죽음으로 끝이 난다. 여옥이 처음에 자신의 목숨을 끊을 장소로 생각했던 곳은 송화강과 철도였다. 그곳은 근대화의 흔적으로 뒤덮인 곳이다. 하지만 '그곳에서 죽게 된다면 너무 외롭고 무서울 것 같다'면서 여옥은 자신의 방에서 죽음을 맞이한다. 근대화로 인한 문지방 공간의 상실은 결국 여옥의 죽음으로 귀결된다.

이처럼 「심문」은 이전의 소설들이 설정했던 문지방 공간을 없애고 등장인물들을 근대적 공간의 한복판에 던져놓았다. 그러면서 등장인물들로 하여금 근대를 전면적으로 경험하게 한다. 이는 1939년이라는 시점에서 작가가 근대를 더 절박하게 자각한 데서 비롯되었을 것이라는 추정을 할수 있다. 「심문」의 주인공은 근대를 전면적으로 경험하게 하면서 의식적 충격과 경험의 양을 극대화한다. 이는 문지방 공간이 소설 공간에서 자취를 감추었음을 뜻하지만 그런 근대를 바라보는 주인공의 의식의 영역에서 여전히 존재하고 있음을 뜻한다. 소설 공간이 경험적 근대 공간으로만 가득 차게 되자 문지방 공간은 주인공 내면으로 들어가 제 기능을 다하고자 한 것이다. 역설적으로 「심문」은 문지방 공간이 나타나지 않지만 문지방 공간이 가장 강력하고 적극적으로 근대 공간과 대결한 작품이라 할수 있다.

「장삼이사」 역시 문지방 공간이 상실된 양상을 보여준다. 작품은 통로에 섰던 한 젊은이가 뱉은 가래침이 만주 북지로 여인을 파는 장사를 하는 중년 신사의 구두 콧등에 떨어지면서 시작된다. 남자의 곁에 있는 여인은 남자가 하는 온갖 폭언에도 아랑곳하지 않고 창밖을 내다보며 담배

최명익 소설 연구

만 피고 있다. 중년의 남자는 기차에 탄 사람들에게 술을 권하고 술기운이 돌자 기차에 탄 사람들에게 편하게 자신의 이야기를 한다.

> 터졌던 웃음소리는 아직도 허허 킬킬 하는 여운으로 계속되었다. 나는 그런 그들의 웃음을 악의로 듣지는 않았다. 오히려 폭력의 중지에 안심하고 학대 일순 전에 놓치는 요술 같은 신사의 관용을 경탄하는 호인들의 웃음이라고도 할 것이다. 그러나 그런 웃음이 주목보다도 그 여인의 혼을 더욱 학대하는 것 같은 건 웬 까닭일까.(236쪽)

삼등석 열차를 타고 있는 사람들은 중년의 남성이 만주 북지로 여인을 팔기 위해 가는 것을 짐작한다. 중년의 남성이 습관적으로 여인의 뺨을 때리는 데에도 주변 사람들은 그녀를 동정하거나 안쓰럽게 여기지 않는다. 오히려 그것을 하나의 입담 거리로 삼는다. 그 장면을 보면서 주인공인 나는 '여인의 혼을 더욱 학대하는 것 같은' 잔인함을 느낀다.

S역에 닿자 중년 신사가 내리고 그 신사의 아들이 타서 아무런 말도 없이 여인의 뺨을 후려쳤다. 여인은 눈물에 젖은 얼굴을 수건으로 가리키며 변소 쪽으로 간다. 이 장면을 목격한 '나'는 그 여인이 변소에서 자살하지는 않을까 여기며 초조해 한다. 하지만 다시 돌아온 여인은 화장을 고치고서 나를 향해 추파를 던지는 눈빛을 보내기까지 한다.

결국 그 여인은 사람들 앞에서 치욕을 당했지만 그런 것에 아랑곳하지 않고 자신의 일에 몰두한다. 여인조차도 물질적 욕망에 빠져 양심이나 부끄러움 같은 것도 잊은 채 살아가는 것이다. 이 장면을 지켜보면서 '나'는 허탈하게 껄껄 웃을 수밖에 없게 된다.

이처럼 「장삼이사」의 서술 공간에서 문지방 공간은 사라졌다. 문지방 공간이 사라졌어도 독자는 「심문」에서처럼 주인공의 의식 속에서 문지방 공간이 여전히 제 자리를 확보하고서 근대를 바라보는 든든한 비판적 거리를 유지하게 해줄 것을 기대하게 된다. 그러나 「장삼이사」에서는 그런 의식 속 문지방 공간조차 사라졌다. 주인공은 철저히 타락한 근대적 인물군상들을 바라보면서 나름대로 거리를 유지하며 그들을 객관적으로 보고 있다 여겼지만 그것은 하나의 착각에 불과하다. 의식 속 문지방 공간조차 사라지면서 근대를 바라볼 수 있는 비판적 거리마저 사라졌다. 그 귀결점은 「심문」에서와 같은 깨달음이 아닌, 착각과 허탈감이다.

5. 최명익 소설에서 문지방 공간의 기능과 의의

문지방 공간은 다공성을 특징으로 한다. 그것은 옛것과 새것을 잇는 구심점으로서의 기능을 한다. 그것은 전근대와 근대, 과거와 현재가 상호 침투하는 양상을 보인다. 문지방 공간은 이분법을 척도로 모든 것들이 시스템화된 현대 사회에서 그 시스템적 억압구조를 붕괴시킬 수 있는 변혁의 공간, 더 정확히 인간학적 공간이었다.[29]

최명익 소설에서 문지방 공간은 우선 안식과 결단의 공간으로서의 기능을 가진다. 이 경우 문지방 공간은 견고하게 유지되고 있다. 주인공은 그런 문지방 공간으로 걸어가며 사색의 끈을 놓지 않는다. 이때의 문지

---

29 김진영, 앞의 글, 2010.

방 밖은 근대와 전근대로 구분되어 있다. 주인공은 문지방 공간 밖에서는 어느 하나에 귀속되어야 하기 때문에 쫓기고 허덕이지만 문지방 공간으로 들어오면 편하게 쉴 수가 있다. 그리고 저쪽 밖을 떠올리며 역동적 사색을 꾸려가는 것이다. 이 과정에 명백한 비판적 거리가 설정될 수 있었다.

뿐만 아니라 문지방 공간은 근대를 경험하게 하기도 한다. 이는 문지방 공간까지 근대의 유혹이 뻗친 경우이다. 문지방 공간은 전근대와 근대의 요소가 혼재되어 있기에 막연하게나마 근대를 경험할 수 있는 것이다. 나아가 저쪽 밖의 근대는 유혹적 풍경으로 엿보인다. 근대가 일정 수위 이상의 유혹적 풍경이 될 때 문지방 공간은 더 이상 주인공의 보호 공간이 되지 못한다. 이 경우에서도 문지방 공간의 양상과 위력이 주인공의 의지와 대응된다는 것을 확인할 수 있다.

한편, 문지방은 소통의 공간이 되기도 한다. 전근대와 근대의 소통뿐 아니라 자연과 문명, 인간과 사물, 정신과 신체 사이가 아직은 분리되지 않은 채 서로 교통하고 대화하는 소통의 공간이 된다.[30] 최명익 소설의 문지방 공간에서도 전근대와 근대는 상극적인 갈등으로만 존재하는 것은 아니다. 그것은 상이한 삶의 지향을 간직한 구세대와 신세대가 문지방 공간에서 만나 제3의 삶을 모색하는 「폐어인」에서 두드러지게 나타나고, 비록 실패로 돌아가지만 「심문」에서도 그러한 소통의 시도는 거듭된다.

이렇듯 최명익은 소설 전반에 걸쳐 다양한 문지방 공간을 설정하고 그

---

30 김진영, 앞의 글, 2010.

안에서 가능성을 찾고자 하였다. 최명익이 자신의 소설 전반에서 문지방 공간을 설정한 것은 근대화에 대한 그 나름의 독특한 입점과 태도와 관련이 있다. 최명익이 세대논쟁에서도 뚜렷하게 보였듯이 그는 어떤 차이나 전환에서도 도식적 이분법을 채택하지 않았다.[31] 이 점은 근대의 문제에서도 마찬가지였다. 최명익은 문지방 공간을 작품 서사의 핵심 배경으로 설정함으로써, 이분법적 구획을 강요하는 근대적 공간에 대해 집요하게 문제를 제기한 것이다.

문지방 위에 서 있는 사람은 결코 이쪽과 저쪽 사이의 경계에 대한 의식을 놓치지 않는다.[32] 하지만 부단히 옛것과 새것이 급격하게 교체되는 근대 도시에서는 시시각각 변하는 현재에 매몰되지 않고 현재와 과거, 현존과 부재의 긴장을 견지하는 것이 점점 더 어려워진다.[33] 이러한 근대 초입의 상황에서 문지방 공간을 작품서사의 배경으로 설정하거나 주인공의 의식 차원에서 설정하는 것은 전근대와 근대 간의 균형을 회복하고 근대의 위험을 성찰하게 한다고 볼 수 있다.

최명익이 근대 앞에서 머뭇거렸다고 하여 근대를 철저히 부정하고서 그저 과거로 돌아갈 것만을 주장한 것은 아니다. 최명익이 소설적 공간으

---

31 1930년대 세대논쟁이 발생했을 시 최명익은 신세대 작가였음에도 불구하고 일방적으로 신세대 작가의 편에만 서지 않고 신구 세대를 아울러 문단이 나아가야 할 방향에 대해 고민했다. 이렇듯 최명익은 신세대와 구세대의 도식적 구분을 넘어서고자 하였다.

32 윤미애, 「유년의 장소와 기억 – 발터 벤야민의 『1900년경 베를린 유년기』를 중심으로」, 『뷔히너와 현대문학』 25, 한국뷔히너학회, 2005, 301~302쪽.

33 윤미애, 앞의 논문, 2013, 201쪽.

로서 문지방 공간을 설정한 것은 그가 시간관에서 제3의 시간[34]을 설정한 것과 대응된다. 문지방 공간의 현존에 의해, 근대 공간과 전근대 공간은 서로 소통하여 새로운 공간으로서의 생명력을 얻게 된다. 그것은 미결정성, 혹은 열린 가능성으로서의 세계이기도 하다.

최명익은 잔혹한 죽음을 초래하고 사람으로 하여금 물질에 대한 욕망의 노예가 되게 할 근대 공간의 삶을 예감하였다. 그것은 이쪽과 저쪽의 긴장과 경계가 사라져서 저쪽이 이쪽을 압살한 것이라 할 수 있다. 긴장과 경계의 사라짐은 문지방 공간의 사라짐이라는 소설적 현상으로 나타났다. 이런 비극적 파국을 극복하는 길은 두 가지다. 먼저 문지방 공간을 재구성하여 소통과 방어, 안식의 기능을 되살리는 것이다. 그러나 작품 밖 현실은 그게 불가능함을 엄연하게 보여주고 있었다. 이 경우 유일한 길은 「심문」에서처럼 주인공의 의식 속에다 문지방을 만드는 것이었다. 그런 점에서 문지방 공간은 근대에 대한 문제의식을 지속하기 위한 공간적이며 의식적인 배려라 할 수 있다.[35]

최명익은 근대적 삶을 앞두고 근대의 의미를 질문하고 탐색하려 하였다. 이를 위해 문지방 공간을 설정하여 주인공을 문지방 공간에 머물게 하였다. 이런 설정은 주인공이 근대적 삶의 중심으로 들어가 구체적으로 경험을 하게 하기보다는, 근대적 삶으로부터 명백한 거리를 유지하면

---

34 최명익 소설 속 주인공은 시간의 흐름을 거부하고 시간 정지의 가능성을 꿈꾼다. 과거를 과거로 간주하지 않고 그것을 꼭 잡고 재현재화하는 것의 중요성을 인식했다. 따라서 과거, 현재, 미래로 분절된 시간이 아니라 '과거에 의해 재구성된 현재', '현재에 의해 재구성된 과거'가 중시된다.

35 최명익 소설의 분명하지 않은 결말 처리 역시 이런 관점에서 이해되는 것이 마땅하다.

서 근대를 대상화하는 길을 더 선호한 것이라 할 수 있다. 그럼으로써 주인공의 경험 내용이 구체적이기보다는 성찰적이게 하였다. 주인공의 행동이 일상적 사건과 얽히게 하기보다는 그 직전 단계에 머물게 하여 매우 정제되고 단순화되게 하였다. 따라서 최명익 소설의 문지방 공간 설정 방식에는 근대화에 대한 진지한 고민과 모색의 결과가 담겨 있다 하겠다.

6. 마무리

지금까지 최명익 소설에 나타난 문지방 공간의 실현양상과 기능 및 그 의미에 대해 살펴보았다.

먼저, 최명익 소설에서 문지방 공간이 어떠한 양상으로 나타나는지를 살펴보았다. 최명익 소설에서 문지방 공간은 크게 세 가지 양상으로 나타난다. 첫째는 주체의 결단에 의해 문지방 공간이 견고히 확보되는 경우이다. 이 경우 주인공들은 자신의 삶에 대해 주체적인 결단을 내리게 되고 자신의 의지와 소신대로 살아갈 수 있는 여건을 확보하게 된다. 둘째는 문지방 공간이 균형을 상실하고 위축되는 경우이다. 이 경우는 문지방 공간에 근대성이 이미 강하게 침투되고 있다는 것을 의미한다. 셋째는 급속한 근대화가 진행됨에 따라 문지방 공간이 상실되는 경우이다. 이때, 주인공은 근대 속으로 들어가 근대를 전면적으로 경험하게 된다.

다음으로는 문지방 공간의 기능 및 그 의미에 대해 살펴보았다.

최명익 소설 연구

최명익 소설에서 문지방 공간은 우선 안식과 결단의 공간으로서의 기능을 가진다. 주인공은 그런 문지방 공간으로 걸어가며 사색의 끈을 놓지 않는다. 또한, 문지방 공간은 주인공으로 하여금 근대를 경험하게 하기도 한다. 문지방 공간까지 근대의 유혹이 뻗친 경우다. 근대가 일정 수위 이상의 유혹적 풍경이 될 때 문지방 공간은 더 이상 주인공의 보호 공간이 되지 못한다. 문지방은 소통의 공간이 되기도 한다. 최명익 소설의 문지방 공간에서도 전근대와 근대는 상극적인 갈등관계로만 존재하는 것은 아니다.

이렇듯 최명익은 소설 전반에 걸쳐 다양한 문지방 공간을 설정하고 그 안에서 가능성을 찾고자 하였다. 최명익이 자신의 소설 전반에서 문지방 공간을 설정하는 것은 근대화에 대한 독특한 입점과 태도와 관련이 있다. 최명익이 세대논쟁에서도 뚜렷하게 보였듯이 그는 어떤 차이나 전환에서도 도식적 이분법을 채택하지 않았던 것이다.

근대 초입의 상황에서 문지방 공간은 전근대와 근대 간의 균형을 회복하고 근대의 위험을 성찰하게 한다고 볼 수 있다. 최명익은 잔혹한 죽음을 초래하고 사람으로 하여금 물질에 대한 욕망의 노예가 되게 할 근대 공간의 삶을 예감하였다. 그것은 이쪽과 저쪽의 긴장과 경계가 사라져서 저쪽이 이쪽을 압살한 것이라 할 수 있다. 긴장과 경계의 사라짐은 문지방 공간의 사라짐이라는 소설적 현상으로 나타났다.

최명익 소설에서 문지방의 설정은 주인공이 근대적 삶의 중심으로 들어가 구체적으로 경험을 하게 하기보다는, 근대적 삶으로부터 명백한 거리를 유지하면서 근대를 대상화하는 길을 더 선호한 것이라 볼 수 있다. 그럼으로써 주인공의 경험 내용이 구체적이기보다는 성찰적이게 하였다. 주인공의 행동이 일상적 사건과 얽히게 하기보다는 그 직전 단계에 머물게 하여 매우 정제되고 단순화되게 하였다. 따라서 최명익 소설의 공간 설정 방식에는 근대화에 대한 진지한 고민과 모색의 결과가 담겨 있는 것이다.

■■■ 참고문헌

1. 기본자료

『문장』,『비판』,『인문평론』,『조광』,『조선일보』

최명익 외,『제삼한국문학』13, 수문서관, 1988.

_____ 외,「소설 창작에서의 나의 고심」,『나의 인간 수업, 文學수업』, 인동,
       1989.

_____,『비 오는 길』, 문학과지성사, 2010.

2. 단행본

강수미,『아이스테시스』, 글항아리, 2011.

강심호,『대중적 감수성의 탄생』, 살림, 2005.

구수경,『1930년대 소설의 서사기법과 근대성』, 국학자료원, 2003.

김명석,『한국소설과 근대적 일상의 경험』, 새미, 2002.

김모세,『르네 지라르』, 살림, 2008.

김민정,『한국 근대문학의 유인(誘因)과 미적 주체의 좌표』, 소명출판, 2004.

김윤식,『한국근대문예비평사연구』, 일지사, 1984.

_____·정호웅,『한국문학의 리얼리즘과 모더니즘』, 민음사, 1989.

김효주,『한국 근대 여행소설 연구』, 역락, 2013.

나병철,『근대성과 근대문학』, 문예출판사, 1995.

롤랑 바르트, 김웅권 역, 『중립』, 동문선, 2004.

_____, 김웅권 옮김, 『밝은 방—사진에 관한 노트』, 동문선, 2006.

_____ · 수잔손탁, 송숙자 역, 『사진론』, 현대미학사, 1994.

르네 지라르, 김치수 · 송의경 옮김, 『낭만적 거짓과 소설적 진실』, 한길사, 2001.

박　강, 『20세기 전반 동북아 한인과 아편』, 선인, 2008.

발터 벤야민, 반성완 편역, 『발터 벤야민의 문예이론』, 민음사, 1983.

_____, 최성만 옮김, 『기술복제시대의 예술 작품, 사진의 작은 역사 외』, 길, 2007.

_____, 김영옥 · 윤민애 · 최성만 옮김, 『일방통행로, 사유이미지』, 길, 2007.

아지자 · 올리비에리 · 스크트릭 공저, 장영수 옮김, 『문학의 상징 · 주제사전』, 청하, 1989.

윤병로, 『한국근 · 현대문학사』, 명문당, 2010.

이재선, 『한국현대소설사』, 홍성사, 1979.

이진경, 『근대적 시 · 공간의 탄생』, 그린비, 2010.

이-푸 투안, 구동회 · 심승희 옮김, 『공간과 장소』, 도서출판 대윤, 1995.

장수익, 『그들의 문학과 생애—최명익』, 한길사, 2008.

정호웅, 『문학사 연구와 문학 교육』, 푸른사상, 2012.

제럴드 프린스, 이기우 · 김용재 옮김, 『서사론 사전』, 민지사, 1992.

조남현, 『한국문학강의』, 길벗, 1994.

최문규, 『문학이론과 현실인식』, 문학동네, 2000.

한용환, 『소설학 사전』, 문예출판사, 2009.

Marshall Berman, 윤호병 · 이만식 옮김, 『현대성의 경험』, 현대미학사, 2004.

René Girard, Yvonne Freccero trans., *Deceit, Desire, and the Novel - Self and Other in Literary Structure*, The Johns Hopkins University Press: Baltimore and London, 1961.

Tzvetan Todorov, 최현무 옮김, 『바흐찐:문학사회학과 대화이론』, 까치, 1987.

3. 논문

강진호, 「탈이념과 신세대 소설의 분화과정」, 『민족문학사연구』 4, 민족문학사학회, 1993.

강현구, 「확인과 탐색의 거리 −「지주회시」와 「무성격자」의 비교연구」, 『한국어문교육』 1, 고려대학교 한국어문교육연구소, 1986.

공종구, 「최명익의 소설에 나타난 세대론의 전유와 변주」, 『한국문학이론과비평』 51, 한국문학이론과 비평학회, 2011.

_____, 「최명익의 소설에 나타난 동양론의 전유와 변주」, 『현대소설연구』 46, 한국현대소설학회, 2011.

권오현, 「1970년대 소설의 알레고리 기법 연구」, 『어문학』 90, 한국어문학회, 2005.

김겸향, 「최명익 소설의 공간 연구」, 이화여자대학교 석사학위논문, 1990.

김관현 · 박남용, 「1930년대 하얼빈과 상하이의 도시 풍경과 도시 인식」, 『세계문학비교연구』 25, 한국세계문학비교학회, 2008.

김성진, 「최명익 소설에 나타난 근대적 시 · 공간 체험」, 『현대소설연구』 9, 한국현대소설학회, 1998.

_____, 「진정성의 서사 윤리와 소설교육」, 『국어교육』 132, 한국어교육학회, 2010.

김정훈, 「『단층』시 연구」, 『국제어문』 42, 국제어문학회, 2008.

김진영, 「일상 심미감각의 탈권력화를 위하여」, 『Visual』 5, 한국예술종합학교 미술원 조형연구소, 2008.

_____, 「언어 회복에 대한 동경과 탐구」, 『독서신문』, 2010. 4.20.

김현진, 「페터 한트케의 『낯선 자(Der Chinese des Schmerzes)』에 나타난 "문지방" 탐구−하이데거의 존재론적 언어성찰과의 비교」, 『독일문학』 85, 한국독어독문학회, 2003.

김홍중, 「근대적 성찰성의 풍경과 성찰적 주체의 알레고리」, 『한국사회학』 제41

집 3호, 한국사회학회, 2007.

_____, 「러시아 모더니즘 문학과 몽타주 이론」, 『슬라브학보』 제22권 3호, 한국 슬라브학회, 2007.

_____, 「발터 벤야민의 파상력(破像力) 연구」, 『경제와 사회』 제73호, 한국산업 사회학회, 2007.

김효주, 「1930년대 여행소설 연구」, 영남대학교 박사학위논문, 2011.

_____, 「「무성격자」에 나타나는 푼크툼의 실현과 서사적 장치」, 『우리말글』 55, 우리말글학회, 2012.

_____, 「최명익 소설에 나타난 사진의 상징성과 시간관 고찰-「비오는 길」을 중 심으로」, 『한민족어문학』 61, 한민족어문학회, 2012.

_____, 「「심문」에 나타난 변증법적 정지와 깨달음」, 『어문학』 118, 한국어문학 회, 2012.

_____, 「「비오는 길」에 나타난 욕망의 간접화와 소설적 진실성의 추구」, 『현대문 학이론연구』 54, 현대문학이론학회, 2013.

_____, 「1930년대 후반의 세대논쟁과 최명익 소설-「역설」과 「페어인」을 중심으 로-」, 『어문논집』 56, 중앙어문학회, 2013.

_____, 「최명익 소설의 문지방 공간 연구」, 『현대문학이론연구』 56, 현대문학이 론학회, 2014.

노명우, 「벤야민의 파사주 프로젝트와 모더니티의 원역사」, 『발터 벤야민 모더니 티와 도시』, 라움, 2010.

문흥술, 「소설과 자본주의, 그리고 욕망의 삼각형」, 『인문논총』 21, 서울여자대 학교 인문과학연구소, 2011.

박설호, 「발터 벤야민의 "아우라"개념에 대하여」, 『브레히트와 현대연극』 9, 한국 브레히트학회, 2001.

박수현, 「에로스/타나토스 간(間) "내적분열"양상과 의미-최명익의 소설 「무성 격자」와 「비오는 길」을 중심으로」, 『현대문학의 연구』 37, 한국문학연 구학회, 2009.

박종홍, 「최명익 창작집 『장삼이사』의 초점화 양상 고찰」, 『국어교육연구』 46, 국 어교육학회, 2010.

_____, 「최명익 소설의 공간 고찰-기차를 통한」, 『현대소설연구』 48, 한국현대 소설학회, 2011.

배주영, 「1930년대 만주를 통해 본 식민지 지식인의 욕망과 정체성」, 『한국학보』 제29권 3호, 일지사, 2003.

서경석, 「만주국 기행문학 연구」, 『어문학』 86, 한국어문학회, 2004.

서재길, 「1930년대 후반 세대 논쟁과 김동리의 문학관」, 『한국문화』 31, 서울대 학교 규장각 한국학 연구원, 2003.

성지연, 「30년대 소설과 도시의 거리」, 『현대문학의연구』 20, 한국문학연구학회, 2003.

양종근, 「자본주의의 유년 시대에서 예술의 위기와 가능성을 읽다-발터 벤야민 의 문화예술론과 마르크스주의」, 『열린정신 인문학 연구』 제9집 1호, 원광대학교 인문학연구소, 2008.

엄혜란, 「최명익 소설 연구」, 『도솔어문』 11, 단국대학교 국어국문학과, 1995.

유철상, 「최명익의 「무성격자」에 나타난 기술로서의 심리묘사」, 『한국현대문학연 구』 10, 한국현대문학회, 2001.

윤미애, 「유년의 장소와 기억-발터 벤야민의 『1900년경 베를린 유년기』를 중심 으로」, 『뷔히너와 현대문학』 25, 한국뷔히너학회, 2005.

_____, 「매체와 읽기」, 『독일언어문학』 37, 한국독일언어문학회, 2007.

_____, 「흔적과 문지방. 벤야민 해석의 두 열쇠」, 『브리히트와 현대연극』 28, 한 국브레히트학회, 2013.

윤애경, 「최명익 심리소설의 서술 방식과 현실 연식 양상」, 『현대 문학이론연구』 24, 현대문학이론학회, 2005.

이강언, 「성찰의 미학」, 『최정석박사회갑기념논총』, 1984.

_____, 「1930년대 모더니즘소설 연구」, 영남대학교 박사학위논문, 1987.

이미림, 「최명익 소설의 '기차' 공간과 '여성'을 통한 자아 탐색: 「무성격자」와 「심문」을 중심으로」, 『국어교육』 105, 한국국어교육연구회, 2001.

이종화, 「허준의 초기 소설 연구: 최명익 소설과의 대비적 고찰」, 『현대문학이론연구』 1, 현대문학이론학회, 1992.

이행선, 「책을 '학살'하는 사회」–최명익의 「비 오는 길」」, 『한국문학연구』 41, 동국대학교 한국문학연구, 2011.

장수익, 「최명익론–승차 모티프를 중심으로」, 『외국문학』, 열음사, 1995.

전영태, 「최명익:자의식의 갈등과 그 해결의 양상」, 『선청어문』 10, 서울대학교 국어교육과, 1979.

진정석, 「최명익 소설에 나타난 근대성의 경험 양상」, 『민족문학사연구』 8, 민족문학사연구소, 1995.

차혜영, 「최명익 소설의 양식적 특성과 그 의미」, 『한국학논집』 25, 한국학연구소, 1995.

채호석, 「1930년대 후반 소설에 나타난 새로운 문제틀과 두 개의 계몽의 구조–허준과 최명익을 중심으로」, 『기전어문학』 10-11, 수원대학교 국어국문학회, 1996.

최성만, 「벤야민에서 중단의 미학과 정치학」, 『문예미학』 8, 문예미학회, 2001.

최주연, 「최명익의 단편 소설 연구–봄과 신작로를 중심으로」, 한국어문학 국제학술포럼 학술대회, 2008.

최혜실, 「1930년대 한국 심리소설 연구–최명익을 중심으로」, 서울대학교 석사학위논문, 1986.

한만수, 「최명익 소설의 미적 모더니티 연구–「비 오는 길」에 나타난 '신경증'의 구조분석을 중심으로」, 『반교어문연구』 32, 반교어문학회, 2012.

홍준기, 「변증법적 이미지, 알레고리적 이미지, 멜랑콜리 그리고 도시」, 『라깡과 현대정신분석』 10, 2008.

ㄱ

각성 182~184

감정이입 171

강수미 167

강심호 47

강진호 101, 120, 121

강현구 70

결말의 유보 94

경계시간 87

경쟁 관계 48, 52

계몽구조 42

계용묵 105

공간 34, 126, 127, 130, 138, 139, 147, 152, 158, 169, 182, 191, 192

공종구 101~103, 113

과거 32, 35, 36, 38, 77, 80, 121, 142, 143, 145, 153, 165~167, 175,

177~179, 183~186, 201, 216

관조 172

관찰력 18, 21

구세대 100, 102, 103, 107~116, 124~131, 208, 209

구세대 작가 100, 102, 103, 107, 109, 120

구수경 58

권오현 148

규격화 26, 27, 87

규범화 30

그림 16, 17, 19~25, 29

근대 19, 30, 38, 43, 142, 194, 206, 208~210, 215

근대성 13, 42, 69, 100, 139, 194, 203, 207, 209, 218

근대 자본주의 45, 46, 48~50, 57, 60,
　63, 64, 198, 205
근대적 시간 34~38, 186
근대적 욕망 45, 47, 48
근대화 15, 72, 140~143, 147, 149,
　156, 158, 165, 167, 175, 188, 203,
　204, 210, 216, 218
기성 작가 104, 105, 108
기술복제시대 22
기차 19, 138, 192, 201
기표와 기의 87, 89, 91
김겸향 192
김관현 147
김남천 108
김동리 100, 102, 105, 121
김명석 145
김모세 56
김민정 15
김성진 13, 31, 42, 79, 192
김소엽 105
김영수 105, 106
김오성 106
김윤식 69, 106
김정훈 136
김진영 193
김현진 202
김홍중 144, 169~171, 179, 183
김효주 19, 30, 32, 42, 94, 178, 181,

198, 211
깨달음 92, 160, 163, 166, 182, 184,
　187

나병철 135
『낭만적 거짓과 소설적 진실』 47
낭만적 추상화 63
낭만주의 135
낯설게하기 전략 173, 174
내면 116, 136, 140, 153, 154, 157,
　201, 202
내면세계 101
내면적 간접화 44, 48, 52, 55
노명우 210
노방의 타인 24, 44, 50, 51, 60
노에마 74, 83
논리적 인과율 92
뇌관 75, 82, 95
니체 52, 55, 61

『단층(斷層)』 103, 135
도스토예프스키 51, 52, 55, 61
독서 14, 27, 33, 35, 36, 51, 54, 61,
　62, 78, 79

독서의 세계 78, 81, 84, 95, 122, 198
돈오 182
동경 52

롤랑 바르트 69~77, 81, 86~88, 95, 96
르네 지라르(René Girard) 45~47, 52, 58, 61, 63
리얼리즘 135, 165, 186

마샬 버먼 139
만주사변 146
「맥령」 165
명함판 사진 25, 27
모더니즘 69, 77, 96, 135, 186
모랄론 104
모방된 욕망 46
몽타주 기법 163, 168~170, 174
「무성격자」 15, 19, 30, 41, 63, 65, 69~73, 77~80, 82, 85, 89, 91, 92, 94, 95, 100, 168, 194, 201, 202
「문단불신임안」 106
「문자우상」 105
『문장』 100, 108, 163
문지방 공간 191~198, 201~204,

206~210, 212~219
문흥술 56
물질 세계 78, 79
미래 34~36, 38, 143, 179
미술교사 16
미의식 101
미적 모더니티 42

바르트 76, 89
바흐친 154
박강 157
박남용 147
박노갑 105
박물관 152, 153, 178
박설호 15
박수현 70, 86
박종홍 13, 79, 145, 192
박천홍 142
발터 벤야민 13, 20, 21, 165, 169, 179
『밝은 방』 71, 73
배경 19, 29
배주영 147
백철 155
벤야민 15, 16, 20~22, 36, 38, 163, 166, 167, 169, 171, 172, 177, 179, 184, 185, 187

변증법 36, 166, 167, 169, 185, 187

변증법적 정지 159, 163, 164, 166~168, 174, 177~179, 183~188

변증법적 지양 153

복제 21, 29

「봄과 신작로」 194, 203, 206, 207

불교적 관점 184

브레히트 163, 168, 173

「비오는 길」 13, 14, 22, 24, 25, 27, 30, 31, 33, 36~38, 41, 42, 44~48, 58, 61~65, 70, 78, 79, 100, 101, 165, 168, 194, 195, 198

『비판』 105

사건의 최소화 92

사물화 26, 30

사보타주 37

사제관계 117, 128

사진 13~16, 19~22, 25~38, 51, 70~77, 86, 87, 96, 165

『사진론』 73

사진가 76, 77

사진관 14, 25~28, 30, 38, 47, 48, 51, 56, 61, 197

사진사 14, 15, 20, 25, 27, 30, 33~36, 44, 51, 53, 56, 77~79, 197

사진 이미지 14, 30, 33, 38

사토리 75, 89, 90, 93, 95

사회주의 121, 156

3 · 1운동 102, 120

삼각구도 41, 42

상대인물 44, 57

상동병자 112, 113

상징성 13, 16, 30

생성적 시간 37

생의 의지 84, 85, 93, 95

생활 22, 23, 29, 31

서경석 146

서사극 원리 163, 168

서사적 장치 69, 73, 91, 92, 94, 96, 183

「서산대사」 165

서술 방식 70

성문 49, 197

성지연 13

성찰 50, 59, 64, 73, 90, 100, 103, 137, 143~146, 153, 202

세대논쟁 99~101, 103, 104, 107, 109~111, 116, 120, 126~131, 216

세대론 99, 101~104, 113, 118, 121, 127, 129, 130

세대 문제 109, 128, 131

셔터 소리 87, 93

「소설 창작에서의 나의 고심」 17

소설적 진실 56, 59, 60, 64

소설적 진실성 41, 51, 57

소시민 24, 26

속도의 시대 18, 27, 29

속물성 52

속물주의자 15

스놉(snob) 44, 52, 64

스투디움(studium) 71, 74, 75, 78, 81, 95

스투디움적 욕망 81, 95

시간 35, 37, 77, 139, 142, 152, 155, 165~167, 175, 182, 183

시간관 13, 15, 16, 30, 31, 33, 35, 37, 42, 77, 175, 177, 178, 186, 187

시간의식 165, 166, 186, 192

시간 정지 32~34, 36, 37, 70, 165

시대인식 119, 120

시장 경제 체제 47

신경증적 관점 42

신문 27, 46, 62, 146

신세대 100, 102, 103, 107~111, 113, 114, 116, 120, 121, 124~131, 208, 209

신세대 작가 100, 101~109, 116, 120, 129, 216

「신인들의 말」 105

「신인론」 105

「신진소설가의 작품세계」 108

「신진에 갖는 기대」 108

「신진작가의 문단호소장」 102, 105

「신진작가좌담회」 105

「심문」 16, 19, 30, 32, 37, 41, 63, 65, 71, 77, 78, 100, 135~137, 139, 140, 144, 148, 154, 155, 159, 160, 163~165, 167, 168, 170, 171, 174~176, 178, 180, 183, 184, 186, 188, 194, 209, 212, 214, 215, 217

심리묘사 70

아우구스트 잔더(August Sander) 22

아우라 15~17, 20~22, 28, 29, 35, 36, 38

아편전매제도 157

알레고리 137, 148, 150, 153, 168, 169, 178, 210

앙드레 지드 82

양가적 140, 141, 157

양립구도 42

양종근 179

엄혜란 13

엄흥섭 100, 102

에로스 86

『여성』 99, 109

여행 143, 146, 160, 170

여행소설 19, 94, 135, 136, 137, 160, 178, 181, 211

여행 주체 136, 138, 141, 153, 154, 157, 160

여행지 137, 146, 147, 148, 153, 154, 159, 160

「역설」 27, 30, 41, 63, 65, 70, 78, 99~101, 103, 109, 116, 117, 126, 127, 130, 131, 168, 194, 198, 206

영화 20, 46

예술성 22, 35

옛 꿈 175

오장환 105

옴두꺼비 115, 116, 200

외면적 간접화 48, 52, 55

욕망 42~48, 50~65, 70, 76, 78, 81, 113, 197, 198, 203, 205

욕망의 간접화 41, 44~46, 51, 59, 63, 64

욕망의 삼각구조 46, 48, 62, 64

욕망의 중개자 61, 64

유보적 결말 185

유진오 107, 108, 111, 120, 128, 129

유철상 70

윤미애 36, 193

윤병로 104

윤애경 14, 69

이강언 15, 30, 69, 141

이근영 13

이념 102, 120, 121, 155, 156, 166

이미림 192

이미지 13, 14, 86, 163, 164, 166, 167, 177, 179, 180, 182~184

이원조 100, 104, 105

이재선 85, 94, 100

이진경 196

이행선 42, 60

『인문평론』 108

인과적 플롯 92

인당 181, 184

일본 제국주의 104, 146

『잃어버린 시간을 찾아서』 56

임종 장면 85, 86, 88

임화 100, 105

ㅈ

자발적 욕망 62

자본주의 47, 49, 50, 51, 54, 56

자의식 과잉 100

「장삼이사」 165, 194, 212~214

장수익 58, 164, 192

재현재화 32, 37, 38, 167, 178, 187

『적과 흑』 56

전근대 206, 208, 210, 215

전복 75, 90, 147

전영태 163, 164

전향(conversion) 61

전형기 116, 129

절제력 18

정비석 102, 105, 106

정지기법 163

정지 상태의 변증법 167

정호웅 69, 164

제3의 공간 192

제3의 시간 192, 217

제국주의 149, 156

제럴드 프린스 46

『조광』 41, 45, 69, 78, 100, 105~108

조남현 104

「조망문단기」 99, 102, 106, 107

『조선일보』 99, 100, 105, 116, 155

존재론 73

『좁은 문』 82

주은우 138

주인공 30~32, 34, 35, 43~45, 47~48, 51, 56~61, 63, 69, 70, 72, 77, 92~94, 103, 110, 131, 137, 160, 170, 171, 174, 186, 191, 198, 201, 214

죽음 62, 79, 84~86, 88, 95, 159, 167, 168, 181~184

중개자 43~48, 50~52, 54, 57, 59, 61~64

중단적 사고 169

『중립』 75

중일전쟁 146

지라르 47, 57, 60, 61, 63

지성론 104

진정석 13, 42, 69

집단 발언 105

차혜영 14, 31

채호석 42

1930년대 후반 37, 99~101, 104, 109, 130, 146, 166, 187, 188

철도 142, 157, 212

초기 사진 22

초점화 13, 79, 145

총체성 135, 166

최명익 13~19, 21, 24, 26~30, 32, 33, 37, 38, 41~46, 56, 69~73, 78, 80, 82~84, 92, 95, 99~110, 112, 116, 117, 120, 126~131, 136, 138, 142, 144, 163, 165, 166, 168, 174, 178, 183~188, 192, 216, 217

최명익 소설 13, 16, 30~32, 36, 41~46, 63, 69~72, 77, 79, 95, 96, 102, 103, 160, 168, 185, 191~194, 214, 215, 218, 219

최문규 193

최성만 169

최인준 105

최재서 106

최주연 204

최혜실 69

추체험 171

카프 100, 120

코드화 75, 81, 87, 90, 172

타나토스 86

타인의 욕망 57, 60

타자 154, 160, 166

타자 인식 135

토포스 193

파괴적 성격 169

파시즘 21, 155, 156, 188

판타스마고리 197

「평가에의 진언」 105, 106

평양 103, 130, 135

「페어인」 16, 19, 22, 30, 41, 63, 65, 99~101, 103, 109, 116, 117, 126~131, 168, 194, 207, 215

푼크툼(punctum) 69, 70~78, 81, 82, 84~86, 89, 90, 92~94, 95

푼크툼의 발견 78, 84, 89, 91, 92, 94, 95

푼크툼의 실현 69, 73, 85, 96

풍경 19, 135~138, 146, 148, 153, 154, 172

프로문학 120

필력 18, 21

하나마치 211

하얼빈 137, 146, 147, 149, 150, 158, 170, 174, 209, 211

학교 127, 207

한만수 42, 43

한용환 191

행복 24, 30, 31, 32, 38, 51, 52, 177

허준 105

헤겔 166

현민 106, 108, 129

현재 34, 37, 49, 76, 143, 147, 167, 179, 183, 184, 185, 187, 195

혼란기 109
홍준기 187
화가 16, 18, 19, 24, 25
휴머니즘론 104

■■■ 김효주(金孝珠)

영남대학교 국어국문학과를 졸업하고 동대학교 대학원 국어교육학과
에서 박사학위를 받았다. 현재 영남대, 안동대, 계명대에서 문학을 가르
치고 있다.

논문으로는 「1920년대 여행기의 존재양상」, 「슬픔 얼리기와 문학 창작
교육」, 「최명익 소설에 나타난 사진의 상징성과 시간관 고찰」, 「최명익의
심문에 나타난 변증법적 정지와 이미지」, 「최명익 소설의 문지방 공간 연
구」, 「1920년대 여행기에 나타난 미국 인식과 표상」 등이 있으며, 저서로
는 『한국 근대 여행소설 연구』, 『명저 읽기와 글쓰기(공저)』가 있다.

최명익 소설 연구

인쇄 · 2014년 6월 12일 | 발행 · 2014년 6월 17일

지은이 · 김효주
펴낸이 · 한봉숙
펴낸곳 · 푸른사상
주간 · 맹문재 | 편집 · 지순이 | 교정 · 김소영

등록 · 1999년 7월 8일 제2-2876호
주소 · 서울시 중구 충무로 29(초동) 아시아미디어타워 502호
대표전화 · 02) 2268-8706(7) | 팩시밀리 · 02) 2268-8708
이메일 · prun21c@hanmail.net / prunsasang@naver.com
홈페이지 · http://www.prun21c.com

ⓒ 김효주, 2014

ISBN 979-11-308-0239-8 93810
값 19,500원

저자와의 합의에 의해 인지는 생략합니다.
이 도서의 전부 또는 일부 내용을 재사용하려면 사전에 저작권자와 푸른사상사의 서면에 의
한 동의를 받아야 합니다.
이 도서의 국립중앙도서관 출판시도서목록(CIP)은 서지정보유통지원시스템 홈페이지(http://
seoji.nl.go.kr)와 국가자료공동목록시스템(http://www.nl.go.kr/kolisnet)에서 이용하실 수 있습니다.
(CIP제어번호 : CIP2014017080)

현대문학연구총서 32

최명익 소설 연구